anagramma

763

Titolo originale: *King*


Traduzione dalla lingua inglese di Paola Slaviero
Prima edizione: giugno 2019


ISBN 978-88-227-3058-9

www.newtoncompton.com

Realizzazione a cura di The Bookmakers Studio editoriale s.r.l.s.
Stampato nel giugno 2019 da Puntoweb s.r.l., Ariccia (Roma)

T. M. Frazier

# King

Newton Compton editori

*A Charlie e Logan*

# Prologo

## King

*A dodici anni*

«Muoviti frocio del cazzo! Non sei che un frocetto pronto a prenderlo in culo!».

Avevo già visto scene di bullismo tra bambini a scuola, ma non avevo mai ritenuto di dovermi intromettere. Chi non aveva le palle per farsi rispettare si meritava ogni cosa possibile.

Ma quella mattina avevo deciso di lasciare casa una volta per tutte. Il ragazzo con cui stava mamma l'aveva di nuovo picchiata come un sacco da boxe. Ma questa volta, quando avevo cercato di proteggerla, non solo mi aveva scansato, aveva anche difeso il bastardo.

Diceva di meritarselo.

Era arrivata persino a chiedere scusa. A *lui*.

La odiavo per questo, per essere così debole, perché si lasciava mettere le mani addosso in quel modo. Desideravo così tanto spaccare la faccia a John, che durante la ricreazione mi ero seduto lungo il muro laterale della scuola a stringere e ad aprire i pugni, immaginandomi la scena di quella mattina mille volte. Forse non sarei stato in grado di avere la meglio contro un adulto ma ero convinto che avrei potuto almeno fargli male.

Così, quando sentii quelle grida attraversare il campo da gioco, fu come se la mia rabbia avesse deciso prima ancora che io avessi la possibilità di riflettere. Senza accorgermene, mi lanciai attraverso la sabbionaia e mi diressi verso un gruppo di ragazzi radunati in cerchio nel lato in fondo al cortile, vicino al campo da kickball.

Sovrastavo in altezza tutti gli altri bambini del mio anno da riuscire a vedere facilmente sopra le loro teste. Al centro del cerchio stava un mostro di bambino di nome Tyler, un ragazzino dai capelli scuri che indossava sempre delle t-shirt con loghi di gruppi musicali e con le maniche strappate. Stava tenendo quel bambino pelle e ossa per il colletto della camicia e lo picchiava ripetutamente in faccia con il pugno chiuso. Il piccoletto grugniva ogni volta che Tyler lo colpiva. La camicia strappata del bambino si era sollevata fin sopra la pancia rivelando lividi di diverse tonalità di viola e giallo. Le sue costole erano così sporgenti che le potevo contare. Il sangue gli colava dal naso e finiva a terra. Scansai due ragazzine che si stavano divertendo a guardare quello spettacolo.

I bambini sanno essere davvero crudeli.

Gli adulti ancora di più.

Saltai davanti a Tyler e gli tirai un pugno. Colpii la mascella pustolosa di quel prepotente e lo mandai con il culo a terra. Si sentì il rumore sordo della nuca sul pavimento. Svenuto.

Mi sentii subito meglio, anche se il bisogno di picchiare continuava a essere come un ratto che rosicchiava ogni pensiero ed emozione, perché colpire Tyler aveva solo momentaneamente affievolito l'intensità del mio istinto, che da faro accecante era diventato una candela accesa.

Il bambino pelle e ossa era a terra e si teneva una mano sul naso sporco di sangue. Se la tolse dal viso e guardò in alto verso di me con il più grande e il più ridicolo dei sorrisi, con il sangue che ricopriva quei denti troppo grandi per la sua bocca. Non era quello che mi aspettavo da qualcuno che era appena stato picchiato. «Non c'era bisogno di salvarmi. Lo stavo solo lasciando fare e poi l'avrei messo io a terra». La sua voce si incrinò su ogni parola di quella bugia. Dall'angolo degli occhi gli spuntarono delle lacrime che scesero a mescolarsi con il sangue che gli imbrattava le labbra. Il cerchio dei bambini si era sciolto ed erano tornati a giocare a kickball.

«Non ti ho salvato», dissi passandogli oltre. Mi avviai per andarmene ma da qualche parte, intorno alla sabbionaia, il bambino mi raggiunse.

«Ovvio che non mi hai salvato. Ce l'avrei fatta di sicuro a batterlo. Ma cazzo, quel coglione aveva il cervello pieno di merda», inveì il bambino, mentre con le mani dava colpi all'aria e correva a piccole falcate cercando di starmi al passo.

«Ah, certo, e perché mai?» gli domandai.

«Perché voleva che gli facessi i suoi compiti di matematica, cazzo, e ti dico un'altra cosa. Non sono la puttana di nessuno. Quindi gli ho detto di andare a farsi fottere». La sua voce era attutita perché stava ancora cercando di fermare il sangue che gli colava dal naso, premendo insieme le narici.

«Quindi gli è bastato un "cazzo, no!" per iniziare a colpirti?», gli domandai, anche se non lo trovavo difficile da credere perché, a prescindere da tutto il casino con mia madre e John, mi bastavano generalmente piccole cose per fare a pugni con qualcuno.

Il bambino fece un ghigno furbesco.

«Be', quello... e poi gli ho detto che era proprio figo che a suo padre non gli importasse niente di avere un figlio uguale sputato al capo di sua madre a Price Mart». Raschiò via lo sporco dalle sbucciature sui gomiti, poi si pulì i palmi impolverati sui pantaloni stropicciati color kaki. «Mi chiamo Samuel Clearwater. E tu?».

Mi fermai e mi girai verso di lui. Mi porse la mano e io allungai il braccio e gliela strinsi. Per essere un ragazzino allampanato della mia stessa età, vestiva e parlava come un vecchio sboccato, qualcuno di troppo anziano per sbattersi a soppesare quello che diceva. Ma chi a undici anni dava la mano?

Samuel Clearwater, ecco chi.

«Brantley King», risposi io.

«Hai molti amici, Brantley King?». I capelli color biondo sabbia di Samuel gli caddero sugli occhi e lui se li spinse indietro con delle unghie incrostate di sporco.

«No». Nessuno dei ragazzi a scuola mi assomigliava. Mi ero sentito solo dal mio primo giorno alla materna. Mentre tutti gli altri imparavano a cantare *Nella vecchia fattoria*, io ero preoccupato di quanto tempo avrei dovuto aspettare prima di tornare a casa la sera. Pronto ad azzuffarmi con il tizio che mia madre aveva fatto venire a casa quel mese, sempre troppo presto e indipendentemente da chi fosse.

Starmene da solo era normale per me. Con il passare del tempo iniziò a piacermi. Sebbene fossi il ragazzino più alto a scuola, ero sempre riuscito a muovermi in giro come un fantasma.

Fino a quando non iniziai a mettermi nei guai.

Poi iniziammo a METTERCI nei guai insieme. Io e Preppy. Due coglioni tra un branco di delinquenti minorenni.

«Nemmeno io. Danno molti più problemi di quello che valgono, cazzo», disse Samuel, in modo abbastanza convincente. S'infilò meglio la camicia a scacchi troppo larga nei suoi pantaloni color kaki, aggiustandosi le bretelle, che gli scendevano dalle spalle ogni due secondi. Raddrizzò il nodo del suo papillon giallo a pois.

«Cosa sono quei lividi?», gli chiesi indicando le sue costole.

«Ah, li hai visti?». Si rattristò in viso, ma a qualunque cosa pensò la ricacciò indietro e arricciò le labbra. «Il mio patrigno è una furia ed è pieno di problemi da quando mia madre è morta. In realtà ha solo due problemi: me e la birra. La birra gli piace. Io? Così così».

Conoscevo il problema, sebbene al posto di un patrigno avessi una parata costante di uomini. Avevano tutti nomi diversi, facce diverse, ma alla fine erano tutti uguali.

«Be', fratello, non credo che Tyler ti darà ancora fastidio». Ripresi a camminare, puntando al mio posticino sul fianco dell'edificio, dove potevo starmene da solo. Con la coda dell'occhio vidi Tyler che saliva zoppicando i gradini della scuola e stringeva i denti.

*Frocio.*

«Tutto qui?». Samuel mi seguì da vicino, pestandomi i talloni.

«Che altro c'è?».

Mi abbassai per passare sotto il ramo di un basso albero degli impiccati. Samuel era due spanne più basso di me e s'infilò sotto senza problemi. Quando fummo abbastanza lontani dagli altri ragazzi, accesi la mezza sigaretta che conservavo nella tasca posteriore con l'ultimo fiammifero preso dall'astuccio che tenevo nascosto nella scarpa.

«Posso provare?», chiese Samuel facendomi trasalire. Non mi ero accorto che era ancora lì.

Gli passai la sigaretta e lui aspirò profondamente. I successivi cinque minuti li passò ad ansimare e tossire. Spensi la sigaretta con la suola delle mie sneakers mentre la sua faccia assunse una strana sfumatura di viola, per poi tornare pallida e imbrattata di lentiggini e sangue. «È un sacco buona ma sono più uno da mentolo, io».

Scoppiai a ridere e mi piegai in due tenendomi la pancia. Samuel ignorò quell'esplosione e continuò a parlare. «Dove vivi?»

«Qua e là». La verità era che non avevo più un posto dove andare. Non sarei più tornato a casa. La scuola adesso sarebbe diventata solo un posto dove andare durante il giorno, così che potevo infilarmi di nascosto nello spogliatoio prima delle lezioni per fare la doccia e per il corso gratuito di basket. Tutto ciò che avevo stava nel mio zaino.

Ed era leggero.

«Io vivo a Sunny Isles Park. È un posto di merda. Quando diventerò grande avrò una di quelle grandi case sull'acqua, dall'altra parte della sopraelevata, con le gambe lunghe tipo quelle di *Star Wars*».

«Come una di quelle palafitte?»

«Esatto fratello, una fottuta palafitta di *Star Wars*, proprio sulla baia». Quel ragazzino viveva in un campo caravan dove veniva picchiato dal suo patrigno ed era lì a sognare il suo futuro. Io non riuscivo a vedermi da lì a una settimana, figuriamoci dieci anni dopo. «E tu, fratello?»

«Io cosa?». Sganciai il mio coltellino tascabile dalla cintura dei jeans e lo usai per infilzare lo stucco che si era staccato dal muro dell'edificio.

«Che farai da grande?».

L'unica cosa che sapevo con certezza era quello che non volevo fare. «Non sono sicuro. So solo che non voglio lavorare per nessuno. Non mi piace tanto che mi venga detto quello che devo fare. Voglio essere padrone di me stesso, gestire da solo la mia merda».

«Sì, grande. Così è divertente, cazzo. Sì, facciamo così. Ti aiuto io. Lo possiamo fare insieme. Tu gestisci la merda. Io ti aiuto a gestire la merda. Poi compriamo una grande palafitta di *Star Wars* e sarà la nostra casa e nessuno ci dirà più quel cazzo che dobbiamo fare!».

Samuel tirò fuori dallo zaino un quadernino per gli appunti e cercò una pagina bianca. «Facciamo un cazzo di programma».

Sedere con un ragazzino che non conoscevo, a programmare un futuro a cui non avevo mai pensato, mi sembrò una fesseria, ma per una qualche ragione il pensiero di turbare i suoi sentimenti mi provocò un dolore paragonabile a una pugnalata nello stomaco, una sensazione che mi era poco familiare. Incerto sul da farsi, mi arresi. Mi sedetti accanto a lui sull'erba e sospirai. Guardò in alto verso di me e mi sorrise come se il solo fatto che fossi lì significasse per noi essere già a metà dell'opera.

«Non possiamo fare le femminucce», continuò lui. «Non saremo in grado di prendere la casa di *Star Wars* se lavoriamo in alberghi o fabbriche di merda, e non ho mai voluto fare il pescatore. Quindi dobbiamo iniziare subito con la merda. Le femminucce vengono usate come zerbini. Mio zio, che è un grandissimo stronzo e una testa di cazzo, spaccia erba. Potremmo rubargliene un po' e venderla. Poi possiamo usare i soldi che facciamo per comprarne altra e venderne ancora».

Con un pennarello nero preso dalla sua borsa, Samuel iniziò a scrivere sulla pagina. In cima scrisse "Obiettivo" e disegnò una casa con delle gambe sotto, che sembrava il pupazzetto di quella cosa in *Star Wars* che non sapevo come chiamare. Non ne conoscevo il nome perché non avevo mai visto i film, solo i trailer. Poi disegnò noi, almeno questo era quello che sembrava, lui molto più piccolo di me. Con un pennarello verde disegnò tanti simboli del dollaro intorno a noi che fluttuavano nell'aria.

«Quindi? Siamo amici adesso, Preppy?».

Non avevo mai avuto un amico prima d'ora, ma c'era qualcosa in quel ragazzo sguaiato che aveva attirato la mia attenzione. Gli strappai di mano il pennarello e mi appropriai del suo disegno. A scuola non ero mai stato bravo, tranne che in arte, solo in disegno per l'esattezza.

Disegnare era proprio pane per i miei denti.

«Cazzo, sì!», disse Preppy, guardandomi mentre aggiungevo qualcosa alla sua palafitta. Aveva disegnato anche la figura di quello che pensavo fosse suo zio perché ci aveva scritto "testa di cazzo" sopra. «Cazzo se sei bravo a disegnare. Merda artistica, dobbiamo farti fare anche questo, fratello. Mettilo nel piano. Dovremo avere anche degli hobby».

«E qual è il tuo hobby?», chiesi.

«Il mio hobby?», sorrise e si pulì il naso che aveva appena ricominciato a gocciolare sangue; una sola goccia cadde sulla pagina e macchiò la figura stilizzata di Preppy. Annuì con fare sornione e arricciò le labbra, agganciando i pollici sotto le bretelle. «Puttane».

Credo di aver riso di più quel giorno di quanto avessi mai fatto in tutta la mia vita. Imparai anche che le "puttane" potevano essere un hobby.

«E che succede se ci prendono?», chiesi appoggiando il pennarello sulla pagina.

«Non ci prendono. Siamo schifosamente intelligenti per certe stronzate. Staremo attenti. Faremo dei piani e ci atterremo a quelli. Nessuno si metterà sulla nostra cazzo di strada, nessuno, non il mio patrigno, non mio zio, non gli insegnanti e soprattutto non i bulli rotti in culo come Tyler. Non mi sposerò mai. Non avrò mai una ragazza.

Qui si tratta solo di Preppy e King che strisciano fuori dalla merda, non ci marciscono dentro».

«No, sul serio, e se ci prendono?», chiesi. «Non sto parlando dei poliziotti. Sto parlando di tuo zio o di chiunque altro che fa quel tipo di stronzate di cui stiamo parlando qui. È gente violenta, gente cattiva, a cui non piace essere infastidita». Avevo conosciuto quel tipo di persone direttamente sulla mia pelle. Più di uno spacciatore era venuto a casa nostra armato a chiedere di essere pagato. Mamma pagava il suo debito portandoli nella sua camera da letto e chiudendo la porta.

Quel bambino forse stava solo scherzando, ma più ci pensavo e più mi sembrava la cosa giusta. Vivere una vita senza dover rendere conto a nessuno. Una vita senza paura di quello che qualcuno avrebbe potuto fare a me o a quel damerino, che sembrava aver già subìto abbastanza violenza da bastargli per tutta la vita.

Diventare grande, poter fare a modo mio, essere il tipo di uomo dal quale la gente si sarebbe tenuta alla larga, il tipo di uomo che non avrebbe preso merda da nessuno, era un'idea che mi affascinava sempre di più man mano che ci rimuginavo sopra, mettendo radici e prendendo il posto di altre cose che secondo i consulenti scolastici mi mancavano, come ad esempio una "solida consapevolezza di ciò che è giusto e ciò che è sbagliato". Ma erano loro a sbagliare. Non è che non conoscessi la differenza.

Semplicemente non mi interessava.

Perché è quello che succede quando non hai mai avuto niente di cui preoccuparti.

Se avessi fatto sul serio con quel bambino, dovevo essere sicuro che non mi avrebbe mollato se le cose si fossero messe male. Dovevo essere sicuro che avrebbe preso quel piano seriamente, come avrei fatto io, così gli dovetti chiedere: «Cosa facciamo se qualcuno si mette sulla nostra strada? I nostri affari? Il nostro piano?».

Preppy tenne l'estremità del pennarello all'angolo della bocca dove il sangue aveva cominciato ad asciugarsi e a coagularsi in una crosta. Per un momento guardò fisso sopra la mia testa, immerso nei pensieri. Poi alzò le spalle e mi fissò dritto negli occhi.

«Li uccidiamo».

# Capitolo 1

## King

Il giorno che uscii di prigione mi ritrovai a tatuare una passera su una passera. L'animale sull'organo genitale femminile.

Un uccello sulla figa.

*Ridicolo, cazzo.*

Le pareti del mio studio di tatuaggi pulsavano sotto il ritmo pesante della musica che proveniva dalla festa organizzata per il mio ritorno a casa e che infuriava al piano di sotto. Faceva vibrare la porta come se qualcuno, tenendo il ritmo, stesse cercando di abbatterla. Dal pavimento fino al soffitto le pareti erano coperte di vernice spray e poster, che gettavano una patina di luce artificiale su tutto ciò che c'era dentro.

La puttanella dai capelli scuri su cui stavo lavorando si lamentava come se stesse venendo. Sono certo che fosse strafatta di ecstasy perché un tatuaggio direttamente sopra il clitoride non poteva non essere che fottutamente doloroso.

Una volta quando tatuavo riuscivo ad astrarmi per ore e a scoprire quel piccolo angolo della mia vita che non comprendeva tutte le stronzate con cui dovevo fare i conti ogni giorno.

Prima, dopo essere stato dentro, anche se per periodi

di tempo molto più brevi, le prime cose a cui pensavo erano la figa e le feste. Ma questa volta la prima cosa che avevo fatto quando ero entrato nella stanza era stato prendere in mano la mia pistola per tatuaggi; non era come sempre. Non ero riuscito a raggiungere quello stato di distacco temporaneo dalla realtà, malgrado ci avessi provato con tutto me stesso. Il fatto che i tatuaggi richiesti diventassero sempre più schifosamente stupidi non aiutava di certo.

Scudetti di squadre di calcio, citazioni da libri che sapevo benissimo che i clienti non avevano mai nemmeno letto e aspiranti gangster che volevano tatuate delle lacrime sulla loro faccia. In prigione quel tatuaggio significava che si aveva ucciso qualcuno. Alcune delle puttanelle che lo volevano non sembravano nemmeno in grado di pestare uno scarafaggio senza rannicchiarsi in un angolo e piangere per chiamare la mamma.

Ma dato che i miei clienti ripagavano soprattutto in favori e consistevano per lo più in motociclisti, spogliarelliste e occasionalmente in qualche ragazzo ricco che si era trovato dalla parte sbagliata della sopraelevata, avrei dovuto abbassare le mie aspettative.

Ma dopotutto era bello essere di nuovo a casa. A dire il vero, era bello qualsiasi posto che non puzzasse di vomito e vite sprecate.

Dal giorno in cui avevo incontrato Preppy la mia vita aveva avuto un'accelerazione pazzesca. Mi piaceva vivere da delinquente. Mi nutrivo della paura negli occhi di coloro che mi incontravano. L'unica cosa di cui mi sono sempre dispiaciuto è di essere stato preso.

Quando non ero in prigione avevo trascorso quasi ogni singolo giorno dei miei ventisette anni a Logan's Beach, una cittadina di merda sulla costa del golfo della Florida. Un posto dove gli abitanti di un lato della sopraelevata vivevano esclusivamente per servire i ricchi dall'altro lato, che vivevano in ville e grattacieli con vista sulla spiaggia. A meno di un chilometro da quel tipo di ricchezza accumulata in più generazioni c'erano campi caravan e case fatiscenti.

Il giorno del mio diciottesimo compleanno comprai una palafitta fatiscente nascosta dietro a un muro di fitti alberi, con tre acri di un terreno che si trovava praticamente sotto il ponte, in contanti. E io e il mio migliore amico Preppy ci trasferimmo nella parte ricca della città, eravamo la versione bianca e trash di quei figli di puttana dei Jefferson.

Fedeli alle nostre parole, eravamo padroni di noi stessi e non rendevamo conto a nessuno. Facevamo quello che volevamo. La mia passione per il disegno si trasformò in quella per i tatuaggi.

Preppy andava a puttane.

Io scopavo. Facevo a botte. Andavo alle feste. Mi ubriacavo. Rubavo. Scopavo. Tatuavo. Spacciavo. Vendevo armi. Rubavo. Scopavo. Facevo soldi.

E scopavo.

Non c'era festa che non fosse di mio gradimento o a cui non ero gradito. Non c'era una ragazza che non mi avesse dato il lasciapassare, che non avesse sollevato i fianchi per lasciarmi sfilare via le sue mutandine. Avevo quello che volevo, ogni dannata volta.

La vita non era solo bella. La vita era grandiosa, cazzo. Ero il re di quel mondo schifoso e nessuno mi rompeva il cazzo o mi fotteva.

Nessuno.

E poi tutto è cambiato e ho passato tre anni in una piccola cella senza finestre, a studiare le crepe che cambiavano nelle pareti di cemento.

Quando finii con l'uccello blu dei cartoni animati, applicai la pomata, coprii con la pellicola e mi tolsi i guanti. Questa ragazza pensava davvero che i ragazzi ne sarebbero stati eccitati? Era uscito un bel lavoro, soprattutto perché erano tre anni che non lavoravo, ma stava coprendo la parte che preferivo in una donna. Se l'avessi spogliata e avessi visto quella cosa, l'avrei presa da dietro.

Non male come idea. Scopare mi sarebbe servito a spazzare via la confusione mentale da post carcere e sarei potuto tornare alle cose che erano state importanti per me, senza quel martellante senso di terrore che incombeva sulla mia coscienza.

Invece di rispedire la ragazza alla festa la afferrai bruscamente e la tirai giù dal tavolo, verso di me. Io ero in piedi e la girai, piegandola in avanti. Con una mano sulla nuca le spinsi la testa giù sul tavolo, slacciandomi la cintura dei pantaloni con l'altra. Presi un preservativo da un cassetto aperto.

Sapeva già che il denaro non era il tipo di moneta che stavo cercando e che non avrei lavorato in cambio di nulla. Così raddrizzai bene la punta del mio uccello e le presi la passera come compenso per il suo nuovo tatuaggio. Di una passera.

*Fanculo la mia vita.*

La ragazza aveva un corpo splendido, ma dopo pochi minuti di gemiti sopra le righe, non mi stava dando alcuna sensazione. Potevo sentire il mio uccello che entrava molle dentro di lei. Questo non era quello che sarebbe dovuto succedere, soprattutto non dopo tutti quegli anni in cui la mia mano destra e la mia immaginazione erano stati i miei unici compagni di sesso.

*Cosa cazzo ho che non funziona?*

Le afferrai la gola con entrambe le mani e la strinsi, accelerando il movimento, tirai fuori le mie frustrazioni a ogni spinta violenta al ritmo martellante proveniente dall'altra stanza.

Niente.

Ero sul punto di tirarlo fuori e arrendermi.

Quasi non mi accorsi che la porta era aperta.

*Quasi.*

Un paio di occhi azzurri da bambola mi stavano fissando con sguardo assente, incorniciati da lunghi capelli biondo platino, una piccola fossetta al centro del mento, le labbra arricciate erano di un rosa intenso. Una ragazza, di diciassette o diciotto anni, non di più, un po' troppo magra.

Un po' impaurita.

Il mio uccello mostrò segni di vita, riportando la mia attenzione al fatto che stavo ancora sbattendo la brunetta. L'orgasmo mi travolse violento, salendomi vertiginosamente alla schiena e cogliendomi del tutto di sorpresa. Chiusi gli occhi, svuotandomi nel tatuaggio della passera, crollando sulla sua schiena.

*Che cazzo?*

Quando aprii di nuovo gli occhi, la porta era chiusa e la ragazza dagli occhi tristi non c'era più.

*Sto perdendo la testa, cazzo.*

Scivolai fuori dalla brunetta che per fortuna respirava ancora, ma era incosciente, per lo strangolamento o per la droga aveva le pupille dilatate quanto le sue fottute orbite.

Andai a sedermi sul mio sgabello a rotelle e lasciai cadere la testa tra le mani.

Avevo un fortissimo mal di testa del cazzo.

Preppy aveva organizzato questa festa per me e il mio io pre-galera a quest'ora si sarebbe già sniffato qualche striscia dalle tette delle spogliarelliste. Ma il mio io postgalera voleva solo mangiare, una buona notte di sonno e quelle persone del cazzo fuori da casa sua.

«Stai bene, capo?» chiese Preppy, infilando la testa nella stanza.

Gli indicai la ragazza incosciente sulla sedia. «Porta questa puttana fuori di qui». Mi passai la mano tra i capelli, il pulsare della musica faceva crescere sempre di più le fitte alla testa. «E porca puttana, abbassa quella merda!». Preppy non meritava la mia rabbia, ma ero troppo incasinato in testa per moderare i miei comandi.

«Agli ordini», disse senza esitazione.

Preppy mi scivolò accanto senza fare domande sulla ragazza mezza nuda sul tavolo. Con un semplice movimento si caricò in spalla il corpo senza sensi. Le braccia della ragazza incosciente gli sventolavano sulla schiena, colpendogliela a ogni passo. Prima che fosse troppo lontano, si voltò verso di me.

«Hai finito con questa?», chiese. Riuscii a fatica a sentirlo con quella musica. Con il mento fece cenno alla brunetta sulla spalla e sul viso aveva il ghigno di un bambino.

Annuii e Preppy sorrise come se gli avessi appena detto che poteva avere un cucciolo.

*Fottuto malato.*

Volevo bene a quel ragazzo.

Chiusi la porta, afferrai la mia pistola e il coltello dal primo cassetto della scatola degli attrezzi in cui tenevo la mia attrezzatura per i tatuaggi. Rinfoderai il coltello nello stivale e la pistola nella cintura dei jeans.

Scossi la testa da un lato all'altro per spazzare via la confusione mentale. Questo ti fa il carcere. Tre fottuti anni passati a dormire con un occhio aperto in una prigione piena di persone dove avevo sia amici sia nemici.

Era giunto il momento di tenere buoni alcuni di quegli

amici e chiedere qualche favore, perché c'era qualcosa di più importante delle mie stronzate egoistiche di cui dovevo occuparmi.

*Qualcuno* di più importante.

Il sonno poteva aspettare. Era ora di scendere di sotto e fare amicizia con i motociclisti. Avevo evitato in qualunque modo di fare affari con loro per anni, anche se il loro vice presidente, Bear, è come un fratello per me. Bear aveva cercato di farmi entrare nel suo moto club centinaia di volte, ma mi ero sempre rifiutato. Ero un criminale a cui piaceva fare i propri crimini da solo, senza un'organizzazione alle spalle. Ma ora avevo bisogno di quelle conoscenze che i motociclisti potevano fornire, come la possibilità di avvicinare politici disonesti le cui decisioni e opinioni erano facilmente corruttibili.

Non mi ero mai interessato al denaro prima d'ora. Era qualcosa di usa e getta per me, qualcosa che usavo per finanziare il mio stile di vita *non me ne frega un cazzo*. Ma ora?

Le tangenti ai politici non erano diventate meno costose e avrei avuto bisogno di un sacco di contanti, e anche molto presto.

O non avrei mai più rivisto Max.

# Capitolo 2

## Doe

Nikki era la mia unica e sola amica al mondo.
E in un certo senso la odiavo, cazzo.
Nikki era una battona che mi aveva trovata a dormire sotto una panchina. Non ero riuscita a evitare il temporale delle notti precedenti e dopo aver tremato e battuto i denti ero riuscita a addormentarmi. Stavo ormai vivendo per strada da diverse settimane e non avevo avuto un vero pasto da quando ero scappata dal Centro Manomorta, un soprannome che avevo dato alla casa famiglia in cui ero stata lasciata a marcire. Sono abbastanza certa che Nikki stesse cercando di derubarmi – o derubare quello che lei pensava fosse un cadavere – quando si accorse che stavo ancora respirando.
Francamente sono sorpresa che si sia preoccupata di me dopo aver visto che in realtà ero viva.
Viva sì, ma senza vita.
Attraverso un post-it arrotolato Nikki sniffò l'ultima striscia da un lavandino ingiallito che sembrava cadere dal muro da un momento all'altro. Il pavimento era disseminato di carta igienica, e tutti e tre i water erano sul punto di traboccare di melma marrone. L'odore travolgente di

candeggina mi bruciava i peli del naso, come se qualcuno avesse cosparso la stanza di prodotti chimici per attenuare l'odore ma non si fosse preoccupato di pulire veramente.

Nikki inclinò il mento all'insù verso i pannelli ammuffiti del soffitto e si tappò il naso. Una luce fluorescente sfarfallava e ronzava sopra di noi, lanciando una tinta verdastra sopra il bagno della stazione di servizio.

«Cazzo, è roba buona», disse gettando il sacchetto di plastica vuoto sul pavimento. Usando il pennellino di un tubetto quasi vuoto di lucidalabbra, raccolse tutto quello che era rimasto e lo applicò sulle sottili labbra screpolate. Con il mignolo poi fece sbavare la spessa riga sotto gli occhi fino ad annuire con soddisfazione nello specchio al suo look fumoso stile orsetto lavatore.

Feci scendere la manica del mio maglione fin oltre il polso e sfregai via il sudiciume dallo specchio di fronte a me, rivelando due cose: una crepa a forma di ragnatela nell'angolo e l'immagine di una ragazza che non riconoscevo.

Capelli biondo chiaro. Guance infossate. Occhi azzurri iniettati di sangue. Fossetta sul mento.

Niente.

Sapevo che la ragazza ero io, ma chi cazzo ero io?

Due mesi prima un netturbino mi aveva scoperta in un vicolo dove ero stata letteralmente gettata fuori insieme alla spazzatura, mi aveva trovata che giacevo nel mio stesso sangue tra un mucchio di sacchi dell'immondizia accanto a un cassonetto. Quando mi ero svegliata in ospedale, con il più grande fottuto mal di testa nella storia dei mal di testa, ero stata dimessa dalla polizia e dai medici come una che era scappata. O una battona. O un ibrido delle due. Il poliziotto che mi aveva interrogata a letto non si era preoccupato di nascondere il suo disgusto quando mi aveva informato che quello che era probabilmente successo non era altro se non un semplice caso di un cliente che era stato violento con me. Avevo aperto la bocca per dire la mia ma mi ero fermata.

Avrebbe potuto avere ragione.

Qualsiasi altra cosa non avrebbe avuto senso.

Niente portafoglio. Niente documento d'identità. Niente denaro. Niente di niente.

Niente memoria del cazzo.

Quando al telegiornale parlano di qualcuno che è scomparso, gruppi di persone si mettono insieme e formano una squadra di ricerca. Vengono compilati verbali della polizia e a volte si tengono fiaccolate nella speranza che chi è scomparso torni presto a casa. Quello che non fanno mai vedere è quello che succede quando nessuno ti cerca. Quando i *propri cari* non lo sanno, o non esistono… o semplicemente non si preoccupano.

La polizia aveva cercato nei report delle persone scomparse in tutto lo Stato e poi nel Paese, senza successo. Le mie impronte non erano registrate da nessuna parte e nemmeno la mia foto.

Avevo poi appreso che essere catalogata come persona scomparsa non significava necessariamente che io mancassi a qualcuno. Quanto meno non abbastanza per richiedere qualsiasi tipo di azione mediatica. Nessun articolo di giornale. Nessuna notizia sul canale 6. Nessun appello da parte dei membri della famiglia per un mio ritorno sana e salva.

Forse era colpa mia se nessuno si era preoccupato di cercarmi. Forse ero una stronza e la gente aveva festeggiato il giorno in cui me n'ero andata.

O scappata.

O ero stata trasportata dal fiume in un cazzo di cestino come Mosè.

Non lo sapevo, cazzo. Tutto era possibile.
Non sapevo da dove venivo.
Non sapevo quanti anni avevo.
Non conoscevo il mio vero nome.
Tutto ciò che possedevo al mondo era riflesso sullo specchio del bagno di quella stazione di servizio, e non avevo la benché minima idea di chi fosse.
Senza sapere se fossi minorenne oppure no, venni spedita a vivere al Centro Manomorta dove, tra masturbatori seriali e delinquenti minorenni, durai solo un paio di settimane. La notte in cui mi svegliai e trovai uno dei ragazzi più grandi che stava ai piedi del mio letto con la lampo aperta e il cazzo in mano, scappai attraverso una finestra del bagno. L'unica cosa che mi rimase furono i vestiti donati che indossavo e un soprannome.
Mi chiamavano Doe.
Come Jane Doc.
Mi sarebbe servito solo un cartellino sull'alluce per assomigliare alla vera Jane Doe perché, sicuro come la morte, quello che stavo facendo non era vivere. Rubavo per mangiare. Dormivo ovunque trovassi riparo dalle intemperie. Chiedevo l'elemosina vicino agli svincoli delle tangenziali. Rovistavo nei cassonetti dei ristoranti.
Nikki passò le sue unghie tutte masticate tra i suoi capelli rossi e unti. «Pronta?», chiese. Tirò su con il naso, saltellò in punta di piedi come se fosse un'atleta che si stava preparando per una gara importante.
Benché fosse molto lontano dall'essere vero, annuii. Non ero pronta, non lo sarei mai stata, ma non avevo alternative. Per strada non era sicuro, stare ogni notte all'aperto significava giocare con la mia vita, nel vero senso della parola. Senza parlare del fatto che se avessi perso altro peso non avrei avuto la forza di difendermi da alcun pericolo.

In entrambi i casi, avevo bisogno di ripararmi sia dalle intemperie sia dalle persone che si aggiravano la notte, prima di fare davvero la fine della vera Jane Doe.

Non credo che Nikki riuscisse a percepire la fame. Ma, anche in caso contrario, preferiva una breve sbandata alla pancia piena. Ogni singola volta. Un fatto triste reso evidente dagli zigomi appuntiti e dalle occhiaie nere sotto gli occhi. Nel breve tempo in cui l'ho frequentata, non l'ho mai vista ingerire altro che cocaina.

La giudico e mi sento una merda per questo. Ma in fondo lo so che è migliore di quello che fa. Quando non sono troppo arrabbiata con lei mi sento quasi protettiva nei suoi confronti. Stavo lottando per la mia sopravvivenza e volevo lottare per la sua, ma il problema era che lei non voleva lottare per se stessa.

Aprii la bocca per farle una predica. Stavo per dirle che avrebbe dovuto lasciar perdere l'erba e dare priorità al cibo e alla sua salute in generale, quando si girò verso di me. Ero là, a bocca aperta, pronta a tempestarla di consigli come se fossi stata migliore di lei. La verità era che, prima di perdere la memoria, potevo essere stata immersa fino al collo nella stessa merda.

Mi tappai la bocca dispensatrice di consigli.

Nikki mi guardò dall'alto in basso, valutando il mio aspetto. «Ce la puoi fare», disse con un tono di evidente insoddisfazione. Mi ero rifiutata di imbrattarmi di trucco o di strapparmi tutte le sopracciglia per lasciare una linea sottile al loro posto come aveva fatto lei. Mi ero invece lavata i capelli nel lavandino e avevo usato l'asciugamani elettrico perché si asciugassero più velocemente. Il mio viso era senza trucco, ma andava bene così, perché se avevo intenzione di truccarmi, volevo farlo a modo mio e senza assomigliare a Nikki.

*Sì, sono una stronza dispensatrice di consigli.*

«Com'è che funziona?», chiesi. Me l'aveva già detto dieci volte, ma avrebbe potuto dirmelo altre diecimila volte e ancora non mi sarei sentita a mio agio.

Nikki aveva gonfiato i suoi capelli mosci. «Seriamente, Doe, ma vuoi ascoltarmi?». Sospirò infastidita ma continuò. «Quando arriviamo alla festa tutto quello che devi fare è coccolare uno dei motociclisti. Se gli piaci c'è una buona probabilità che ti voglia portare dentro, tenerti per un po' e tutto quello che devi fare è scaldargli il letto e farlo stare bene».

«Non so se riesco a farlo», dissi in tono remissivo.

«Sì che ce la fai e lo farai. E non essere così timida che a loro non piace. E poi non sei timida, parli così solo perché sei nervosa. Sei un tipo alla mano, specialmente per quella preoccupante tendenza che hai a fare gaffe».

«Mi conosci da così poco tempo, mi fai venire i brividi per come mi hai già inquadrato», dissi.

Nikki alzò le spalle. «Mi piace studiare le persone, e che tu ci creda o no, è molto facile con te. Ora ad esempio sei tesissima. Lo so perché tieni le spalle curvate in avanti». Me le massaggiò. «Meglio. Tira fuori il petto. Non hai molto da offrire qui sopra ma, se togli il reggiseno e se tieni indietro le spalle, potranno intravedere un piccolo capezzolo e gli uomini adorano i capezzoli».

Ecco fatto. Avrei potuto convincere un motociclista a volermi, mi avrebbe protetto, possibilmente per un periodo abbastanza lungo per mettere in atto il piano B. «Lo scenario peggiore è che lui stia solo cercando una sveltina, ti getterà qualche dollaro e ti manderà da dove sei venuta». Per Nikki sembrava stessimo andando in vacanza e non a prostituirci.

Potevo ingannare me stessa e pensare che se non battevo

per strada allora non ero come Nikki, ma la verità era che, per quanto ci girassi intorno, quel piano mi avrebbe trasformato in una prostituta.

*Signora Arrogante Consiglia.*

Mi spremetti così tanto il cervello alla ricerca di altre soluzioni che me lo ritrovai vuoto come la mia pancia.

Nikki spalancò la porta, lasciandola oscillare avanti e indietro, e la luce del sole invase lo spazio buio. Guardando la ragazza dal volto semplice nello specchio per l'ultima volta sussurrai: «Mi dispiace».

Era una consolazione sapere che, qualsiasi persona fossi stata prima di avere quella tabula rasa in testa, non avevo idea di quello che stessi per fare.

Perché quello che stavo per fare era vendere il suo corpo.

E la mia anima, se mai l'avessi avuta ancora.

# Capitolo 3

## Doe

Seduta sul sedile posteriore di una vecchia Subaru di un tizio pelato, mi sforzai di diventare per qualche istante sorda per non essere costretta a sentire Nikki che faceva un pompino all'autista. Ci stava portando alla festa in una casa a Logan's Beach. Quando finalmente ci fermammo, saltai fuori dall'auto come se fosse stata in fiamme.

«Ciao, baby», disse Nikki in tono dolce, mentre si puliva l'angolo della bocca con una mano e con l'altra salutava la macchina che si allontanava. Quando scomparve, esasperata sputò a terra.

«Credo che vomiterò», dissi io, sul punto di soffocare per i conati.

«Be', non sei tu che ti sei offerta di succhiargli l'uccello per la corsa», ribatté Nikki. «Quindi chiudi quella cazzo di bocca. E poi, è grazie a me che siamo qui, no?».

*Qui* si riferiva a una strada sterrata ai margini di una proprietà ricoperta di alberi e siepi. Una piccola apertura nella sterpaglia consentiva lo spazio a uno stretto vialetto. Era buio e non c'erano lampioni sulla strada a indicarci la via fino alla casa, il sentiero sembrava non finire mai. Un leggero odore di pesce permeava l'aria. Il mio stomaco vuoto era in subbuglio, mi tappai bocca e naso con la mano per evitare di stare male.

In lontananza apparvero delle luci tremolanti. Mentre ci avvicinavamo alla casa mi resi conto che quello che stavamo vedendo non erano affatto fari, ma torce di plastica infilate nel terreno da angolazioni imprevedibili, creando un sentiero di fortuna attraverso l'erba intorno al retro dell'abitazione.

La casa era a tre piani e costruita su fondamenta di palificazioni. Il piano di sotto era occupato quasi tutto da un open space dove erano parcheggiate moto luccicanti e auto che riempivano ogni centimetro di spazio disponibile. Nella parete più lontana c'erano due porte, una con un catenaccio e una barra di metallo che l'attraversava e un'altra più o meno a un metro da terra con due gradini di cemento per l'accesso. Ai due piani più alti c'erano balconi che giravano intorno alla casa, tutte le finestre erano illuminate e rivelavano le ombre delle persone che si trovavano dentro. La musica faceva vibrare il terreno bagnato, facendo piovere sulle mie gambe l'acqua dagli alti fili d'erba.

«Vivono qui i motociclisti?», chiesi a Nikki.

«No, questa casa è del tizio al quale stanno organizzando la festa».

«E chi è?» chiesi. Nikki alzò le spalle.

«Non lo so. Tutto quello che so è che Skinny ha detto che era una festa per un ritorno a casa». Skinny era stato un po' il ragazzo di Nikki, un po' il suo magnaccia.

Quando raggiungemmo il retro della casa, vidi per la prima volta i motociclisti e il mio stomaco andò di nuovo sottosopra. Mi fermai di scatto.

Eccoli là, circondavano un braciere al centro dell'enorme cortile, le fiamme e il fumo che fluttuava in grandi volute si alzavano in alto quanto la casa. Ero così presa da quello che dovevo fare che avevo dimenticato di fermarmi e pensare con chi avrei dovuto farlo. C'erano sette o otto uomini, alcuni seduti su sedie a sdraio, altri in piedi con una birra in mano. Tutti indossavano giubbotti di pelle con diverse toppe ad arricchirli. Alcuni indossavano sotto camicie a maniche lunghe con i bottoni sulle punte del colletto, altri non indossavano proprio nulla. Le donne avevano gli stessi gusti in fatto di moda di Nikkie e ridevano e ballavano intorno al fuoco. Una ragazza era in ginocchio e muoveva la testa su e giù davanti alla vita di un uomo che, come se nulla fosse, stava parlando al telefono mentre con l'altra mano le guidava la testa.

*È solo un mezzo per raggiungere lo scopo.*

Mi voltai per dire a Nikki che forse avremmo dovuto riconsiderare il piano, ma era già andata via. Scrutando il cortile la scorsi mentre aveva già un braccio intorno a un ragazzo alto con la barba rossa intrecciata e una bandana con la bandiera americana legata intorno alla fronte.

Delle forti braccia mi avvolsero intorno alla vita da dietro e mi tirarono con forza contro un muro di muscoli. La prima reazione fu quella di scrollarmelo di dosso, ma quando cercai di liberarmi mi tenne ancora più stretta. Il suo alito caldo puzzava di aglio e liquore e, quando parlò con le labbra premute contro il mio collo, mi sentii aggredire in tutti i miei sensi: «Ehi, baby. Sono pronto a divertirmi. Che ne dici?». Mi afferrò il polso e me lo piegò con forza dietro la schiena fino al punto da farmi credere che mi avesse lussato la spalla. Fece scivolare la mia mano lungo la parte anteriore dei suoi jeans, strofinando il mio pugno chiuso su e giù per tutta la lunghezza della sua erezione. «Ti piace, non è vero, baby?».

Aprii il pugno e gli afferrai le palle strizzandole con tutta la forza che riuscii.

«Puttana!», gridò.

Mollò la presa e crollò in ginocchio nell'erba. Con le mani a coppa sui suoi gioielli, cadde sul fianco e alzò le cosce fino al petto. Corsi sui gradini che portavano in casa.

«Schifosa puttana! Ti faccio passare la voglia», urlò, mentre io mi dileguavo in casa passando davanti alla marea di persone che stavano andando alla festa. Infilai la prima rampa di scale che incontrai e corsi fino al terzo piano. Provai la maniglia di diverse porte chiuse in un corridoio stretto, ma erano tutte chiuse a chiave. Fu solo quando arrivai quasi alla fine del corridoio che una finalmente si aprì.

Non avevo ancora messo il piede dentro quando mi resi conto che la stanza, per quanto fosse buia, non era vuota.

Un tocco di vernice fluo sulle pareti faceva sembrare la stanza come se fosse incandescente. Non riuscii a vedere distintamente, ma riuscii a distinguere due corpi al centro della stanza. A prima vista sembrò che qualcuno fosse in piedi dietro a un'altra persona sdraiata. Mi ci volle un secondo per realizzarlo, dopodiché, non ebbi alcun dubbio su quello in cui ero incappata.

Pelle che sbatteva contro altra pelle. Gemiti. L'odore di sudore e qualcos'altro che non riuscivo a classificare. Sembrava che fossi là da ore, ma in realtà non fu che per pochi secondi. Avrei dovuto girarmi e chiudere la porta nell'istante in cui mi ero resa conto che la stanza era occupata, ma non riuscivo a staccarmi dalla scena che si stava svolgendo davanti a me.

Un paio di occhi magnetici mi fissarono. Sotto le luci artificiali, risplendevano di un verde brillante. L'uomo mi guardò dritto negli occhi e, con mia grande sorpresa, non sbatté le palpebre e non guardò altrove. I suoi fianchi sbattevano contro quelli di lei sempre più veloce. Mentre lui continuava ad assestare i suoi colpi all'infinito, i suoi occhi penetrarono i miei. Quando li chiuse e gettò indietro la testa con un lungo gemito, la nostra connessione venne interrotta.

L'uomo crollò sulla schiena della ragazza e mollò la presa alla gola. L'aveva strangolata? Quando ero entrata lei stava gemendo e poi si era fatta silenziosa.

Silenziosa come un morto.

Improvvisamente mi ricordai di avere delle gambe, chiusi la porta e fuggii giù per le scale. Mi nascosi accanto allo scaldabagno sotto la casa, accanto a tutte le auto e le moto, dove rimasi seduta per più di un'ora facendo scorrere la ghiaia tra le mie mani, sperando di farmi una ragione sul fatto che la mia vita aveva preso una direzione schifosa. Per quanto avessi voluto darmela a gambe in piena notte, non potevo andare lontano; la paura schiacciante che avevo del buio mi teneva prigioniera nella casa dove avevo forse appena assistito a un omicidio, ma dove almeno potevo trovare della luce.

*La paura ha seriamente mandato a puttane le mie priorità.*

Fu quella paura, insieme alla mia pancia che brontolava e alla testa che mi girava, a ricordarmi perché mi trovassi là.

Sopravvivenza di base.

*Sono disperata e la gente disperata non ha il lusso di fare delle scelte.*

Tirai un sospiro profondo. Dovevo fare quello che andava fatto, sebbene non sapessi esattamente cosa. Voglio dire, sapevo come si faceva, ma il mio cervello era come un'auto con il contachilometri azzerato. Una lavagna pulita che stavo per sporcare in modo indecente.

Magari ero davvero una senzatetto affamata, ma ero determinata a togliermi prima o poi dalla strada e a condurre una vita vera. Una vita con un letto morbido e lenzuola pulite. Quando non avrei dovuto preoccuparmi della mia sicurezza o della mia pancia, avrei potuto concentrarmi per scoprire la verità su chi fossi veramente.

Mi ripromisi di superare quel momento e di fare quello che andava fatto, dopodiché non avrei mai più pensato a quel periodo. Non sarebbe stato che un puntino sul radar della mia vita, dove giurai che non mi sarei mai più soffermata.

Mi alzai in piedi, mi diedi una rassettata e iniziai il mio personale discorso d'incitamento. L'avrei fatto. Ce l'avrei fatta. Avrei dovuto fingere come se sapessi quello che stavo facendo, come se non avessi avuto paura, ma facendo finta che non me la stessi facendo addosso; non era qualcosa di nuovo per me, l'avevo fatto ogni singolo giorno da quando mi ero svegliata senza idea di chi fossi.

Sarei stata una puttana che andava in motocicletta, perché era quello che dovevo essere. Sarei stata anche un funambolo se fosse servito a tenermi in vita.

Con una ritrovata determinazione, tornai indietro intorno al falò, afferrai una birra da un refrigeratore e la aprii. Il liquido fresco mi schiarì la gola secca e irritata. Passai velocemente in rassegna tutti i motociclisti e le ragazze che avevano la loro attenzione. Il mio interesse cadde in particolare su una ragazza che stava a cavalcioni di un motociclista che la superava di almeno un centinaio di chili.

Fu lo sguardo sul suo viso a incuriosirmi. Il sorriso sul suo volto diceva *il tuo cazzo starebbe benissimo ficcato nella mia gola.* Mimai il suo atteggiamento sperando che fosse sufficiente ad attirare l'attenzione di qualcuno che si sarebbe interessato a me.

Qualcuno che avrebbe potuto aiutarmi a sopravvivere.

«Ehi, tu», una voce profonda mi rimbombò nell'orecchio.

Quando mi girai, i miei occhi si trovarono davanti a un muro di pelle con toppe bianche cucite sopra. Su una c'era scritto "Vice presidente" e sull'altra "Beach Bastard". L'uomo che indossava il giubbotto aveva lunghi capelli biondi che gli ricadevano su un lato della testa, mostrando la zona rasata sottostante. Aveva la barba, non corta e ispida, ma una barba folta lunga qualche centimetro e molto ben curata. Era oltre il metro e ottanta, aveva una corporatura molto scolpita e muscolosa. Non riuscivo a dire di che colore fossero i suoi occhi perché le sue palpebre erano pesanti e leggermente arrossate. Tutto il suo collo era coperto di tatuaggi di diversi colori e quando accese una sigaretta notai che anche il dorso di entrambe le mani era coperto di inchiostro.

«Ehi», risposi, cercando di affermare l'appena ritrovata falsa fiducia in me stessa.

Era molto più che attraente. Era bellissimo. Se avessi dovuto finire nel letto di qualcuno, immaginai che essere nel suo non sarebbe stato niente male. Sniffava. La bianca, leggera polvere intrappolata nelle sue narici attirò la mia attenzione.

«Mi chiamano Bear. Sei di qualcuno?», chiese in modo seducente, avvicinandosi a me.

«Tua... forse?», trasalii per la scelta delle mie parole. Di tutte le parole del cazzo che avrei potuto dire, mi era venuta in mente proprio QUELLA? Stupida bocca del cazzo. Nikki aveva ragione. Parlavo sempre prima di pensare.

Bear ridacchiò. «Mi piacerebbe, stupendo, ma ho qualcos'altro in testa».

«Ah, davvero? Che cosa sarebbe?», dissi cercando di mantenere un tono neutro, anche se la mente e il cuore stavano galoppando.

«Vedi questa festa? È per il mio amico. È stato qui non più di trenta minuti in tutto prima di filarsela ad affogarsi in una bottiglia di Jack. È come un gatto su un albero, non si riesce a farlo scendere. È comprensibile, visto che è stato via per un po' di tempo, ma credo che tu possa aiutarmi».

Agganciò il dito alla parte davanti della mia gonna e mi trascinò lentamente verso di lui fino a quando i miei capezzoli si inturgidirono contro il suo petto. Premette le dita sulla pelle proprio sopra il mio osso pubico e resistetti all'istinto di fare un salto indietro mordendomi il labbro inferiore.

«Le PBB non gli sono mai veramente piaciute». Si fermò quando vide lo sguardo confuso sul mio viso dopo aver sentito quella sigla. «Le puttane dei Beach Bastard», spiegò. «Ma tu? Tu sei nuova. Sei diversa. Hai un qualcosa di carino e innocente, ma so che non sei così o non saresti a questo tipo di festa se questo non fosse il tuo lavoro. Credo che gli piacerai». Bear si strofinò le labbra contro il lato del mio collo. «Quindi magari vai su. Lo fai felice per me. Fallo felice mettendogli queste splendide labbra intorno al suo cazzo per un po'. Poi, quando hai finito, riportalo quaggiù nella civiltà. E forse più tardi, se sei una brava ragazza e fai quello che ti viene detto, possiamo tornare alla club house e divertirci davvero». Passò i denti lungo il lobo del mio orecchio. «Pensi di riuscire a farlo per me?»

«Sì, sì, ce la faccio», dissi. Sentivo la pelle formicolare al suo tocco. Ce la potevo fare.

*Credo.*

«Comunque, come ti chiami?». Bear passò lentamente la mano dietro la mia gamba, mi alzò la gonna e si fermò sulla natica, esposta a chiunque avesse guardato nella nostra direzione.

«Doe. Mi chiamo Doe», dissi in un soffio.

«Ti sta bene», commentò con una risata. «Bene, la mia Doe dallo sguardo innocente». Bear si avvicinò ancora e mi sorprese piantandomi un leggero bacio sull'angolo della bocca. Le sue labbra erano morbide e lui odorava di detersivo per il bucato misto a liquore e sigarette. Avevo appena iniziato a pensare che il bacio significasse che aveva cambiato idea e che non voleva mandarmi dal suo amico, ma non avevo tutta quella fortuna. Mi strattonò bruscamente e mi fece voltare di fronte alle scale. Mi colpì sul culo, spingendomi in avanti. «Su per le scale, vai tesoro. L'ultima stanza in fondo al corridoio. Fai la brava con il mio ragazzo e io e te giochiamo più tardi». Sigillò le sue parole facendomi l'occhiolino e mentre salii mi girai indietro e gli feci un finto sorriso. Speravo che il tizio in fondo al corridoio sarebbe stato come Bear, perché allora forse non sarebbe andata così male.

Poi, un pensiero m'investì con un impeto improvviso da farmi mancare la forza nelle gambe e dovetti trattenere le lacrime che mi erano spuntate dagli occhi.

Mi ero ufficialmente venduta e il prezzo era di gran lunga superiore a qualsiasi cifra.

# Capitolo 4

## Doe

B*oom. Boom. Boom. Ba-boom.*

Era difficile distinguere dove finisse il basso e iniziasse il mio battito.

Mi pulii le mani sulla gonna sbrindellata che avevo preso dal container dei vestiti usati e avanzai a rilento attraverso un mare di corpi che si attorcigliavano ritmicamente l'uno all'altro. Uno spesso strato di fumo era intrappolato sotto il basso soffitto. Gli invitati alla festa assomigliavano a dei robot che ballavano e si muovevano in modo ossessivo sotto le luci psichedeliche in ogni centimetro di spazio disponibile sul pavimento.

Nel buio, guidata solo dalle luci intermittenti, salii le scale e, come aveva detto Bear, mi diressi fino alla porta in fondo al corridoio.

La porta verso la mia salvezza.

La porta verso il mio inferno.

Girai la maniglia e i cardini cigolarono. L'unica luce nella stanza era quella soffusa del LED del televisore spento e silenzioso sulla parete più lontana. La stanza sprigionava un pesante odore di erba.

«C'è qualcuno?», chiamai al buio, cercando di rendere

la mia voce il più sexy possibile, ma fallendo miseramente.

Una voce maschile, bassa e ruvida, ruppe il silenzio e le parole vibrarono dentro di me. «Chiudi quella cazzo di porta».

Una sensazione completamente nuova strisciò come un serpente in ogni fessura della mia mente e del mio corpo, che erano già fragili, e mi avvolse, mi si rizzarono i capelli alla base del collo. Avevo pensato che sarei stata indecisa, nervosa e anche ansiosa.

Ma quello che provai fu molto di più.

Ebbi paura.

Il cuore mi batteva forte. Il battito era a mille. Allarme rosso. Paura.

L'istinto di voltarmi e correre quanto più veloce quelle gambe tremanti mi avessero consentito fu travolgente, ma ogni pensiero di fuga immediata venne interrotto.

«La porta», comandò di nuovo la voce. Non mi ero mossa di un centimetro. Per quanto volessi correre, la mia disperazione mi spinse avanti.

Chiusi la porta dietro di me e il caos del piano di sotto scomparve con il clic del chiavistello, tenendo fuori il rumore e la possibilità che chiunque sentisse le mie grida di aiuto.

«Dove sei?», chiesi con esitazione.

«Sono qui», disse la voce, non offrendo alcuna indicazione su dove fosse veramente quel *qui*. Feci un respiro profondo per tranquillizzarmi e poi qualche passo verso la TV, fino a quando non fui abbastanza vicina da distinguere la sagoma di un letto in mezzo alla piccola stanza e un paio di lunghe gambe che penzolavano dal bordo.

«Ehm, bentornato a casa? Mi ha mandato Bear». Parlando forse avrei dato il tempo al mio cuore di tenersi saldo al mio corpo. Ma la consapevolezza di quello che stavo per fare mi intontì e mi paralizzò in piedi di fronte all'ombra.

Ignorando il mio pietoso tentativo di fare conversazione, si trascinò fino al bordo del letto. Sebbene non riuscissi a distinguere i suoi lineamenti, la corporatura nell'ombra era massiccia.

Si alzò e si avvicinò, mi preparai a essere toccata, ma non ci fu nessun contatto. Invece, afferrò una bottiglia dal comodino dietro di me. La piegò verso la bocca e bevve a lungo e lentamente. I sorsi si sentirono chiaramente nel silenzio della piccola stanza.

Di nuovo, mi sfregai le mani sulla gonna, sperando che l'oscurità coprisse i miei nervi meglio del sudore sulle mani.

«Sei tesa per me?» chiese, come se mi leggesse nella mente. Il suo alito sapeva del whisky appena bevuto.

«No», risposi senza fiato, la bugia mi si impigliò in gola. Una mano enorme mi afferrò bruscamente alla vita, trascinandomi nello spazio tra le sue gambe. Le sue dita scavarono nei miei fianchi e io lanciai un grido per la sorpresa.

«Non mentirmi, ragazza», ringhiò lui senza alcuna intenzione di scherzare. Mi si congelò il sangue. Il mio cuore batteva all'impazzata. Bevve un altro sorso dalla bottiglia, allungandosi di nuovo dietro di me per posarla. Questa volta, ritornando, si mosse lentamente, sfiorando la sua guancia contro la mia, non aveva i peli del viso abbastanza lunghi per essere considerati barba, ma più lunghi rispetto a una barbetta. Inaspettatamente sentii dei brividi correre lungo la schiena e trattenni il desiderio di toccargli il viso. «Ignori sempre le persone quando ti fanno una domanda?».

Sì, ero nervosa a causa sua. Maledizione, mi aveva fatto diventare così tesa che non riuscivo a parlare. Non mi aspettavo quella roba. Pensavo che avrei aperto le gambe per qualche testa di cazzo ubriaco e arrapato che mi avrebbe preso in una stanza con tanta luce. Invece, mi trovavo in piedi al buio, stretta fra le cosce di un uomo che vedevo a fatica, ma la cui sola presenza mi faceva rabbrividire la schiena.

«Prenderò il tuo silenzio come segno che vuoi lasciar perdere le chiacchiere». Mi afferrò per le spalle e mi spinse in basso. Allungai le braccia per puntellarmi e le mani mi finirono sulle sue cosce dure come la pietra, mentre le mie ginocchia colpirono il tappeto. «Così va meglio».

*Puoi farcela. Puoi farcela. Puoi farcela.*

«Succhiamelo», ordinò, sdraiandosi sul letto e appoggiandosi sui gomiti.

Portai le mani tremanti su per le sue cosce finché non trovai la cintura. Gliela slacciai lentamente, la punta delle mie dita sfiorò la pelle calda della sua pancia. I suoi muscoli addominali si contrassero al mio tocco e lui respirò profondamente attraverso i denti. Scrollai le mani tremanti, cercando di riprendere il controllo. Quando raggiunsi la sua lampo, esitai.

*Gente disperata.*

*Gesti disperati.*

Cercai di tenere ferme le mani il più possibile e abbassai lentamente la lampo. Chiusi gli occhi nel tentativo di calmare il mio respiro irregolare, temendo di svenire e cadergli in mezzo alle gambe. Speravo che a occhi chiusi sarei stata un po' più a mio agio perché mi sarei potuta estraniare da quello che stavo per fare.

Gli avevo appena abbassato la lampo e stavo entrando nei suoi jeans quando la sua voce mi rimbombò sopra come un cannone sparato a distanza ravvicinata. Saltai indietro sorpresa, cadendo con il culo sul tappeto.

«Ma che CAZZO?», urlò. Avendo gli occhi chiusi, non avevo visto che aveva acceso la lampada lì vicino, ma quando alzai lo sguardo dal pavimento mi ritrovai a fissare dei bellissimi occhi verdi pieni di odio, che mi scrutavano come se fossi stata la ragione di tutti i mali del mondo.

Mi sembrò di avere già visto quegli occhi.

Mi allontanò le mani dalla patta dei pantaloni e mi afferrò i polsi. Si alzò tirandomi in piedi, il suo petto duro premeva contro il mio. «Sono entrata qui poco fa, stavi facendo sesso con una ragazza». Dissi senza pensare, pentendomene immediatamente. Fanculo a me e alla mia mania di parlare senza riflettere.

La canottiera nera aderente metteva in bella mostra le forme della sua impressionante corporatura. Una miriade di tatuaggi colorati decorava un lato del collo, il torace, le spalle, continuando giù su entrambe le braccia fino al dorso delle mani e le nocche. Indossava bracciali che in realtà non erano affatto bracciali, ma cinture di cuoio con borchie metalliche avvolte intorno ai polsi e agli avambracci. Aveva i capelli scuri rasatissimi, degli orecchini neri su ogni orecchio e una cicatrice bianca che gli attraversava il sopracciglio destro. La barba corta e ispida sulla sua mascella squadrata aveva già qualche giorno e aveva bisogno di essere rasata.

Quando l'avevo visto sbattere senza tregua la ragazza sul tavolo avevo capito che era molto alto, e così anche finché era stato solo un'ombra. Ma in realtà non avevo avuto idea del colosso di uomo che mi stava di fronte.

Non sembrava che quel tizio frequentasse la compagnia sbagliata.

Quel tizio era la compagnia sbagliata.

«Tu?», chiese. Le sue narici si dilatarono mentre abbassava lo sguardo verso di me. Non so cosa avessi fatto per farlo arrabbiare così tanto, ma guardandolo alla luce mi spaventò ancora di più di quanto non lo avesse già fatto al buio, e desiderai avere ascoltato l'istinto di qualche attimo prima ed essere corsa via quando ne avevo avuto l'occasione.

«È chiaro che non te ne intendi, perché se così fosse, non chiameresti sesso quello che hai visto».

«So cosa ho visto», dissi a mia difesa.

«No, non lo sai, perché sapresti che non ho fatto sesso con lei. Me la stavo *scopando*». Il modo in cui pronunciò quella parola mi fece bagnare gli slip.

*Quanto sei idiota, ragazza. Il tuo cervello deve essere proprio andato in pappa perché questo non è uno che giustifica questo tipo di reazione.* «Chi sei?», domandò.

«Non sono nessuno», risposi sincera. Soffrii nel sentire le parole uscire ad alta voce dalla mia stessa bocca.

«Non sei una fottuta puttana dei motociclisti», disse chiaramente. Piegò la testa di lato mentre mi fissava dall'alto in basso. Mi analizzò in ogni dettaglio come se stesse cercando di capirmi. Indugiò lo sguardo sulle mie labbra e si passò la lingua sulle sue, bagnandosele.

«Non sai chi sono», sbottai. Cercai di fare un passo indietro, ma lui mi tenne saldamente dov'ero.

«No, ma le puttane dei motociclisti di regola non tremano e si eccitano quando stanno per succhiare il cazzo». Mi strinse i polsi così forte che il dolore mi fece alzare le braccia.

«Lasciami andare!». Cercai inutilmente di liberarli dalla sua presa, con uno strattone. Avevo bisogno di uscire da lì, ma lui mi stringeva ancora di più, spingendomi all'indietro fino a quando non andai a finire con la testa contro il muro.

«Vorresti dire che lo fai sempre? Che sai cosa vuole un tizio come me? Che lo succhi e che scopi come una professionista?». Fece scorrere l'indice lungo il lato della mia guancia e cercai di ignorare il calore che provai a essere sfiorata. «Pensi di riuscire a prenderti cura di me, piccola? Bene. Possiamo ricominciare da dove abbiamo interrotto». Guidò una delle mie mani verso la parte anteriore dei pantaloni e mi tenne il palmo aperto verso l'erezione gonfia che minacciava di uscire dai suoi jeans aperti. Mi si rizzarono i capelli sulla nuca. «Non mi stavi facendo vedere come mi fai venire?», mi provocò con un caldo sussurro nell'orecchio, sebbene le parole in sé fossero fredde. Ero terrorizzata. Potevo sentire il sangue che mi scorreva nelle vene mentre il cuore mi batteva sempre più forte. «Stasera mi hai già fatto venire una volta». Lo guardai con aria interrogativa.

«Questa sì che è una bugia. Ti ho toccato appena».

«No, non adesso. Quando mi hai visto prima, con quella ragazza. Eri sulla porta e ci guardavi. Ti è piaciuto quello che hai visto? Ti è piaciuto vedere che venivo per te?»

«Ti credi troppo importante. Non sono rimasta a guardarti. Ero solo sorpresa. La stavi praticamente strangolando, perché avrei dovuto restare a guardare quella roba?».

Mi prese la gola con le mani e strinse forte, lasciandomi solo con quel po' di aria che mi permetteva di respirare ancora. «Intendi dire così?», mi chiese, guardandomi negli occhi mentre cercavo di nascondere i segnali di terrore che si accendevano sul mio corpo. Alimentava la mia paura.

«Fanculo», sbottai, raccogliendo tutto il coraggio che riuscii. Stava giocando con me ed era normale che avessi paura, ma non ero un'ingenua.

«Lo so che avresti voluto essere quella ragazza. Volevi

essere tu quella in cui sbattevo il mio cazzo. Ho visto il modo in cui mi guardavi e sono venuto. Lo vedo il modo in cui mi guardi adesso, e anche se hai paura mi desideri, forse anche perché hai paura».

«Ti sbagli. Non è così che ti sto guardando».

«No? Allora dimmi a cosa pensi veramente quando mi guardi, in questo momento. Cosa sta passando per questa tua bella testolina?»

«Stavo pensando che è un peccato che degli sguardi così belli siano sprecati su qualcuno come te». Sorrise con un angolo della bocca e mi strinse la gola più forte, avvicinandosi in modo da allineare la sua guancia alla mia; riuscivo a sentire le sue parole vibrare sulla mia pelle.

«Quanti anni hai, piccola?»

«Che cavolo te ne frega?», dissi a denti stretti.

«Voglio solo sapere se sei illegale». Si tirò indietro e il suo sguardo vagò sul mio corpo con una lunga e lenta scansione. Mi liberò la gola e mi puntò entrambi i polsi sopra la testa con una mano. Immerse un dito calloso nella scollatura bassa della mia canottiera, seguendo lentamente la forma rotonda dei miei seni. Mi venne la pelle d'oca alle braccia.

Inspirai di scatto.

«Ho visto tutta la merda che c'è là fuori», dissi inclinando la testa per indicare la porta. «Come se ti fottesse davvero se qualcosa è illegale», il mio respiro era corto e veloce.

«Non me ne frega un cazzo», disse con una profonda risata, «in realtà, spero che tu *sia* illegale». Premette gli avambracci contro il muro su entrambi i lati della mia testa, ingabbiandomi con il suo corpo massiccio, premendomi la sua erezione contro la pancia. «Perché le cose illegali sono la mia specialità, cazzo».

Rimasi senza fiato e mi sentii i polmoni pesanti nel petto. In quella posizione non riuscivo a decidere se volevo strusciarmi contro di lui per trovare il contatto che stavo desiderando o prenderlo a schiaffi per fare uscire l'essere schifoso che c'era in lui. Dovette percepire la mia indecisione, perché mi guardò negli occhi e scosse la testa.

«Vai avanti, piccola. Ma non lo farei se fossi in te». Aveva l'espressione seria ma una vena di divertimento negli occhi scuri e pericolosi. Premette la fronte contro la mia e sospirò. «Ci saremmo potuti divertire un sacco, piccola». Scosse la testa e per la prima volta notai le occhiaie sotto i suoi occhi e il rossore delle palpebre.

Sembrava stanco. E non il tipo di stanchezza che si sente dopo una lunga giornata, ma quello che rimane, indipendentemente dalle ore di sonno o dai caffè bevuti. Il tipo di stanchezza che non dipende dal riposo, ma dall'inquietudine.

Lo sapevo perché ce l'avevo anch'io.

Mi lasciò andare e fece un passo indietro. Nell'istante in cui la sua presenza intimidatoria lasciò lo spazio intorno a me, avvertii il freddo della sua assenza.

Afferrò la bottiglia dal comodino e si diresse verso la porta.

Ero ancora immobilizzata al muro, a bocca aperta per lo stupore.

*Che diavolo è appena successo?*

«Te ne vai?», chiesi. Il mio sollievo si mise a combattere con un senso di delusione fuori luogo che mi incasinava la testa.

Aprì la porta con uno scatto e si fermò con la mano sulla maniglia. La musica filtrò attraverso l'apertura, prendendo il posto del silenzio, ogni colpo pesante portava con sé un rumore di passi. «È stata una lunga giornata del cazzo e mi hai preso in un momento davvero strano. Malgrado il tuo fare innocente mi fai diventare il cazzo duro, non sono delicato quando lo faccio, quindi dovresti essere felice che me ne vado». Bevve un sorso dalla bottiglia e gettò verso di me un ultimo sguardo confuso, catturando il mio corpo, che era ancora premuto contro il muro. «Tre anni fa ti avrei scopato fino a metà della prossima settimana senza pensarci due volte».

E se ne andò.

*Che cazzo voleva dire?*

La mia pancia si mise a brontolare rumorosamente, interrompendo i miei pensieri. Il dolore era tale che mi piegava in due e minacciava di farmi cadere. Mi abbracciai nel tentativo di farlo diminuire. Quando ero entrata la prima volta mi ero guardata in giro alla ricerca di qualcosa di commestibile, ma tutti i tavoli al piano terra erano coperti di bottiglie di birra e liquori. Sul tavolino non c'era altro se non uno specchio e una montagna di cocaina che un uomo, abbastanza vecchio da sembrare un nonno, stava tagliando in striscioline con una carta di credito.

Un colpo alla finestra mi fece sussultare. «Fammi entrare, puttana!», disse una voce stridula dall'esterno.

*Nikki.*

Corsi verso la finestra per sollevare il chiavistello. Nikki fece un salto, inciampò nella stanza e cadde sul pavimento. I suoi capelli rossi e unti le stavano appiccicati sulla fronte per il sudore, il suo vecchio scialle di finta pelliccia, che una volta doveva essere stato bianco ma ora era di un grigio sbiadito, le ricadeva sgualcito su una spalla.

«Come facevi a sapere che ero qui?», chiesi. Non avevo più visto Nikki da quando mi aveva lasciata sola ore prima, quando eravamo arrivate alla festa.

«Me l'ha detto quel tizio, Bear. Mi sarebbe proprio piaciuto sedergli in faccia ma si era appena messo in sella della sua motocicletta con una tipa che assomiglia a Tyra Banks».

*Peccato che non sia possibile.*

Aiutai Nikki ad alzarsi dal pavimento. «Allora com'è andata? Com'era lui? L'ho visto di sotto prima, davvero arrapante». Si aggiustò la tracolla della borsa a bandoliera. «Hai fatto quella cosa con la lingua che ti avevo detto?», mi chiese eccitata come se mi stesse chiedendo se fossi salita sulla ruota panoramica al luna park. «L'hai fatto venire? Ti ha fatto venire? Raccontami tutto».

Sospirai, sconfitta e sollevata. «No. Nessuno ha fatto niente a nessuno. Se n'è andato... tutto qua».

Nikki mi guardò dall'alto verso il basso, la sua espressione passò da euforica a infastidita. «Non c'è da stupirsi che se ne sia andato. Ma hai visto come cazzo sei messa? Non avrei mai dovuto farti venire qua in questo stato».

Abbassai lo sguardo sull'insignificante canottiera grigia che avevo stretto dietro la schiena per farla adattare meglio alle mie forme e la gonna sbrindellata a cui mancavano quasi tutte le paillette. Sapevo che il mio aspetto non era un granché, ma non avevo le risorse per essere uno schianto.

E nemmeno bella.

Nikki scosse la testa, gesticolando qua e là come una matta indicando il mio corpo. «Sembri una bambina che è appena tornata dal parco giochi con addosso i vestiti di sua madre».

Tirò su con il naso e si aggiustò la gonna in denim che le copriva a stento le chiappe. La sua canottiera verde aveva una macchia di candeggina sulla tetta destra.

«Non importa ormai. Se n'è andato», dissi amareggiata. «Usciamo da qui». Dovevo schiarirmi le idee e pensare a un nuovo piano.

Tra le altre cose mi sarei anche allontanata da Nikki.

«Non correre, piccola. Che fretta c'è?». Nikki fece un giro nella stanza e quando raggiunse la porta girò la serratura. «Vediamo cosa possiamo trovare qui», disse scherzando e aprì uno a uno i cassetti di un comò, rovistandone il contenuto, spostando calze e magliette.

«Che diavolo stai facendo?», domandai. «Dobbiamo andarcene e subito. Non hai ancora guardato in faccia questi tipi perché, se l'avessi fatto, a quest'ora avremmo già percorso metà Stato».

«Oh, zitta, la solita scassacazzi piena di paranoie. Che fretta c'è? Abbiamo anche l'aria condizionata qui!», disse Nikki, facendo aria alle sue tette. Prese una foto con una sottile cornice di plastica e la girò verso di me. «Una ragazza dall'aspetto dolce, eh?». Passò le dita sull'immagine di una ragazzina bionda con i riccioli che sorrideva alla macchina fotografica. Per la prima volta da quando avevo incontrato Nikki la vedevo fare un sorriso, anche se rimaneva una tristezza di fondo. Scosse la testa, posò la foto, aprì il cassetto in basso e ribaltò alcuni documenti.

«Figlio di puttana, BINGO!», gridò. Quando alzò la mano dal cassetto, tirò fuori un'enorme pila di banconote legate insieme con fascette viola. La fece agitare in aria e a quella vista la mia pancia si lanciò in un salto mortale. Quel denaro avrebbe potuto sfamarmi.

Quel denaro avrebbe potuto finanziare l'inizio di una vita nuova.

Il pensiero svanì tanto velocemente quanto era arrivato, perché non c'era un cazzo di modo di rubare quel denaro.

In nessun modo avrei preso il SUO denaro.

Ero disperata, non suicida.

Ci fu un forte botto seguito dal rumore del pomello della porta. «Ma che cazzo?», urlò una voce dall'altra parte della porta. «Perché è chiusa a chiave?»

«Dobbiamo andare!», gridai. Nikki afferrò un'altra pila di banconote dal cassetto e si lanciò verso la finestra spingendomi da parte, prima che potessi offrirle di andare per prima, perdendo qualche banconota lungo la strada.

Aveva messo a malapena una gamba fuori dalla finestra quando la porta si staccò dai cardini, frantumando la cornice in un milione di schegge di legno sparse in tutta la stanza. Bear, l'uomo che mi aveva mandato lassù, stava sulla soglia. Ci fissammo per una frazione di secondo prima che si accorgesse del cassetto vuoto, delle banconote sparse sul pavimento e della finestra aperta da dove Nikki sporgeva fuori per metà.

Bear fece un passo nella stanza. Nikki cercò nella sua borsa e materializzò una piccola pistola che non sapevo avesse.

«Resta dove sei!», gridò, puntandogli la pistola al petto. Si fermò, alzando un sopracciglio verso Nikki.

«Sei sicura di volerlo fare?», chiese senza alcun segno di paura nella sua voce, come se nulla nel suo tono la potesse provocare. Sembrava che per lui avere una pistola puntata addosso fosse fuori moda.

L'uomo ombra dagli occhi verdi apparve sulla porta e immediatamente mi si strinse il cuore nel petto. Quando vide Nikki e lo stato della stanza, gli si arricciò un labbro su un lato. Mosse dei lenti e sicuri passi verso di lei, oltrepassando Bear. «Non muoverti o sparo, cazzo!». La sua voce vacillava man mano che lui si avvicinava.

«Allora spara», osò lui, sfidandola passo dopo passo.

Nikki si voltò verso di me, la pistola che le tremava nella mano, un'emozione illeggibile che lampeggiava nei suoi occhi pieni di lacrime. «Mi dispiace tanto», disse.

Premette il grilletto.

Ci fu una forte detonazione che mi rimbombò nell'orecchio sinistro, come una piccozza in un blocco di ghiaccio colpita da un martello, seguita da un tintinnio disorientante.

Non so come finii a terra, ma mi ritrovai distesa sul fianco sul tappeto, con le ginocchia al petto. Gli occhi chiusi. Con le mani mi coprii le orecchie, cercando solo di placare il loro desiderio di fermare quel suono assordante. Proprio quando cominciò a calare, delle mani forti mi girarono sulla schiena. La mia testa fece un tonfo sordo contro il pavimento come un peso morto.

«La rossa non c'è più», disse Bear, digitando con il pollice sullo schermo del telefono. «Ho mandato Cash e Tank a cercarla e ho fatto girare la voce tra la gente del posto. Le città sono troppo piccole perché possa andare abbastanza lontano senza che qualcuno la noti. La prenderemo prima o poi».

L'uomo dagli occhi verdi guardò in cagnesco verso di me, a pochi centimetri sopra la mia faccia. Una vena gli pulsava nel collo. «A quanto pare mi sbagliavo. Sei una troia. Una troietta ladra». Il mio sguardo confuso dovette fargli credere che non riuscissi a sentire perché mi strappò le mani dalle orecchie. «Ascoltami, puttanella del cazzo…». Si fermò a metà frase e guardò in basso, dove le sue mani tenevano le mie e lo seguii con lo sguardo. Le mie mani erano rosse e appiccicaticce. Mi afferrò il mento, girandomi la testa da un lato e poi dall'altro. Quando mi toccò un punto sopra l'orecchio il dolore mi tagliò il collo e urlai.

«Cazzo», disse, anche le sue dita adesso erano coperte dello stesso rosso della mia mano.

*È sangue quello?*

Bear stava in piedi di lato con le braccia incrociate al petto. Aprii la bocca per chiedergli cosa fosse successo, ma non uscì nulla.

I due uomini si scambiarono qualche parola che non riuscii ad afferrare. Intorno alla stanza e a ciò che conteneva si formò un alone nero. Con il passare dei secondi ogni cosa sbiadiva sempre di più in un tunnel scuro che andava espandendosi. La paura del buio che avevo portò il mio battito a correre all'impazzata, ma un'improvvisa, strana sensazione di calma prese il sopravvento e mi concentrai sul bellissimo volto di quell'uomo arrabbiato che incombeva su di me.

«Non conosco nemmeno il tuo nome», sussurrai.

Mi sforzai di rimanere cosciente sufficientemente a lungo per sentire la sua risposta.

«Mi chiamano King».

Poi le tenebre mi circondarono e mi inghiottirono in un sol boccone.

# Capitolo 5

## King

In tutta la mia schifosissima vita non ero mai stato così arrabbiato. E nei ventisette anni in cui avevo vissuto, non erano state poche le persone che avevano provato l'ira di Brantley King.

Ma pochi erano ancora vivi per poterlo raccontare.

Quanti anni poteva avere quella ragazza? Diciassette? Diciotto?

Non la conoscevo ancora abbastanza per odiarla, eppure desideravo ardentemente avvolgerle le mani intorno alla gola e strozzarla. Anzi, meglio ancora, volevo slegare una delle cinture dall'avambraccio e stringergliela intorno al collo. Volevo farle sentire tutta la mia furia spremendole la vita da quel corpo scheletrico.

Volevo sfogare tutta la mia frustrazione su di lei, ma non era l'unica con cui ero arrabbiato. Ero anche incazzato con me stesso.

Sono sempre stato a dir poco meticoloso in fatto di sicurezza, ma avevo buttato alla rinfusa in un cassetto la pila di soldi che Preppy mi aveva dato quel giorno.

*Un cazzo di cassetto.*

Il mio vecchio io di tre anni pprima l'avrebbe messa nella mia cassaforte in soffitta e avrebbe cambiato la combinazione già tre volte.

*Come sono passato dall'essere esageratamente attento a gravemente sbadato?*

Avrei dovuto mettere qualcuno a controllare le porte. Quando ero entrato in prigione avevo dei nemici e quando ne ero uscito ne avevo qualcuno in più. Ciò malgrado, avevo dimenticato tutto il protocollo del passato e avevo lasciato una ragazza di cui non sapevo un cazzo da sola nella mia cazzo di stanza, quando avrei dovuto sbarazzarmene con un calcio in culo nel momento in cui avevo deciso che non me la sarei scopata.

Anche quello non era da me.

Non me l'ero scopata perché aveva paura di me? Perché sembrava innocente e ingenua? Non era nemmeno perché non mi aveva fatto diventare il cazzo duro, perché c'era riuscita. Quasi mi venivo nei pantaloni, quando le sue mani che tremavano mi avevano slacciato la cintura. Mi dissi che non potevo andare fino in fondo perché quello che mi serviva era una ragazza che mi potesse lavorare come una professionista, così da potermi liberare da una violenza repressa che mi stava facendo diventare scemo.

Ma quella era una bugia.

Qualcosa dentro di me, qualcosa che avrei potuto quasi scambiare per coscienza, mi aveva detto che non mi dovevo approfittare della situazione. No, mi disse di non approfittarmi di *lei*. Andarmene quando le sue guance erano ancora infuocate dalla paura, dall'imbarazzo, dalla rabbia, e pensare di aver intuito senza ombra di dubbio che da parte sua ci fosse un po' di desiderio era stata una tortura per il mio cazzo tirato. Mi era servito un sacco di controllo per non tornare indietro e prenderla contro quel muro.

Ma quello era successo prima. Qualsiasi proposito di fare la cosa giusta per lei se n'era volato fuori dalla finestra con la sua amica e i miei soldi. I seimila dollari che la rossa era riuscita a rubare erano una cifra consistente di cui avrei avuto bisogno per una tangente, ma l'importo non aveva troppa importanza. Anche due fottuti centesimi sarebbero stati troppi.

In un modo o nell'altro, avrebbe pagato la ragazza che se ne stava svenuta nel mio letto.

Mi sedetti sul materasso e tirai indietro le lenzuola. La gonna, esageratamente grande per la sua corporatura, era arrotolata alla vita in modo che non le cadesse dai fianchi. La stoffa, a cui mancavano quasi tutte le cose brillanti che stavano attaccate, nel sonno gli era salita quasi fino alla pancia, le mutandine bianche di cotone erano in bella mostra per me. Con la punta delle dita tracciai una scia sulla parte esterna della gamba, dalle caviglie alle cosce. Il semplice contatto mi fece rabbrividire e il mio cazzo si svegliò.

Era troppo magra. Le sue guance erano infossate. Sotto i suoi enormi occhi aveva le occhiaie. I gomiti erano appuntiti e le costole mi ricordarono l'aspetto di Preppy quando lo incontrai per la prima volta. Lei non era la solita ragazza che cercavo. Mi piacevano le tette, cazzo. Qualche cosa con cui giocare mentre il mio cazzo si occupava dei suoi affari.

Allora perché non resistevo dal toccarla?

Le tolsi la canottiera e la gettai a terra.

Niente reggiseno.

Tette piccole ma perfettamente rotonde. Tette che mi facevano pensare a quanto sarebbero state perfette con un po' di carne sulle ossa. Tette che volevo vedere muoversi su e giù sulla mia faccia, mentre lei mi cavalcava.

La ragazza sospirò profondamente ma non si svegliò. Quando il suo respiro si normalizzò, tracciai lentamente dei cerchi sulla pelle liscia della sua pancia, intorno all'ombelico e poi intorno ai suoi piccoli capezzoli rosa. Feci una fottuta fatica a trattenermi e a non avvicinarmi per succhiarli. Avrei voluto morderli fino a farli sanguinare. Volevo leccare via il sangue dalla sua pelle bianca e pallida.

In tutta la mia vita non avevo mai odiato e desiderato allo stesso tempo qualcosa con quella intensità.

Per cancellare quegli inusuali sentimenti che giravano nel mio cervello contorto serviva una rabbiosa scopata veloce, ma la ragazza era ferita e svenuta nel mio letto.

Tecnicamente si poteva pensare che mi stessi prendendo cura di lei.

Tecnicamente avrei voluto imbavagliarla e scoparla faccia a faccia.

I miei sentimenti conflittuali mi avevano procurato un'emicrania del cazzo.

Dovevo andar via da lì. Non poteva uscire nulla di buono se continuavo a toccarla mentre dormiva, ma non c'era modo di riuscire a scendere dal letto. Poi si mosse. Solo un po', quanto bastò per ricordarmi che mi trovavo nel territorio di Preppy. Ma non potevo ancora andarmene. E se si fosse svegliata e avesse cercato di fuggire? In quel caso non avrei mai più saputo dove se n'era andata la rossa con i miei soldi.

Ignoravo il fatto che non sarebbe mai potuta scappare, soprattutto perché l'avevo ammanettata alla testiera del mio letto. Invece di alzarmi e di uscire da quella cazzo di porta come avrei dovuto, mi spogliai rimanendo in boxer e mi sdraiai accanto a lei. La tirai indietro contro il mio petto e coprii entrambi con la coperta.

Era una prima volta per me. Non ero mai stato nel mio letto sotto le coperte con una donna prima d'ora. Prima d'ora non avevo mai permesso a nessuno di rimanere abbastanza a lungo per dormire.

Allargai una mano sulla sua pancia che si curvava verso l'interno, il suo calore si propagò sulla mia coscia rendendo il mio cazzo ancora più duro. Mi reggevo la testa con il gomito e rimasi affascinato dal contrasto tra noi, la sua pelle pallida e perfetta, la mia abbronzata e pesantemente tatuata.

Mi faceva male da quanto era duro.

Il pensiero di strappare quelle mutandine da innocente scolaretta e profanare con il mio cazzo la sua figa proprio in quel momento mi fece salire spasmi lungo la schiena. L'unico motivo per cui ero tornato prima nella stanza era perché avevo cambiato idea. Così innocente nell'aspetto, era lei che si era proposta, e chi cazzo ero io per dire no?

Forse la prigione mi aveva cambiato, ma non ero pronto ad accettare quel cambiamento. Ero rimasto al piano di sotto solo per dieci minuti, dopodiché avevo fatto dietro front e mi ero diretto di nuovo al piano di sopra per spogliarla, piegarla in avanti e mostrarle in cosa cazzo si era cacciata.

Attorcigliai una ciocca dei suoi capelli biondo cenere tra le mie dita. Continuavo a ripetermi che la ragazza era una ladra e una battona e che avevo tutti i diritti di prendermi quello che serviva per pagare quello che aveva rubato e altro ancora.

Quella puttana era mia.

Me la facevo io.

Però, per quanto volessi rotolare su di lei e sprofondarle dentro, non trovavo il coraggio di farlo.

La storia di quella ragazza doveva essere molto più complessa di quanto sembrasse dall'esterno. Con quelle pupille gigantesche e il naso rosso lucido, la sua amica era chiaramente una drogata. Quella ragazza non si comportava come una drogata, ma i suoi vestiti e il suo esile corpo mi avevano fatto pensare che la roba potesse essere l'unica ragione per cui era in giro con Bear e la sua squadra.

Avrei indagato sulla sua storia quando si sarebbe svegliata. Poi avrei deciso quali sarebbero stati i miei progetti per lei, preferibilmente nuda e in ginocchio.

Fece un sospiro profondo e io rimasi zitto, temendo che si sarebbe potuta svegliare prima che avessi avuto la possibilità di uscire dal letto, ma stranamente il suo corpo si accoccolò di nuovo a me. Il suo culo premeva contro la mia erezione in tensione.

Soffocai un gemito.

Solo i miei boxer e le sue mutandine ci separavano. Volevo dondolarmi contro di lei, alleviare la pressione che era andata formandosi nelle mie palle, ma mi fermai e, com'ero entrato nel letto, con la stessa velocità ne uscii.

Raccolsi i miei jeans dal pavimento. Prima di lasciare la stanza mi girai a guardare la ragazza che dormiva. La luce della luna brillava attraverso la finestra, facendo apparire i suoi capelli biondi ancora più chiari, la sua pelle ancora più pallida.

Più spiritata.

Non sapevo se volessi ucciderla o scoparla.

Forse entrambe le cose, ma una cosa era certa.

In un modo o nell'altro, l'avrei fatta urlare.

Stavo finalmente ricominciando a ritrovare me stesso.

# Capitolo 6

## Doe

Mi svegliai intontita e confusa. Il mio cranio sembrava pronto a esplodere contro la pressione del mio mal di testa. Il materasso sotto di mc era morbido, le lenzuola fresche sulla mia pelle. Un'alternativa decisamente migliore alle panchine del parco o al marciapiede dove ero solita dormire.

Allungai le gambe una alla volta, poi alzai le braccia per fare lo stesso. Solo il mio braccio sinistro non collaborava, era bloccato. Aprii gli occhi di scatto quando sentii un rumore metallico. Il mio polso era legato alla testiera del letto.

Con delle manette.

*Cazzo.*

Mi misi velocemente seduta e mi guardai in giro in preda al panico. Un dolore acuto e graffiante mi invase il lato della testa quando la spalla toccò l'orecchio. Tastando qua e là mi resi conto che l'orecchio sinistro era stato coperto da una specie di benda. Fu allora che mi ricordai gli eventi della sera prima.

Mi avevano sparato.

*Nikki* mi aveva sparato.

Ero nella stessa stanza della notte precedente, ma alla luce del mattino i dettagli che l'oscurità aveva nascosto erano ben visibili. Ai piedi del letto c'era una credenza di legno dagli angoli scheggiati con sopra un grande televisore dallo schermo piatto. Un armadio a soffietto occupava tutta la parete destra. La larghezza della stanza consentiva la presenza di un solo comodino accanto al letto. Questo non era enorme, ma confortevole e con un piumino felpato color blue navy e una semplice testata in ferro battuto, quella a cui ero ammanettata.

*Dove sono i miei vestiti?*

Ero completamente nuda dalla vita in su ma, fortunatamente, indossavo ancora le mie mutandine.

*Devo portare via il culo da qui.*

Il mio stomaco si contorse. Feci uscire un lamento agonizzante e mi strinsi le mani sulla pancia. La porta si aprì e apparve l'uomo della notte prima.

*Mi chiamano King.*

Entrò nella stanza come se arrivasse direttamente dalle porte dell'inferno sulla terra, dove la sola presenza di noi mortali lo faceva incazzare. Mi tenne gli occhi addosso fulminandomi con uno sguardo che mi scosse fin nell'intimo.

«Nome», chiese chiudendo la porta dietro di sé e fermandosi ai piedi del letto. Incrociò le braccia muscolose al petto. Sul lato destro del collo una vena pulsava sotto l'inchiostro dei suoi tatuaggi.

Posò lo sguardo sul mio seno e io ci misi sopra il braccio libero, nel miglior modo possibile, per riuscire a coprirmi.

«Che te ne importa?», dissi per fare dello spirito. King indossava gli stessi vestiti scuri della sera prima, le stesse cinture intorno agli avambracci. L'unica differenza era l'aggiunta di un berretto grigio scuro. Alla luce del giorno notai che i tatuaggi che avevo intravisto la sera prima erano molto complessi. Se dall'equazione si isolava l'elemento che incuteva paura, King era bello da morire. I suoi occhi erano di un verde così scuro che sembravano neri. Le sue labbra erano piene e leggermente rosa.

«Ho pensato che tanto per cominciare potevi dirmi come ti chiami e poi passare a dirmi dove è andata quella puttana con i miei soldi». Stava bollendo di rabbia.

Non avevo mai visto una bellezza così disarmante. Con la mia paura del buio le cose sembravano sempre più spaventose di notte, quando la mia mente aveva la tendenza a esagerare la situazione. Ma alla luce del giorno King era superiore in tutto: più minaccioso, più spaventoso, più arrabbiato... più bello.

«Mi hai derubato, piccola. Questa è la tua unica e sola possibilità di dirmi dove è andata la puttana dai capelli rossi. Pagherai in ogni caso, ma se me lo dici immediatamente, potresti cavartela e pagare solo con la tua vita».

La mia testa era confusa e cominciò a girare. Era in gioco la mia vita ma io riuscivo a concentrarmi solo su cose banali. «Dove sono i miei vestiti?», chiesi.

«Mi hai rubato seimila fottuti dollari, i tuoi maledetti vestiti dovrebbero essere l'ultima delle tue preoccupazioni».

*Porca puttana! Seimila dollari?*

*Nikki, cazzo.*

«Non giocare con me, ragazza». King prese in mano le mie caviglie e le tirò facendomi scivolare in avanti finché non atterrai di piatto sulla schiena. Il mio braccio si tese al massimo senza strapparsi dalla presa, tenuto prigioniero dalle manette. L'altra mano era ferma sul letto, il seno di nuovo in bella vista. «Hai paura che ti abbia dato una strizzata mentre dormivi? Forse l'ho fatto. Perché quello che imparerai è che posso fare quello che voglio con te, quando lo voglio. Perché adesso sei mia».

Per tutto il tempo che avevo vissuto in strada, mi era capitato di aver scampato rischi per un pelo, momenti che mi avevano fatto riflettere. Avevo visto cose che mi avevano fatto accapponare la pelle e battere il cuore all'impazzata. Sapevo bene cosa volesse dire avere paura.

La paura non aveva niente a che vedere con King.

«Smettila di continuare a coprire le tue belle tette. Ieri sera stavi per avvolgere il mio cazzo intorno a quelle splendide labbra, quindi non sentire improvvisamente il bisogno di coprirti. Anche se quelle tue mutandine da bambina me lo stanno tenendo duro da quando ti ho spogliato». King si spinse in avanti, a cavalcioni sul materasso, con un ginocchio su ogni lato delle mie anche. Prese il mio viso tra le sue mani. Provai ad allontanarmi da lui, ma allora affondò le dita nella mia mascella e mi tirò indietro perché lo guardassi in faccia. «Vuoi sapere cosa faccio esattamente alle persone che mi derubano, che prendono ciò che è mio?»

«No», ansimai. E non volevo saperlo.

«Ti indirizzerei a qualcuno che potrebbe dirtelo di persona, ragazzina, ma nessuno di loro sta respirando in questo momento».

*Merda.*

«Non so dove sia, lo giuro. Ti prego, lasciami andare», supplicai mentre mi contorcevo sotto di lui. Non volevo morire per la stupidità di Nikki. «Possiamo trovare una soluzione», dissi. Non ho idea di cosa intendessi dire esattamente ma, pur di liberarmi da quelle manette e scappare da quella casa, avrei detto qualsiasi cosa.

King mi guardò dall'alto verso il basso. «Non m'interessa. Quel treno l'hai perso», disse avvicinandosi abbastanza da far scivolare un dito lungo la mia clavicola sporgente. «Saresti anche carina, piccola, e i tuoi occhi mi fanno diventare il cazzo duro, ma sei tutta pelle e ossa. E poi, non mi scopo le tossiche».

«Vaffanculo, non sono una tossica!», urlai violentemente. Essere chiamata così, quando nel tempo che avevo vissuto in strada non avevo toccato una sola droga, aveva acceso la miccia ed ero esplosa.

«Stronzate! Altrimenti perché saresti stata così stupida da derubarmi, se non per farti. E so che non sei di queste parti, perché se lo fossi non ti sarebbe mai venuto in mente di prendere ciò che è mio». Alzò la voce, il suo sguardo freddo come il ghiaccio. Pensava che fossi proprio come Nikki. Una tossica. Pensava che avrei ceduto.

Pensava male.

«Me ne fotto di chi sei, coglione», risposi con rabbia. «E non sei così intelligente come credi di essere. Dimmi un po', chi è stato esattamente a nominarti giudice di tutte le persone?».

Pensai che le mie parole avrebbero scatenato una guerra a oltranza e invece King non sembrò più arrabbiato, ma solo un po' divertito. «Be', non hai del tutto torto. Perché quando si tratta di me e di cose mie, sono io il giudice, sono io la giuria e se serve sono anche il giustiziere».

Non avevo ancora avuto il tempo di rimuginare nel mio cervello su quanto avesse detto, che il mio stomaco si prese la licenza di interrompere tutto e ringhiare rabbiosamente. Lo sguardo di King seguì l'origine del suono, là dove mi tenevo con il braccio libero, piegata a metà, nel tentativo di stabilizzare il dolore che aumentava sempre di più. Le vertigini stavano per cogliermi di nuovo ma le respinsi.

King era ancora inginocchiato a cavalcioni su di me. Mi misi a sedere per quel che le manette mi consentirono, finché il mio viso si trovò a soli pochi centimetri dal suo.

«Nikki è la tossica. Io ho solo fame, fottuto stronzo!», sbottai.

King strinse i pugni e poi alzò la mano. Abbassai la testa e mi coprii il viso meglio che potei, preparandomi al colpo.

Ma non arrivò.

Dopo un attimo aprii gli occhi. King mi fissava dal basso, la mano alzata, ma non per rabbia, si stava strofinando il palmo della mano sui suoi capelli corti. Corrugò le sopracciglia, sembrava confuso.

Ero legata nel suo letto senza possibilità di fuggire e sapere cosa mi sarebbe successo. La mia tendenza a fare gaffe era uscita al momento sbagliato. «Mi spiace. Non dicevo sul serio. Intendo, solo...».

«Zitta», disse, nuovamente calmo e sotto controllo.

«Io non mi drogo. Non l'ho mai fatto. Voglio dire, non che io sappia. Vedi, la cosa è che...».

«Stai zitta».

La mia pancia ringhiò di nuovo, gli spasmi per la fame erano così forti che vidi nero davanti a me. Avevo bisogno di mangiare. Avevo bisogno di fuggire. Avevo bisogno di essere in qualsiasi altro posto, ma non nel suo letto. «Ti giuro che non ho preso il tuo denaro. Non sono stata io. Non era questo il piano. Dovevo solo farmi un motociclista...».

«Stai zitta, cazzo!», urlò e la sua rabbia esplosiva in effetti mise a tacere il mio monologo confuso.

Gli spasmi nella pancia continuarono. Questa volta chiusi gli occhi finché il dolore non passò. Cercai di bagnare le labbra screpolate con la lingua, ma era anch'essa secca e mi pesava in bocca. King allungò la mano verso il basso e mi toccò la guancia con il polpastrello del pollice. Ero così impegnata a cercare di non svenire che realizzai a malapena che mi stava toccando. Dopo qualche istante, con il solo suono del mio cuore che mi pulsava nelle orecchie, King si alzò bruscamente ed uscì, sbattendo la porta dietro di sé.

Ero sua prigioniera.

Sarei morta di fame, di paura o per mano sua. Il come non era importante. Era il quando che stavo aspettando, perché ero sicura che non avrei mai più lasciato quella casa.

Almeno non da viva.

# Capitolo 7

## Doe

Stavo fluttuando in uno stato di semi-incoscienza, quando la porta si aprì e dei passi pesanti si avvicinarono al letto. Sul comodino venne posato qualcosa di metallo che produsse un acciottolio e un tintinnio finché non aderì completamente alla superficie. L'odore mi riportò sulla terra dei viventi violentemente, come se mi avessero agitato dei sali sotto il naso.

*Cibo.*

Il metallo delle manette mi addentava il polso mentre mi allungavo per raggiungere il vassoio che si trovava appena oltre la mia portata. Emisi un grido lacerante per la frustrazione.

«Ora vacci piano, assassina», disse una voce. Non mi ero accorta del tizio appoggiato al comò ai piedi del letto, con le braccia e le gambe incrociate davanti a lui. Lo riconobbi, era alla festa della sera prima. Solo quando i suoi occhi scesero fino al mio seno, mi ricordai che ero ancora nuda dalla vita in su. Mi coprii rapidamente raggomitolandomi più che potevo, avvicinandomi alla testiera di metallo.

Mi sorrise e si avvicinò lentamente.

«No!», gridai quando si fece sufficientemente vicino da riuscire a raggiungermi allungando la mano verso di me.

«No?», chiese. «Quindi non vuoi questo?». Sollevò il vassoio e lo mise sul letto davanti a me.

«No, no, sì. Lo voglio», lo rassicurai. Mi misi di nuovo a sedere e feci una smorfia quando il mio orecchio ferito picchiò accidentalmente contro la testiera di metallo. Se era cibo quello che mi stava offrendo, il mio pudore avrebbe dovuto aspettare fino a quando la mia pancia non sarebbe stata piena. Tirai via il braccio dal seno e lo allungai per trascinare il vassoio più vicino a me. Quando vidi cosa c'era sopra, mi fermai.

*Che diavolo?*

C'erano due piatti. In uno c'era un panino qualsiasi, avvolto in una carta bianca, un adesivo con il nome della gastronomia teneva insieme la confezione. L'altro piatto non era in realtà un piatto, ma uno specchio. Sopra c'era polvere bianca tagliata in tre strisce, insieme a una banconota arrotolata da un dollaro. Accanto c'era un sacchetto di plastica con chiusura a pressione contenente un ago, un cucchiaio, un accendino, e un altro sacchetto più piccolo riempito con un altro tipo di polvere più scura.

«Cos'è tutto questo?», chiesi.

«Colazione», disse impassibile. «Puoi scegliere solo una cosa dal vassoio, solo una». Si era seduto di fronte a me sul letto.

«È uno scherzo?». Chi diavolo avrebbe scelto droga per colazione?

*Nikki*, pensai.

«Scegli in modo saggio, ragazza». Indicò il vassoio.

Afferrai il panino e strappai l'involucro prima che potesse finire la sua frase. Gli diedi un morso mostruoso, addentando insieme al panino anche la carta.

«Vacci piano», mi avvertì. Mi parve di intuire una vena di divertimento nel suo consiglio. Lo ignorai, soffocando mentre cercavo di deglutire i bocconi masticati a metà, ma masticare e deglutire erano sensazioni estatiche. Continuai finché il panino finì tutto nello stomaco.

Non avevo bisogno di droghe. Ero già fatta di cibo.

Mi pulii la faccia dal casino che avevo fatto e mi leccai le dita. Il tizio mi passò un bicchiere d'acqua e ne bevvi tre grandi sorsi. Mi misi comoda sul letto e mi diedi del colpetti sul torace nudo, senza più preoccuparmi di essere praticamente nuda di fronte a quello sconosciuto. Aprii la bocca per parlare quando fui travolta da un'improvvisa ondata di nausea. Mi raddrizzai tenendomi una mano sulla bocca.

«Cosa succede?», chiese, mentre cercavo affannosamente in giro qualcosa in cui poter vomitare. Non vidi nulla a portata di mano, ma gli ci volle solo un attimo per capire di cosa avevo bisogno. Fece un balzo e afferrò un cestino di metallo dall'angolo della stanza e corse indietro, giusto in tempo prima che rigurgitassi l'intera colazione nel secchio. Ogni singolo pezzetto di panino appena masticato e non digerito tornò indietro come un'onda fino a quando il mio stomaco non fu ancora una volta completamente vuoto.

«Ti avevo detto di andarci piano, cazzo». Camminò verso il lato più lontano della stanza e aprì la finestra, svuotando il cestino. «Lo lavo più tardi con la pompa».

Quando mi ero svegliata in ospedale e non ero riuscita a ricordare nemmeno il mio nome non avevo pianto. Non avevo pianto quando mi avevano detto che forse non avrei mai più recuperato la memoria. Non avevo pianto quando mi avevano buttato in una casa famiglia piena di pervertiti. Non avevo pianto quando ero scappata e avevo dovuto vivere per strada. Non avevo pianto quando avevo capito che usare il mio corpo era l'unico modo per poter sopravvivere. Non avevo pianto quando un proiettile mi aveva sfiorato l'orecchio. Non avevo pianto quando uno psicopatico pieno di tatuaggi, che ero certa mi avrebbe ucciso, mi aveva ammanettato a un letto.

Ma vomitare tutto, dopo che non mangiavo da settimane?

Piansi.

Non solo qualche piccola lacrima. Un pianto vero. Sonoro e lungo. Con sussulti. Interminabile.

Un pianto *violento*.

Speranza. Era qualcosa a cui non avevo ancora rinunciato, ma in quel preciso istante ero pronta a gettare la spugna. Non m'importava se sarei rimasta attaccata a quel letto fino alla morte e con la pelle in putrefazione.

Non ce la facevo più.

Avevo incassato tutto ciò che potevo incassare ed ero stanca, cazzo.

Stanca di avere paura. Stanca di avere fame. Stanca di prostitute dai capelli rossi. Stanca di prendermi una pallottola.

Stanca di una vita fatta di misere scuse.

Mi misi comoda sul letto e appoggiai la testa sul braccio che pendeva con una strana angolazione. Rilassai il corpo spossato. Guardando fuori dalla finestra notai che splendeva il sole. Non sapevo nemmeno che ora fosse, non m'interessava.

Nessuno mi cercava quando avrei potuto essere qualcuno, così nessuno mi avrebbe cercato ora che non ero assolutamente nessuno.

Era davvero ironico. Avevo desiderato tanto un letto e un tetto sopra la testa e ora li avevo, per quanto la situazione fosse folle e almeno per il tempo che mi avrebbero tenuto in vita.

Il tizio di cui non conoscevo il nome lasciò la stanza ma lasciò il vassoio sul letto. Quanta di quella roba avrei dovuto prendere perché fosse letale? Metà? Tutta? Forse il piano di King era di iniettarmi lui stesso della droga. O forse era un codardo e avrebbe ordinato al suo amico di fare il lavoro sporco per lui.

Forse, se ero fortunata, la mia morte sarebbe stata rapida. Solo un bel proiettile in testa.

In ogni caso, non importava come me ne sarei andata. Sapevo solo che era la fine e, strano a dirsi, era confortante che me ne fossi fatta una ragione, invece di sprecare le ultime ore che mi rimanevano a combattere contro l'inevitabile.

Ero sfinita all'inverosimile.

King pensava forse che gli avrei reso le cose facili e che mi sarei fatta fuori da sola con la droga. Sbuffai irritata. Non gli avrei dato quella soddisfazione. Se mi voleva morta, avrebbe dovuto sporcarsi le mani e farlo da solo. Radunai tutta la forza che mi rimaneva e con un calcio ribaltai il vassoio giù dal letto. Lo specchio rimbalzò dal tappeto. La coca volò in aria in una nuvola bianca di polvere fine.

Risi.

Risi così forte che tutto il mio corpo tremò e le lacrime mi scesero sul viso. Risi così forte che il suono della mia risata mi si impigliò in gola. Eccomi lì. Mezza nuda. Ammanettata a un letto. Sporca di vomito in faccia. Un vassoio di droga sparso sul pavimento.

Il mio era un riso maniacale, come quello di una schizofrenica che aveva saltato le sue medicine.

La porta si aprì di nuovo ed entrò lo stesso tizio di prima. Lo ignorai, continuando a guardare fuori dalla finestra mentre il sole iniziava a tramontare.

«Sai quanto vale quella merda?», chiese con gli occhi spalancati.
«No. E non so perché vi siete preoccupati di portarmela, dato che avevo già detto al tuo amico che non sono una tossica del cazzo». Mi girai sul fianco, dandogli le spalle. «Perché non mi uccidi e la finiamo con questa storia».
«Era un test», disse girando intorno al letto. Si appoggiò accanto a me, la schiena contro la testiera, aveva nelle mani una scodella fumante. «L'hai passato».
«Un cosa? Che diavolo significa?»
«King. Voleva sapere se stessi dicendo la verità, così ti ha messo alla prova. Una tossica avrebbe detto "fanculo il cibo" e si sarebbe tuffata subito sulla droga». Mi passò la scodella.
«Prendi. A proposito, io sono Preppy».
Nome strano per un tipo strano. Sembrava un incrocio tra un delinquente, un insegnante e un surfista.
L'avevo visto di sfuggita la sera prima, ma non mi ero fermata a guardarlo davvero. Preppy era alto quasi un metro e ottanta, indossava jeans leggeri e una maglietta gialla a maniche corte con il colletto e un papillon bianco. I suoi capelli color biondo sabbia erano legati in alto in una coda di cavallo selvaggia, ma la testa sotto era rasata a zero su entrambi i lati sopra le orecchie, mostrando tatuaggi di piante rampicanti che iniziavano dalle tempie e gli giravano intorno alla testa. Anche le braccia, le mani e le nocche erano coperte d'inchiostro. Aveva una barba scura che non corrispondeva al colore dei capelli. A prima vista pareva molto più vecchio di quello che fosse in realtà, erano i suoi occhi che tradivano la sua giovane età.
«Che cos'è?», chiesi fissando nella scodella fumante.
«Brodo di pollo. Bevi lentamente così riesci a tenerlo giù. Da quanto non mangi?».

Incrociò le gambe alle caviglie e mise le mani dietro la testa.

«Non ne sono sicura». Non so perché, ma pronunciare quelle parole ad alta voce mi fece vergognare in un modo a cui non avevo mai pensato prima. «Giorni, penso».

Esitando presi la scodella dalle sue mani. Il calore sui palmi calmò immediatamente il dolore delle mie deboli mani. La sollevai lentamente fino alla bocca, crogiolandomi nella sensazione del vapore contro le guance e del calore del liquido mentre scendeva in gola.

«Perché poi vi preoccupate di darmi da mangiare?»

«Dici di non essere una tossica, ma hai le costole che praticamente ti spuntano dalla pelle e su una delle tue clavicole ci potrei affilare un coltello. King non è il tipo che lascia morire di fame qualcuno».

«Quindi non mi ucciderà?», chiesi piena di speranza.

«Non ho detto quello. Ha solo detto che non ti avrebbe fatta morire di fame. La banda di Bear è sulle tracce della rossa. Se la raggiungiamo e scopriamo che non eri coinvolta, potrebbe lasciarti andare».

«Potrebbe?»

«Non è una delle persone più prevedibili, ed è stato via per qualche anno. Non è più lui, quindi non si può dire cosa gli stia passando per la testa in questo momento».

«Anni?». Fu allora che mi ricordai che la festa della sera prima era una festa di bentornato a casa. «Dov'era?»

«Ente statale».

«Scuola?»

«Prigione».

La prigione aveva molto più senso della scuola.

«Che cosa ha fatto?». Stavo forzando la mano alla fortuna con quella domanda. Ma pensai che forse, se avessi saputo di più su King – saputo cosa lo faceva smuovere

– avrei avuto più possibilità di convincerlo a lasciarmi andare.
«Stai facendo troppe domande, ragazzina. Perché vuoi saperlo?».
Alzai le spalle e sorseggiai altro brodo. «Sono solo curiosa».
«Ha ucciso qualcuno ed è stato preso», disse come se niente fosse. Mandai giù un sorso enorme di brodo in un solo colpo.
«Chi?». Per la curiosità parlai ancora più velocemente del mio solito vomito di parole.
Preppy sorrise. I suoi occhi di un marrone scuro brillarono per l'eccitazione. Compresi allora che c'era molto di più di quello che avevo visto in superficie. Qualcosa di sinistro si trovava appena sotto i tatuaggi e il papillon.
Qualcosa che mi fece rizzare i peli delle braccia.
Preppy si piegò in avanti, appoggiando il mento sul dorso delle mani piegate.
«Sua madre».

# Capitolo 8

## Doe

Non avevo dubbi che King fosse capace di cose incomprensibili alla maggior parte della gente normale, ma che tipo di persona uccide la propria madre?

Preppy mi fece le stesse domande che mi aveva fatto King per sapere chi fossi e io gli raccontai la mia storia. La differenza tra Preppy e King era che Preppy mi ascoltava davvero.

Gli fornii la versione breve.

*Zero memoria.*

*Casa famiglia.*

*Vita per strada.*

*Nikki.*

*Tentativo di vendermi per protezione e riparo.*

Inoltre, a differenza di King, Preppy sembrava credermi sul serio.

Bevvi fino all'ultimo sorso di brodo e Preppy mi cambiò la benda all'orecchio. Stava già cominciando a darmi prurito perché si era formata la crosta.

«Perché non mi lasci andare?», chiesi, stringendo con la mano i lacci dei pantaloni della tuta che mi aveva dato da indossare, per non farli cadere. «Puoi semplicemente dire a King che sono scappata».

Preppy scosse la testa da un lato all'altro. «Impossibile»,

disse ridendo, come se ci fosse qualcosa di sbagliato nella mia domanda e non nel suo amico che aveva ammanettato una ragazza al letto contro la sua volontà.

Preppy mi tolse le manette, temporaneamente, si preoccupò di dirmi, e mi condusse a una delle porte della stanza che pensai fosse un armadio ma che si rivelò un bagno piccolo, ma pulito.

Non mi ero accorta prima di quanto mi scappasse in realtà. Lasciai cadere i pantaloni della tuta a terra e stavo per abbassarmi gli slip quando notai che la porta era ancora aperta e Preppy stava guardando ogni mia singola mossa.

«Puoi chiudere la porta, per favore?»

«Certo». Preppy fece un passo dentro e chiuse la porta dietro di sé.

«Non era esattamente quello che intendevo dire».

«Scusa, ragazzina. Il capo mi ha detto di non perderti di vista».

«Fai sempre quello che ti dice di fare?», chiesi con astio.

«La maggior parte delle volte». Incapace di aspettare un secondo in più, tirai giù gli slip e mi sedetti sul water.

Non scese nulla.

«Non ti scappa più?», chiese.

«Sì, ma non posso pisciare con te che mi fissi in quel modo. Almeno girati. Non vado da nessuna parte. Questa stanza non ha nemmeno una finestra».

«Mi spiace. Non sapevo che Vostra Altezza avesse paura del palcoscenico», disse Preppy con sarcasmo, alzando gli occhi al cielo.

Aprì di nuovo la porta del bagno e questa volta mi voltò le spalle. Nel momento in cui seppi che non stava guardando, il mio corpo riuscì a rilassarsi e a lasciarsi andare. Il sollievo fu tale che me ne uscii con un forte gemito.

«Posso sembrare carino, ragazzina, ma non stuzzicarmi. Io e King siamo fatti della stessa pasta».

«Se ti chiedesse di uccidermi, lo faresti?» chiesi, perché avevo bisogno di sapere se sarebbe stato lui a porre fine alla mia vita.

«Sì», rispose. Nessuna esitazione.

Quando ebbi finito, Preppy mi ricondusse a letto e mi rimise la manetta al polso. Questa volta la attaccò nella parte più bassa della testiera, così non avrei dovuto stare seduta con il braccio sollevato sopra la testa.

«Prep», la voce profonda di King tuonò dalla porta, facendomi trasalire. Fece cenno a Preppy sollevando il mento. Quest'ultimo strinse la manetta intorno al polso e lasciò la stanza. King mi lanciò un'occhiata per un breve secondo, poi seguì Preppy fuori, chiudendo la porta dietro di loro.

Avevano trovato Nikki? Gli aveva detto che non avevo niente a che fare con il suo furto? O forse mi aveva voltato le spalle e gli aveva detto che era stata tutta una mia idea. Nikki era stranamente iperprotettiva nei miei confronti quando era lucida, ma quando era fatta era imprevedibile, e se a essere in pericolo era la sua vita o le sue droghe, non avevo alcun dubbio che mi avrebbe dato in pasto ai lupi.

Sentii sbattere una porta e poi le loro voci ovattate si alzarono dalla finestra. Allungai il collo e sbirciai fuori. King e Preppy erano sul prato, appena oltre la terrazza in legno che si trovava all'esterno della casa. Il sole stava tramontando in quel momento, il cielo ardeva di un colore arancione.

Allungai la gamba e con il piede nudo feci scorrere la finestra e la aprii un poco.

«Trovata la rossa», disse King, accendendo una sigaretta.

«Dove?», chiese Preppy.

«A Andrews, lungo l'autostrada, in quel vecchio motel con la piscina nel parcheggio».

«Hai preso i soldi?», chiese Preppy. Si appoggiò con la schiena alla ringhiera e incrociò le braccia al petto.

King scosse la testa e buttò fuori il fumo.

«Penso che stia dicendo la verità, amico», disse Preppy, facendo dei segni in alto con le mani verso la mia finestra. Automaticamente abbassai la testa, anche se da quell'angolazione non c'era modo che potessero vedermi. «Penso che tu sappia che sono piuttosto bravo a capire quando uno non la racconta giusta, e quella ragazza per me non c'entra. Che cosa ha detto di lei la rossa?»

«Non ha detto un cazzo».

«Come mai?»

«Perché è morta».

NIKKI ERA MORTA.

Mi mancò il fiato.

Mi girava la testa.

King aveva detto che chiunque gli avesse rubato qualcosa avrebbe dovuto pagare un caro prezzo, e Nikki l'aveva pagato.

*Con la sua vita.*

Non c'era dubbio che se King non avesse potuto chiedere a Nikki quanto c'entrassi in tutto quello, io sarei stata la prossima.

Si stavano avvicinando delle nubi temporalesche. King e Preppy tornarono verso la casa ma non riuscii più a capire cosa stessero dicendo. Chiusi la finestra e mi appoggiai al letto proprio come mi avevano lasciato.

Alla prima occasione disponibile avrei dovuto tentare la fuga. Non c'era tempo per aspettare e pianificare. Doveva essere veloce e senza esitazioni.

Dopo pochi minuti, Preppy tornò nella stanza e mi tolse le manette. «Andiamo», disse. Mi strattonò con violenza per alzarmi in piedi e mi trascinò verso la porta.

«Dove stiamo andando?», chiesi angosciata. Poi, capii. Quella era la casa di King. La sua camera da letto. Non mi avrebbe uccisa in casa sua, quindi era molto probabile che prima mi avrebbero portato da qualche altra parte. Questa era la mia unica possibilità e l'avrei sfruttata.

«Non lontano», disse Preppy.

Stava diventando buio e stava arrivando un temporale. Non avrebbero potuto almeno aspettare fino al mattino? Avrei ragionato meglio se non fossi stata soffocata dalla mia paura del buio.

«Perché?»

«Andiamo e vedrai».

Camminammo lungo lo stretto corridoio e scendemmo le scale fino alla zona giorno della casa. Di King nemmeno l'ombra. Ovviamente aveva chiesto a Preppy di fare il lavoro sporco per lui. Una parte di me voleva che fosse King a farlo.

Volevo che vedesse lo sguardo nei miei occhi mentre uccideva una persona innocente.

Ma non sembrava che avrei avuto quella possibilità.

Preppy mi portò fuori sulla loggia e mi fermai un attimo quando raggiungemmo le scale. Era già qualche gradino più in basso e mi teneva ancora il polso stretto. Si girò quando sentì che mi ero fermata. Questa era la mia unica possibilità di salvarmi. Non ci pensai. Agii e basta.

Tirai indietro il piede e gli sferrai un calcio nelle palle. FORTE. Mi lasciò il polso per portarsi le mani alla patta, io lo spinsi alle spalle con tutta la mia forza e lui cadde all'indietro lungo le scale ripide.

Corsi giù dai gradini e saltai sopra Preppy, che era accartocciato in fondo alle scale e bestemmiava con la faccia a terra.

Tagliai la corda velocemente, quanto i piedi nudi e le gambe deboli mi potevano portare. Strinsi i pantaloni con una mano, corsi lungo la via sterrata, ma quando raggiunsi la strada, non c'erano che alberi ovunque. Non mi ricordai da quale direzione eravamo arrivati la sera precedente e non c'era niente che mi dicesse quale strada mi avrebbe portato verso un centro abitato.

Verso un aiuto.

Una porta sbatté da qualche parte dietro di me. Stivali pesanti sulla veranda di legno mi echeggiarono in testa. Il vento portava le grida di una voce molto profonda e molto arrabbiata.

*Merda.*

Il sole era quasi completamente sceso all'orizzonte. Sebbene fosse già buio, non potevo rimanere in mezzo alla strada, dove sarei stata un bersaglio facile.

Scappai dall'altra parte della carreggiata. Spinsi di lato i cespugli facendomi largo attraverso l'apertura che avevo creato, incespicando tra radici intricate e ginocchia di cipresso. Trovare un appoggio sul morbido terreno bagnato era quasi impossibile.

Così come correre in posizione eretta.

Piante rampicanti e cespugli mi bloccavano ogni movimento. Le ragnatele mi si appiccicavano al viso mentre cercavo di crearmi un sentiero. Dovevo addentrarmi ancora un po' per potermi nascondere all'interno della fitta boscaglia.

Atterrai con il piede su qualcosa di appuntito e urlai, cadendo in avanti su uno stretto sentiero. Superai con un salto alcune pozze di fango e usai tutto il mio peso per appiattire un cespuglio. Avevo appena sollevato la gamba il più in alto possibile per riuscire a calpestarlo quando venni afferrata da dietro e atterrai violentemente sul fianco. L'aria uscì dai polmoni con un sibilo.

Malgrado cercassi di inspirare, non ci riuscivo. Continuavo ad aprire la bocca per respirare, ma i miei polmoni non reagivano.

Stavo ancora boccheggiando in cerca di aria quando delle braccia forti mi girarono sulla schiena. Cosce massicce e potenti mi immobilizzarono come una ganascia entrambi i lati della cassa toracica, minacciando di spezzarla con una torsione delle ginocchia. King si chinò su di me, la sua presa stretta sui miei polsi, che teneva uniti sopra la mia testa. Cercai di prendere il controllo dei miei polmoni. Quando finalmente riuscii a tirare un po' d'aria, il mio petto si alzò e si abbassò in respiri affannosi. Il mio seno strusciò contro il petto duro di King.

Il vento ululò. Il cielo rispose con un rombo di tuono che sentii fin nelle ossa. Iniziò a piovere piano. Gocce ghiacciate mi solleticarono la pelle. Improvvisamente mi agitai, perché mi resi conto davvero dell'uomo che si trovava sopra di me. Da poche gocce che erano, la pioggia diventò presto uno scroscio. L'acqua scendeva lungo il volto di King e nei suoi occhi scuri indemoniati, ma non sembrava posseduto.

Sembrava il diavolo in persona.

«Pensavo di essere stato chiaro sul fatto che sei mia», ringhiò.

Aveva le narici dilatate. «Devi ancora pagare il tuo debito, piccola».

«Ascolta, uccidimi ora e finiamola qui», dissi con voce rauca più forte che riuscii, cioè sussurrando a malapena. «Lasciami andare o uccidimi, cazzo!».

King si mise a ridere. «Così sarebbe troppo facile».

«Cosa allora? Cosa vuoi da me? Ti ho sentito. Nikki è morta. I tuoi soldi sono spariti e io non posso ripagarti. Non ho niente di quello che vuoi». Cercai di spostarlo da me, ma ero efficace quanto un moscerino contro una tigre.

«Oh, ma io credo invece che tu possa ripagarmi, piccola. Hai qualcosa che voglio», disse facendo scorrere le sue dita su per il mio braccio fino alla spalla. Afferrò la mia gola nella sua grande mano e premette con le dita callose, non a sufficienza per soffocarmi, ma abbastanza per ricordarmi che avrebbe potuto farlo.

«Ti prego, lasciami andare! Non sono niente! Non sono nessuno! Non mi vuoi. Ieri sera sei uscito da quella stanza perché non mi volevi. Ti ricordi? Quindi lasciami andare. Ti prego. Ti supplico».

Avevo smesso di dimenarmi perché era inutile, l'unica cosa che avevo per poter arrivare a lui erano le mie parole.

E stavo fallendo miseramente.

«Ma è qui che ti sbagli. Ieri sera ho pensato che tu fossi una cacasotto, incapace di darmi quello che voglio, quello che posso fare, quello di cui ho bisogno. Ma questo non ha più importanza, perché adesso sei di mia proprietà e posso fare quello che voglio con ciò che è mio». Sottolineò le sue parole stringendomi la gola ancora più forte.

Aprii la bocca per protestare, per dirgli che non ero sua e che non lo sarei mai stata, quando improvvisamente le labbra di King si abbatterono sulle mie con una forza tale che la parte posteriore della mia testa venne spinta più in basso nel fango. Non avevo un posto dove andare, un posto dove scappare. Le sue labbra piene erano morbide, ma il suo bacio per niente. Mi risucchiò in bocca il labbro inferiore e mi leccò il contorno della bocca.

King era severo e spaventoso come l'inferno, esattamente come il suo bacio, e se le sue parole non erano riuscite a chiarire il concetto, il suo bacio mi disse inequivocabilmente che ero sua. Mi fece dimenticare per un attimo che l'uomo dietro quelle labbra era uno psicopatico furioso.

La pioggia aveva continuato a cadere. Per una volta non era stata la mia bocca ad agire prima del mio cervello, ma il mio corpo. Perché per quanto mi dicessi che non volevo il suo bacio, lui sosteneva il contrario. Lo desiderava.

Aprii la bocca per protestare, ma nell'attimo in cui lo feci, la sua lingua toccò la mia, e lui gemette. Il contatto produsse una scintilla, un'energia che si irradiò attraverso tutto il mio corpo, bagnandomi in mezzo alle gambe.

King me le divaricò con il ginocchio e poi si sistemò tra di loro. Non staccò le sue labbra dalle mie nemmeno una volta, mentre premeva la sua erezione contro di me. Gioii di quell'attrito e gemetti nella sua bocca. Portò le mani dietro la mia testa, tirandomi verso di lui mentre mi baciava fino allo stordimento.

Era un tipo di fame completamente nuovo.

Con un grugnito profondo e gutturale, King pose bruscamente fine al bacio. Seduto di nuovo sulle ginocchia, allungò la mano e fece scorrere il pollice lungo la mia guancia. Guardò in basso verso di me, come se mi vedesse per la prima volta. La sua espressione era dolce e le sue labbra inturgidite dal nostro bacio.

Quando provai di nuovo a prendere aria, il mio petto si gonfiò. Senza King sopra di me che mi riparava dalla pioggia fredda, il gelo mi invase il corpo. Iniziai a battere i denti. Lui godeva nel guardarmi, mentre i suoi occhi si soffermarono sul viso e poi giù sul resto del corpo. Avrei potuto giurare che era come se mi stesse toccando, e che non mi stesse solo guardando.

«Vai», sbottò King, saltando in piedi come se fosse stato colpito da una scarica elettrica.

«Cosa?», domandai. In qualche modo riuscii a mettermi in ginocchio, tenendomi ancora in mano i pantaloni della tuta ormai bagnati e pesanti, sebbene il cordoncino fosse già tirato, stretto a dovere.

«Maledizione, vattene!», urlò, alzandosi completamente.

Fece un passo minaccioso verso di me. La sua vicinanza improvvisa mi costrinse a indietreggiare. Inciampai su una roccia e caddi sul sedere.

«Quel sentiero ti porterà all'autostrada», disse indicando il terreno dietro di me. Mi girai e trovai il sentiero, ma quando mi voltai, lui non c'era più. Lo scricchiolio della boscaglia sotto i suoi stivali svanì rapidamente, inghiottito dai rumori del temporale.

Ero libera.

Ma ero anche completamente sola, al buio, e questo offuscò l'euforia che avrei dovuto provare.

Mi si strinse il petto. Premetti le mani sul cuore per cercare di fermarlo dal saltare letteralmente fuori dal mio corpo. Batteva sempre più veloce, finché pensai che si sarebbe arrestato di colpo. Ancora una volta, non riuscii a respirare.

Panico.

Vedevo annebbiato. Il bosco intorno a me continuava a girare fino a quando il fogliame si fuse in un grande vortice verde e marrone, come se fissassi l'occhio di un tornado.

Mi ero sentita più sicura qualche minuto prima, quando fissavo gli occhi pieni d'odio di King.

Cercai di alzarmi. Mi misi in ginocchio, ma sprofondai nella melma e caddi in avanti sugli avambracci. Incapace di trovare il coraggio di riprovarci, mi girai sul fianco e premetti la guancia nel fango, coprendomi con una mano l'orecchio esposto alla pioggia.

Dovevo diventare invisibile. Dovevo sparire nel buio, e solo allora il buio sarebbe scomparso intorno a me. Portai le ginocchia al petto.

Esattamente un giorno prima pensavo che a quell'ora sarei stata nel letto di qualche motociclista, a godere della comodità di un tetto sopra la testa e del cibo nella pancia. Non avrei avuto la mia dignità ma, da quando mi ero risvegliata in ospedale, non potevo più permettermene il lusso. Invece mi trovavo a piedi nudi e al freddo in mezzo al bosco. E mentre la luna sparì dietro a scure nuvole temporalesche, venni avvolta in una completa oscurità.

Mi rannicchiai il più possibile per tenere lontano il gelo dalle dita dei piedi nudi. Non mi battevano solo i denti, era tutto il corpo a tremare sotto la pioggia costante. Ogni goccia gelata era come la punta di uno spillo conficcata nella mia pelle.

Perché diavolo mi aveva baciato? Perché diavolo glielo avevo lasciato fare?

Ero infuriata con me stessa per non averlo respinto, perché mi era piaciuto. Avevo fatto un sacco di cazzate negli ultimi mesi.

Mangiato dai cassonetti. Dormito in macchine abbandonate. Ma niente mi aveva disgustato di più dell'aver ceduto al suo bacio.

E la cazzata più grande di tutte era che speravo di sentire da un momento all'altro il fruscio dell'erba alta e di vederlo comparire dalla boscaglia per salvarmi dal buio.

King non era il tipo che salvava, ricordai a me stessa.

Era il tipo che uccideva.

Rabbrividii. Ancora arrabbiata. Ancora spaventata. Ancora maledettamente congelata per il freddo.

Ancora eccitata.

Alla luce del giorno era facile mettere da parte le cose,

distratta dalla lotta per la sopravvivenza che mi teneva impegnata. Ma da sola al buio con i miei pensieri, mi resi maggiormente conto che senza ricordi del passato, lezioni vissute e imparate, non ero che il guscio di una persona.

Ero una sconosciuta a me stessa.

Ero un alieno che invadeva il corpo di una ragazza che non conoscevo. Glielo avevo rubato, per un caso del tutto fortuito, frutto di un tragico evento che l'aveva spazzata via dalla terra e mi aveva messo al suo posto.

In notti come queste, quando il panico minacciava di consumarmi, le parlavo ad alta voce.

*So che è strano, ma in un certo senso mi manchi. So che te lo dico sempre, ma mi dispiace così tanto. Mi dispiace se quello che faccio non è quello che faresti tu. Vorrei che ci fossi tu qui e non io, perché morire di fame per strada non è la vita che voglio per te o per me. Mi dispiace molto di averti deluso.*

*Ogni giorno quando mi sveglio spero che tu sia tornata. E mi dispiace tanto per prima, per aver cercato di vendere il mio corpo per protezione. È stato un momento di debolezza, ma ora ho chiuso. Posso farlo da sola. Posso proteggermi da sola. E mi dispiace per quello che è appena successo con King. Non so fino a che punto sarei arrivata, ma ti prometto che non avrei permesso che mi scopasse.*

*O ti scopasse. O che scopasse entrambe?*

*Una stranissima cosa a tre.*

Risi in modo sguaiato nel fango e per sbaglio ne aspirai un po' in bocca. Tossii e fui sul punto di soffocare fino a quando non si staccò dalla gola e lo sputai per terra.

*Mi impegnerò di più. Lo prometto. Posso sopravvivere… per te.*

# Capitolo 9

## Doe

Non appena sorse il sole, mi misi in cammino.

Mi diressi verso una strada con più buche che asfalto e camminai a fatica, per ore e ore, ricoperta di terra appiccicata alla mia pelle, mentre il sole la cuoceva sul mio corpo indurendola come argilla.

Ogni passo attraverso l'erba bollente che costeggiava il ciglio della strada era una vera agonia. I fili d'erba sembravano piccoli coltelli sui miei piedi nudi, sanguinolenti e malconci.

Stavo zoppicando verso il nulla, quando finalmente incontrai il primo segno di civiltà: un residence di appartamenti a un piano.

Avevo bisogno di un telefono, di una stazione di polizia o di una chiesa. Chiunque poteva aiutarmi, perché io non avevo più la forza di cercare oltre e avevo bisogno di un posto dove sedermi e riacquistare le facoltà mentali offuscate per la confusione, l'esaurimento e la disidratazione.

*Perché King mi ha lasciata andare?*

Il suo comportamento era inspiegabile e mi logorava i nervi. Una parte di me si aspettava che da un momento all'altro accostasse lungo il ciglio della strada e mi trascinasse in macchina. Forse era stato il bacio a fargli cambiare idea. Aveva pensato di potermi usare per qualsiasi perversione avesse in mente, ma quando mi aveva baciato doveva essere rimasto deluso. Per questo mi aveva lasciata andare.

Doveva essere quello il motivo. Ma perché, se aveva ucciso Nikki, non aveva fatto fuori anche me? Perché aveva risparmiato me e non lei?

Niente aveva un cazzo di senso.

Nelle ultime trentasei ore avevo pensato così tante volte di essere a pochi secondi dalla morte, che la libertà era qualcosa che non avrei mai più creduto di avere.

Essere di nuovo per strada era però una prigionia di un altro tipo. Libertà significava avere delle scelte.

E io ancora non ne avevo nessuna.

Arrivai al residence. Vecchio e diroccato, l'edificio aveva una decina di unità e un tetto scuro con copertura a scandole, metà delle quali sostituite con del compensato che non gli si abbinava. Erbacce alte fino al ginocchio crescevano nei vialetti attraverso le crepe nel cemento.

Incapace di fare un altro passo, crollai contro il muro del passaggio coperto tra la casa e il garage e mi lasciai scivolare giù fino a sedermi sul marciapiede. Finalmente trovai riparo da quel sole cocente, ma sembrava che il cuoio capelluto continuasse a bruciarmi in mezzo alla testa.

Avevo solo bisogno di sedermi un po', riprendere fiato e raccogliere i miei pensieri.

«Non puoi stare qui, ragazza. Circolare». Apparve un armadio di uomo, con una t-shirt di tre taglie troppo piccola con sopra un unicorno che saltava sopra un arcobaleno. Stette in piedi davanti a me e incrociò le braccia al petto. «Non ci senti, ragazza? Non puoi stare qui. Non posso avere gentaglia che va e viene». Mi diede un colpetto alla coscia con le sue sneakers, come se stesse cercando di svegliare un cane pigro. «Circolare, adesso».

«Per favore, ho solo bisogno di usare il tuo telefono, per favore», supplicai, la mia voce era secca e rauca. Non m'importava se, una volta chiamata la polizia, probabilmente mi avrebbero buttato in un'altra casa famiglia.

Pensai a una sola cosa.

Avevo un omicidio da denunciare. Nikki sarà stata anche una puttana e una ladra, ma non meritava di morire per questo. Qualche volta avevo anche pensato di non piacerle così tanto, ma lei era tutto ciò che avevo.

Se mai avessi avuto qualcosa.

L'uomo sospirò, chiaramente infastidito. «A cosa ti serve?». Scavò nel sacchetto di Cheetos formato famiglia che aveva in mano. Dopo averne infilato una manciata in bocca, si leccò la polvere arancione sulle dita.

«Ti prego, aiutami, mi hanno rapita. Ero chiusa in una stanza, ammanettata a un letto. Sono scappata e ho passato la notte nel bosco. Ho camminato tutto il giorno. Ho sete, sono stanca e tutta bruciata, questo è il primo posto in cui mi sono imbattuta. Per favore, devo chiamare la polizia. La mia amica, la mia amica Nikki è stata uccisa dallo stesso uomo che mi ha tenuta prigioniera».

Infilò un'altra manciata di Cheetos in bocca e si pulì la mano sull'unicorno. «Oh, davvero? Be', sei fortunata, sono il vicesceriffo da queste parti. Mi chiamo Crestor. Quindi, puoi dirlo a me». Sollevò il grasso della pancia e indicò un distintivo attaccato alla cintura finora rimasto nascosto. Mentre parlava sputacchiava formaggio dalla bocca. «Chi immagini abbia ucciso la tua amica?»

«Non immagino chi l'abbia uccisa. So per certo chi è stato. L'ho sentito quando l'ha confessato. E non so il suo nome completo e neppure se è il suo nome vero. So solo come lo chiamano».

«E quale sarebbe?». Si appoggiò al muro, concentrandosi su una lampadina del soffitto che si spegneva e si accendeva ogni secondo da sola, completamente disinteressato alla mia storia.

«Lo chiamano King».

Spalancò gli occhi e le dita lasciarono andare il sacchetto.

Fece cadere i Cheetos a terra.

Un attimo dopo era chino su di me, mi afferrò sotto le braccia e mi tirò su in piedi. «Aspetta, cosa stai facendo?», chiesi mentre mi spingeva verso il parcheggio. Appoggiai il piede destro su una parte di strada dissestata e mi presi una storta, caddi in avanti e mi sbucciai mani e polsi.

«Avanti, vattene! E non farti mai più vedere da queste parti!», urlò. Con le mani sulla testa, si girò e mosse le braccia in aria in segno di esasperazione. «Non mi servono questi tipi di problemi. Vattene, ragazza! Se ti vedo ancora qui, la prossima volta saranno i colpi della mia pistola a scortarti fuori».

Mi abbandonò in strada e ritornò di fretta all'edificio, il grasso sulla schiena si muoveva su e giù mentre scompariva dietro a una portafinestra con la scritta "ufficio". Nell'istante in cui entrò disegnò un'ombra.

Ero in piedi con le gambe che mi reggevano a stento e mi pulii sulla maglietta le mani ferite e piene di sabbia. Le piante dei piedi mi bruciavano per il dolore. La storta alla caviglia mi lanciava fitte acute a ogni passo. Già zoppicavo e ora era ancora peggio.

A quanto pareva ero nel territorio di King. Ma quanto era grande? Se avessi avuto una minima possibilità di chiedere aiuto per me, o per Nikki, dovevo portare il mio culo fuori da Logan's Beach, ma non sapevo nemmeno se stavo andando nella direzione giusta.

Strascicavo i piedi come se non fossero più attaccati al

mio corpo ma appesi, come lattine legate al paraurti di una macchina.

Le ore passavano e, sebbene avessi camminato per tutto il tempo, non credo mi fossi allontanata molto. Più giù, dietro di me, riuscivo ancora a vedere il residence.

Durante tutta la giornata non mi aveva superata nemmeno una macchina. La mia pancia stava di nuovo protestando perché era vuota, si contorceva e brontolava. La mia faccia e le mie orecchie erano bollenti. Le piante dei piedi erano spesse e gonfie, e per fortuna stavano diventando insensibili per il continuo sfregamento.

Procedevo a fatica.

A ogni centimetro che il sole faceva calando all'orizzonte, la mia ansia aumentava. Una giornata di luce stava per essere di nuovo brutalmente coperta dal buio della notte.

Proprio quando dei tuoni rimbombarono in lontananza, mi imbattei in una vecchia costruzione abbandonata con le finestre sbarrate con delle assi. Quando dei fulmini saettarono da una nuvola all'altra il cielo si schiarì. Percepii l'odore della pioggia ancora prima di sentire la prima goccia bagnarmi la punta del naso.

Zoppicai allora verso la tettoia del drive-in, ma non feci in tempo. Il cielo stesso si riversò su di me prima che potessi trovare riparo. Quando arrivai al coperto, ero bagnata fradicia dalla testa ai piedi, e il fango attaccato sotto di loro dalla notte precedente colorò l'asfalto di marrone. Mi adagiai al bancomat fuori servizio e mi sedetti sul cordolo, appoggiando la fronte sulle ginocchia.

Mi sentii sconfitta. Da qualche parte in fondo alla mente desiderai morire e sperai che un fulmine scendesse dalle nuvole e si spingesse fin sotto la tenda da sole per colpirmi. Preferivo morire.

*La morte sarà meglio di questo.*

«Ehi, ciao», disse una voce dal nulla.

Sentii dei brividi diffondersi dalla schiena al collo. Mi venne la pelle d'oca sugli avambracci. Guardai in alto e vidi un uomo con la barba grigia e sporca in piedi davanti a me. Le rughe intorno agli occhi si estendevano alle guance. Non aveva i denti davanti e il mento era coperto di piaghe rosse.

«Ti sei persa o cosa?». Puzzava di latte marcio e i vestiti erano degli stracci per quanto erano lacerati.

«O cosa», mormorai.

«Sono Ed», disse allungando una mano. Aveva le unghie gialle ed erano lunghe un centimetro.

Capì che non gliela avrei stretta, allora si inginocchiò e il mio cuore iniziò a battere forte. Ed tirò fuori la mano lercia e tentò di passarmi una nocca lungo la guancia. Rabbrividii e mi spostai saltando in piedi. Barcollai instabile. Vedevo dei puntini danzarmi davanti agli occhi. Mi attaccai al bancomat sul muro per non cadere.

«Non fare la maleducata con il vecchio Ed. Come ti chiami?», chiese leccandosi le labbra e sistemandosi il cavallo macchiato di quelli che una volta erano dei pantaloni color kaki.

«Uhm... piacere di conoscerti, Ed», dissi ostentando la massima sicurezza possibile. «Ma devo andare». Cercai di passargli oltre ma lui mi si mise davanti, bloccando la mia unica via d'uscita.

«Perché non stai qui, intanto che ti asciughi un po'?». Il suo sguardo vagò su tutto il mio corpo. Il suo sorriso senza denti si fece più audace. «Anche se mi piace quando una donna è tutta bagnata». Schioccò la lingua contro il palato della bocca.

«Uhm, no, grazie. Sto solo aspettando che il mio amico venga a prendermi», mentii, sperando fosse vero. Feci un movimento per passargli oltre, ma questa volta mi afferrò il braccio. Cercai di liberarmi da lui con uno strattone, ma in quello stato persino un bambino sarebbe stato più forte di me. «Lasciami in pace!».

«Allora, stammi bene a sentire. Sei stata tu a entrare in casa mia. Ora ci rimani e vedi quanto posso essere ospitale».

Ed mi diede uno strattone al polso, facendomi girare fino a quando la mia schiena non sbatté contro di lui. Mi teneva le mani strette davanti. Il suo uccello era duro contro la mia coscia e mi venne un conato di vomito. Se avessi avuto qualcosa nello stomaco sarebbe venuto su in quello stesso istante.

Con il mio piede scalzo pestai lo stivale di Ed e un dolore acuto mi esplose fino all'anca, feci male più a me che a lui, ma fu sufficiente per sorprenderlo un attimo. Mi liberai dalla sua presa.

Avevo fatto solo pochi passi quando mi tirò indietro per i capelli e caddi di schiena colpendo la testa all'indietro sul cemento. Per la seconda volta in ventiquattro ore rimasi senza aria. La trachea non mi si apriva. I polmoni lottavano dentro di me alla disperata ricerca di ossigeno. La mia vista si fece sempre più appannata.

Quello era il motivo che mi aveva spinta a cercare la protezione di un motociclista. In quel momento sperai che Bear mi avesse tenuto per sé, invece di mandarmi da King.

Ma poi mi ricordai del rinnovo della promessa che avevo appena fatto.

Dovevo proteggerla. A ogni costo.

E non mi sarei arresa senza prima battermi fino alla fine.

Quando Ed cercò di farmi abbassare le gambe e di aprirmele, gli tirai con violenza un calcio in faccia. Il sangue gli uscì dal naso e sentii come se il mio tallone fosse in fiamme.

«Adesso la paghi, puttana!», sibilò Ed.

Tornando alla carica, mi diede un cazzotto sulla mascella. La testa mi si girò di lato e sbatté sul cemento con un tonfo. La bocca mi si riempì di un caldo liquido ramato.

Ed teneva qualcosa di freddo e affilato alla base della mia gola. «Prova a reagire, stronza, e ti taglio questa cazzo di gola», mi minacciò rabbioso.

Mentre con una mano tremolante teneva il coltello, con l'altra mi strappò giù i pantaloni della tuta e poi gli slip con un movimento violento. A ogni mio sussulto premeva ancora di più la punta della lama.

Chiusi gli occhi. *Questo è quello che succede quando si desidera morire, giusto?*

A volte i desideri si avverano.

Sperai solo che mi avrebbe ucciso, una volta finito, così che non avrei dovuto rivivere quel momento per il resto della mia vita.

Non era passato neanche un giorno da quando avevo fatto la mia promessa di proteggerla e avevo già fallito.

Ed armeggiò velocemente con i pantaloni, io mi preparai ad accettare che stavo per morire sotto una tettoia in una piccola città nel mezzo del nulla.

Come se non fossi nessuno.

Poi, Ed sparì, il suo peso scomparve improvvisamente.

Ci fu un trambusto, poi una forte esplosione che mi echeggiò nelle orecchie. Un suono familiare.

Avrei voluto sollevare la testa per vedere cosa stesse succedendo, ma il mio collo non avrebbe collaborato, e mi sembrava che la testa pesasse una tonnellata.

Delle forti braccia mi presero intorno alla schiena e sotto le ginocchia, sollevandomi in aria senza sforzo, cullandomi contro un torace duro. Cercai di combattere chiunque fosse ma non riuscii a fare nient'altro che dimenare i fianchi.

«Ti ho preso», mormorò una voce profonda e familiare nei miei capelli.

*King.*

«Avevo capito che mi avevi lasciato andare», in testa i pensieri mi si accavallavano l'un l'altro.

«Ho cambiato idea». I muscoli di King si tesero a malapena sotto il mio peso. Mi coprì con una giacca di pelle e quando uscì sotto la pioggia non mostrò il minimo segno di fastidio.

Il mondo intorno a me si fece sfocato. «Pensavo che mi sarebbe passata tutta la vita davanti agli occhi».

«Perché l'hai pensato?», mi chiese. Nello stato di debolezza in cui mi trovavo non capii se la preoccupazione nella sua voce fosse sincera o se fosse il frutto della mia immaginazione.

«Perché è quello che succede quando si muore», risposi.

«Non stai morendo».

«Oh, bene. Perché non ho una vita che mi possa passare davanti agli occhi. Pensavo che, qualunque essere superiore ci fosse lassù, mi stesse mostrando te al suo posto».

«Perché avresti dovuto vedere me se stavi morendo», mi chiese. Non rispondendo immediatamente King mi scosse e mi disse qualcosa sul fatto di cercare di rimanere sveglia, ma non riuscii a sentire. Credo che quello che dissi dopo fu qualcosa del tipo: «Sarai anche arrabbiato e tutto il resto, ma sei davvero bello da guardare». Sbadigliai. «Perché sei tornato da me?».

Con tutta l'energia che avevo in corpo aprii un occhio per dare uno sguardo oltre la spalla di King. Ed era stramazzato contro il bancomat, con lo sguardo fisso davanti a sé.

Un foro di proiettile tra gli occhi.

King mi strinse a lui e si abbassò con la bocca al mio orecchio. «Perché sei mia».

# Capitolo 10

## Doe

Mi svegliai immersa nell'acqua calda. Ogni dolore, livido e piaga pulsavano in quel calore confortevole. Quando aprii gli occhi King sembrava sospeso sul bordo della vasca con un asciugamano in mano.

Rimasi senza fiato e con un movimento veloce mi misi a sedere, facendo strabordare l'acqua sul pavimento. Mi rannicchiai nell'angolo più lontano, incrociando le braccia sul seno. King mi afferrò con forza il polso e tirò, eliminando l'unico modo che avevo per proteggermi dal suo sguardo. Con l'altra mano fece scorrere le punte callose delle dita dalla clavicola al mio seno. Quando arrivò al capezzolo mi pizzicò.

FORTE.

Urlai.

«Li ho già visti, piccola. Non c'è bisogno di nascondermeli adesso». King era a torso nudo, i suoi addominali erano ben scolpiti e i tatuaggi si animavano ad ogni movimento.

«Hai ucciso Ed», sbottai. Gli eventi della notte precedente si accavallavano nella mia mente, dettagli orribili uno dopo l'altro.

«Ed?», chiese King, alzando un sopracciglio.

«Il tizio di ieri sera», spiegai io. «Quello che tu hai...».

«Ucciso», tagliò corto King. «Non avevo capito che eravate riusciti a presentarvi». King sollevò l'asciugamano. Fremetti.

«Sto solo raschiando via il fango».

«Non sembri molto pentito. Sembri pienamente convinto di avere il diritto di essere giudice, giuria e giustiziere», dissi.

«Un semplice "grazie King, per avermi salvato la vita" non sarebbe male», disse King. «Ma quello che dovresti sapere, e che Ed ha scoperto, è che se fotti me e quello che è mio, allora la risposta è sì, sono il giudice, la giuria, e talvolta, quando la situazione lo richiede, sono anche il fottuto giustiziere». Mi si stava rivoltando lo stomaco.

«Ma che te ne fregava se mi faceva del male oppure no?»

«Perché sei mia».

«Perché continui a dirlo?»

«Perché è vero».

«Qualsiasi cosa significhi essere tua, non ti ho mai detto che mi vada bene».

«Non è qualcosa che ti deve andare bene. Non è niente su cui si possa negoziare. Avresti preferito che avessi lasciato Ed libero di fare quello che aveva intenzione di farti?»

«No, non è quello che sto dicendo». Anche nell'acqua calda mi venne la pelle d'oca quando pensai a quello che sarebbe successo se King non mi avesse salvata.

Sarei morta.

Ero turbata perché Ed era morto? No. O lui o io, ed ero contenta di essermela cavata.

«Questo è il motivo per cui avevo bisogno di un motociclista», biascicai.

«Scusa?», chiese King.

«Niente», dissi. Senza rendermi conto di aver alzato la voce sull'ultima parola.

«No, hai detto che è per questo motivo che avevi bisogno di un motociclista. Che cazzo significa esattamente?»

«Per protezione!», scattai. «Tu non sai com'è là fuori per strada. C'è un Ed a ogni cazzo di angolo che aspetta solo che ti addormenti o che non stia attenta o che cammini nel vicolo sbagliato. Non è che fosse la mia prima scelta, ma non sapevo cos'altro fare. Nikki mi aveva detto che ci sarebbero stati dei motociclisti alla tua festa e che se gli fossi piaciuta qualcuno mi avrebbe potuto proteggere».

«Sei venuta alla festa per prostituirti a un motociclista?». Sembrò arrabbiato e deluso e per qualche stupida ragione non sopportai l'idea di averlo in qualche modo deluso, quasi quanto non sopportai il fatto di aver deluso me stessa.

O *lei*.

«Sì», risposi sinceramente. «Almeno per un po'. Ma adesso capisco quanto fosse stupida quell'idea. Non è più quello che voglio». Non mi resi conto di quanto fossi imbarazzata finché non lo dissi ad alta voce.

«Almeno ora tutto ha molto più senso. Vieni, appoggiati», ordinò King.

Inclinai il mento all'indietro e lui mi sostenne il collo con una mano. Prese un bicchiere dal pavimento, lo riempì d'acqua e me la versò lentamente sui capelli.

«Hai ucciso tua madre», sussurrai. Per quanto il bagno fosse piacevole, ero ancora totalmente incapace di tenere chiusa la bocca e di evitare che le parole mi uscissero fuori come l'acqua dal bicchiere di King.

«Fanculo Preppy». King scosse la testa. «Non avrebbe dovuto dire niente. Non sono cazzi tuoi», sbottò. Avevo colpito un nervo scoperto. «Non sono i cazzi di nessuno». Dopo un minuto o due di silenzio il suo respiro tornò alla normalità e la vena del suo collo smise di pulsare. Finì di sciacquarmi i capelli.

«Allora sai che ero in prigione, giusto?»

«Sì».

«Sai per quanto tempo ci sono stato?»

«Tre anni», dissi, ricordando quello che mi aveva detto Preppy.

«Sì, tre anni. Hai mai sentito di qualcuno che si becca tre anni per omicidio?».

Non so perché non ci avevo pensato prima. Non aveva alcun senso. Scossi la testa.

«C'è molto da dire su questa storia. Ma stasera non sono in vena di raccontare».

«Ma hai ucciso Nikki», mi odiai per non essere capace di tenere chiuso il becco. Con mia grande sorpresa, King rise. Una risata vera e propria, come se avessi raccontato una barzelletta. Non pensavo che ne avesse la capacità.

«No», rispose. «Non l'ho uccisa».

«Sì, l'hai uccisa», insistetti. «Ho sentito che dicevi a Preppy di averla uccisa. Perché lo neghi adesso?»

«Pensaci. Mi hai sentito davvero dire che l'ho uccisa?».

Aveva ragione. Non avevo sentito quelle precise parole.

«Ho solo detto che era morta. Mi dispiace, piccola, ma questo è vero. L'ho trovata in una città qui vicino, in un motel schifoso, aveva un ago nel braccio».

Con il polpastrello del pollice King mi asciugò una lacrima sotto l'occhio che non riuscii a trattenere.

«Ti ha sparato. Si merita davvero questa lacrima?». Mi sorprese quando se la succhiò via dal pollice.

«Lei non mi ha sparato», dissi in sua difesa. «Stava cercando di scappare. Mi ha sparato per sbaglio. Puntava a te. Era disperata. Lo eravamo entrambe. Le persone disperate fanno cose disperate».

Fu allora che mi resi conto di quanto mi mancasse. Per quanto incasinato fosse il nostro rapporto, lei era tutto ciò che avevo.

E ora non c'era più.

«Piccola, per sbaglio oppure no, la puttana ti ha sparato. A dire il vero, se l'avessi trovata viva e avesse estratto di nuovo quella pistola, adesso sarebbe comunque morta».

«La mia vita assomiglia a una pila di domande accatastata sopra a un'altra pila di domande e francamente mi piacerebbe poterci infilare anche qualche maledetta risposta, prima che il mio cervello vada in pappa e mi esca dalle orecchie».

«Molto... scenografico da parte tua».

«Sono seria. Perché mi hai cercato? Perché mai ti sei preoccupato di riportarmi qui?»

«Ti ho lasciato andare perché ho fatto male i miei conti. Il motivo non ha importanza. Il fatto è che la tua amica è morta e tu sei ancora in debito con me. Sei di mia proprietà e sarai mia finché non decido diversamente».

Fece scorrere l'asciugamano lungo le gambe e toccò lievemente la ferita sul piede. Lanciai un urlo e lui si accigliò. «Sei davvero conciata male».

«Credo sia quello che succede quando vieni lasciato nel bosco a marcire e quando cammini per miglia a piedi nudi sotto il sole cocente», sbottai. Mi aspettavo che mi si rivolgesse contro, che litigasse con me, ma mi sorprese.

«Mi dispiace per questo. Come ho detto, per un attimo ho fatto male i miei conti».

«Ti sei appena scusato con me?»

«No, ho detto che mi dispiace di aver fatto male i miei conti. Non ho detto che mi dispiaceva per te».

«Come dovrei pagarti esattamente?», chiesi con esitazione. «Ne abbiamo già parlato. Non ho niente da darti», sospirai. «Non ho assolutamente niente».

«In qualsiasi modo io voglia, piccola».

«E se non volessi essere tua?».

King non esitò. «Allora lascerò che ti abbia Preppy. Potrebbe sembrare carino ma imparerai che il ragazzino è uno stronzo malato che ti sfonderà la porta sul retro senza preavviso. Gli piace quando urlano. Gli piace quando svengono. Gli piace ancora di più quando dicono di no. O magari, ti presto alla banda di Bear. Ho sentito che Harris e Mono hanno il vizio di giocare con i coltelli».

Non c'era alcuna vena comica nella sua voce.

«Invece se collabori sarai mia e solo mia. Sarai sotto la mia protezione. Quando sarò stanco di te e capirò che il tuo debito è stato pagato, sarai libera di andare».

«Protezione», ripetei. Proprio quello che stavo cercando. «Che succede se non ti stanchi di me?».

King ridacchiò. «Oh, succederà. Succede sempre. Ma fino ad allora farai quello che ti dico io. Vivrai in casa mia». Il suo sguardo si strinse sullo spazio tra le mie gambe. «Dormirai nel mio letto».

«Mi stuprerai?». Avevo il cuore che mi saltava fuori dal petto. «Perché una cosa è prostituirmi. È tutta un'altra storia quando sono io che prendo la decisione. Se questo è il tuo piano, allora puoi ficcarmi la testa sotto l'acqua e la facciamo finita subito con questa cosa».

«Sarai anche sfinita in questo momento, ma non mi sembra che la tua bocca abbia colto il messaggio». L'adrenalina cominciò a pompare dentro di me, scorrendo nelle mie vene e preparando il mio corpo a un'altra lotta per la vita.

Mi alzai in piedi, spruzzando ancora più acqua sulle piastrelle del pavimento, in tutta la mia nudità. Non mi interessava coprirmi.

King mi sorprese alzandosi ed entrando nella vasca, inzuppandosi i jeans fino agli stinchi. Tenni i pugni serrati davanti a me come se stessi per battermi. Rise e mi avvolse entrambe le braccia intorno alla vita, tirandomi verso il suo torso nudo e colorato.

«Scoprirai che sono molte cose, ma che non sono uno stupratore del cazzo. Prima che ti scopi – e ti scoperò, piccola – sarai tu a implorarmi di farlo», mi sussurrò sul collo.

Serrai le cosce per cercare di alleviare il dolore che mi aveva procurato. La scarica di adrenalina che mi ero preparata a usare era mutata in qualcosa di completamente diverso. Ero ancora pronta per lui, ma in un modo totalmente differente.

*Traditore di un corpo.*

«Ma prima devi guarire. I tuoi piedi sono tutti tagliati e l'orecchio ti sanguina di nuovo». King uscì dalla vasca e mi portò fuori con lui in braccio; quando mi mise sulle piastrelle fredde iniziai a battere i denti. Aprì l'armadietto sotto il lavandino e mi avvolse in un telo morbido abbastanza grande da potermici avvolgere due volte come fosse una coperta. «E ci sono alcune altre cose che ho bisogno che tu mi dica».

«Quali ad esempio?»

«Preppy mi ha raccontato quello che gli hai detto, quello che ti è successo. Ma com'è possibile che qualcuno come te sia scomparso?»

«Qualcuno come me?»

«Deve esserci qualcuno là fuori a cui mancano questi bellissimi occhi». Infilò le dita tra i miei capelli bagnati e mi inclinò la testa all'indietro.

«Ho provato a cercare qualcuno che mi conoscesse», dissi battendo ancora i denti. King mi asciugò con il telo facendo attenzione alle mie ferite. «Anche la polizia ci ha provato, ma non c'era nessuna denuncia di persona scomparsa che corrispondesse alla mia descrizione. Le mie impronte digitali non sono archiviate da nessuna parte. Nessun fascicolo».

King si sbottonò i jeans bagnati, se li tolse e li appese sul box doccia ad asciugare. Tutto ciò che gli rimase addosso furono i suoi boxer neri con la sua enorme erezione che premeva contro il tessuto elastico. Si accorse che lo stavo guardando e non provò nemmeno a giustificare la sua eccitazione. Non provò a coprirsi. Accennò un sorriso all'angolo della bocca e fece qualche passo verso di me. Mi prese in braccio come se stesse cullando un bambino e mi portò nella sua camera, dove mi mise sul letto.

Le manette della sera prima erano ancora appese alla testiera.

«Quindi questo è quanto? Sono tua prigioniera? Mi terrai ammanettata al letto?».

King scosse la testa. «No, piccola. Non sei mia prigioniera. Non credo che ne abbiamo più bisogno». Si avvicinò alle manette. Il suo fisico muscoloso, completamente tatuato e ben scolpito, brillava sotto la luce della luna che risplendeva attraverso la finestra. Mi si seccò la bocca e dovetti nuovamente tenere strette le cosce per placare il dolore crescente che stava iniziando a sovrastare le altre mie ferite.

Avrebbe potuto essere il diavolo, ma il suo corpo era scolpito come quello di un dio.

A fatica cercai di formulare la mia domanda: «Allora, cosa sono io?», sussurrai, sopraffatta dalla stanchezza.

«Te l'ho già detto prima». King si avvicinò e tolse il telo, indugiando con lo sguardo sul mio corpo prima di coprirmi con le lenzuola. Con un ginocchio sul materasso, si chinò e risucchiò il mio labbro inferiore nella sua bocca. Sentii una sensazione di formicolio nella pancia. Lo rilasciò con uno schiocco. «Non sei mia prigioniera. Sei mia».

# Capitolo 11

## King

Sapevo che era uno sbaglio, ma l'avevo riportata a casa. L'avevo sfamata. Le avevo fatto il bagno. L'avevo messa a letto e quando mi ero steso accanto a lei e l'avevo tenuta stretta, lei non si era ribellata e aveva pianto fino a addormentarsi. Era qui contro la sua volontà e io ero un fottutissimo figlio di puttana.

Perché non ero mai stato più felice.

Era stato il bacio che aveva mandato tutto a farsi fottere. Non avevo intenzione di baciarla nel bosco, ma non ero riuscito a ignorare il desiderio irresistibile di prenderle la bocca. All'inizio avevo pensato che fosse solo una mia parte malata, che aveva bisogno di baciare una ragazza che stava lottando sotto di me. Ma poi lei aveva aperto la sua bocca per me e tutto il buon senso che avevo era andato perso in quel bacio.

Il suo sapore, la sua lingua, l'attrazione che avevo provato verso di lei la prima volta che era stata nel mio letto erano esplosi in qualcosa che non ero stato capace di gestire. Per un buon minuto mi ero perso in lei, prima di tornare in me. Fermarmi era stata la cosa più difficile che avessi mai fatto, sebbene l'idea di prendermi la rivincita sul suo corpo mi aveva fatto diventare ogni parte del corpo dura come la roccia.

Non sarei andato a cercarla. Ma ero rimasto sveglio tutta la notte a fissare la ventola sul soffitto. Nemmeno la conoscevo ed ero preoccupato per lei. Cosa stava facendo? Era riuscita a uscire dal bosco? Poi avevo passato ore a sperare che fosse andata nella direzione giusta, perché se fosse andata verso Coral Pines non avrebbe trovato nessuna forma di civiltà per dieci miglia buone.

Avevo lottato tutto il giorno con l'idea di andare a cercarla. Poi Preppy mi aveva informato di quello che lei gli aveva detto sul fatto di avere perso la memoria.

Fu allora che feci qualcosa. Qualcosa che rese poi facile la decisione di andare a cercarla. Una decisione che avrebbe cambiato per sempre la vita di tutte le persone a me vicine.

Per alcune in bene.

Per alcune in male.

Per alcune sarebbe stata la morte.

Scoprii chi era Doe.

# Capitolo 12

## Doe

*Anche se ho gli occhi aperti, c'è un'oscurità intorno a me che sta per scatenarmi un attacco di panico. Degli occhi di un castano intenso incombono su di me e mi ricordano che non sono sola e per un attimo la mia paura viene domata. L'espressione di desiderio riflessa nel suo sguardo mi fa bagnare. Il calore che irradia il suo torso nudo giunge a me e mi perdo nella sensazione della sua pelle sulla mia.*

*Trascina lentamente le dita su per la mia coscia toccando ogni parte del mio corpo tranne l'unico punto che vuole ardentemente essere toccato, che mi fa male e pulsa così forte con una voglia mai provata prima. Il suo tocco è morbido ma nervoso, come se non sapesse dove mettere le mani. Mi sposto nel tentativo di mandarlo dove muoio dalla voglia che mi tocchi.*

*«Shhh», una voce profonda mi sussurra sul collo, facendomi rizzare i peli delle braccia e mandando in scompiglio lo stomaco per l'attesa incontenibile. «È qui dove vuoi che ti tocchi?».*

*La sua mano si ferma sul mio seno, muove il mio capezzolo già molto sensibile tra le sue dita. Inarco la schiena e gemo dal profondo della gola.*

*«No». La risposta esce fuori fievole come un respiro. Ho bisogno di lui più in basso. Molto più in basso.*

*Libera il mio capezzolo e una mano morbida mi copre il seno a coppa e stringe leggermente. «È qui che hai bisogno di me?», chiede la voce prendendomi in giro con le parole così come con le mani.*

*«No», gemo un'altra volta; la straziante tortura dell'attesa di essere toccata è difficile da sopportare.*

*Tiro dei calci per l'impazienza.*

*«Shhh, fai la brava e avrai quello che vuoi», sussurra la voce, la sua lingua passa lungo il lato del mio collo e allo stesso tempo le sue mani si muovono tra le mie gambe. Lentamente due dita sfiorano il mio clitoride, soffermandosi lì senza alcun movimento. Quasi un tocco.*

*Il suo corpo si ferma.*

*Mi dimeno sotto di lui, voglio godere ma lui me lo nega.*

*«Ti prego», imploro.*

*Nessuna risposta.*

*«Ti prego», ripeto.*

*Ancora nessuna risposta.*

*Guardo in alto negli occhi che fino a un attimo prima mi promettevano piacere, ma stanno scomparendo lentamente. Mi allungo per prenderlo ma afferro solo l'aria della notte. Anche se riesco ancora a sentire i punti dove mi ha toccato, come se mi avesse bruciato la pelle, non riesco più a sentirlo su di me.*

*Poi se ne va del tutto e io rimango sola nel buio.*

*Non faccio in tempo a farmi prendere dal panico che quello che sentivo prima sopra di me ora è dietro di me, ma la sensazione non è proprio la stessa. La persona non è la stessa. Questo corpo è più caldo, più duro e molto, molto più grande. La mano che mi strofina la coscia non è morbida e gentile, è ruvida e callosa. L'erezione che preme contro il mio fondoschiena è grande e lunga, si strofina contro il mio sedere, nelle mie parti bagnate e poi ricomincia daccapo.*

*«Ti prego», supplico di poter godere. Alla fine di tutto questo ci deve essere una sorta di godimento. Lo desidero, ne ho bisogno e so che poteva darmelo.*

*Queste nuove dita non indugiano e quasi perdo i sensi quando trovano l'eccitazione che ho tra le gambe e la spalmano sul mio clitoride; allora mi dimeno contro la massa dietro di me, implorando perché mi entri dentro, voglio che mi riempia fino a quando un piacere puro mi spacca in due.*

Due dita mi penetrarono.

Spalancai gli occhi. Fu allora che mi resi conto che non stavo più sognando. Ero sdraiata di lato, rivolta verso il muro. In un letto.

Nel letto di King.

CON KING.

Erano le sue dita che mi riempivano e allargavano. Le piegò dentro di me e quando mi sfiorarono di nuovo quel punto, gli opposi resistenza e inarcai la schiena. Sussultai e cercai di allontanarmi quando King mi afferrò con il suo avambraccio, avvolgendolo stretto sul mio petto, tenendomi contro di lui.

«Ti ho preso, piccola», grugnì, il suo respiro stuzzicò un punto dietro l'orecchio, facendomi venire i brividi lungo la schiena.

Sapevo che avrei dovuto protestare, o mandarlo via, ma non riuscivo a pensare. Non ero più in grado di dire ciò che era giusto o sbagliato e buono o cattivo, perché le sue dita iniziarono a pompare, mentre il polpastrello del suo pollice faceva dei cerchi sul mio clitoride, sempre più veloce fino a farmi ansimare nel cuscino, mi appoggiavo indietro contro il suo corpo duro inseguendo il godimento che bramavo più del mio prossimo respiro.

«Ti ho preso», disse ancora King. La sua voce era roca e piena. Mi persi in una nebbia di sensazioni.

«Chi sei tu...», iniziai a chiedere, ma non riuscii a formare le parole perché il mio corpo cedette sotto le dita di King, facendomi sussultare.

«Ti faccio venire, piccola. Ti faccio venire davvero forte», promise. Quando sembrò che stessi arrivando al culmine, King mi tenne più stretta e premette a fondo sul mio clitoride. Mi preparai, spaventata di cadere dalle altezze a cui mi aveva portato.

«Va tutto bene, baby. Voglio farti sentire bene. Vieni per me, non avere paura».

Con un ultimo colpo delle dita vidi le stelle. Poi scesi in caduta libera, non pensavo nemmeno che potesse essere così straordinario, da un posto che non avrei mai voluto lasciare. Urlando nel cuscino lo colpii a pugni, l'orgasmo mi lacerò dal petto alle dita dei piedi e viceversa. Continuai a pulsare intorno alle dita di King mentre ritornai di nuovo a terra.

«Mi farai morire, piccola», gemette King. Tolse le dita e poi se le succhiò. «Ah, cazzo».

*Che diavolo è appena successo?*

King si mise a sedere contro la testiera. Per quanto volessi muovermi, rimasi come paralizzata sul materasso. «Chiariamo subito una cosa. La prossima volta che farai dei sogni che ti fanno gemere e toccare nel mio letto, non sarò io a rispondere delle conseguenze, ma tu. Perché la prossima volta non farò il bravo ragazzo e non userò le dita per risolvere il tuo problemino».

«Chi ha detto che avevo bisogno di te per risolvere qualcosa? Non ricordo di aver chiesto il tuo aiuto», sbottai. Il sangue mi affluì alle guance, che mi bruciarono per l'imbarazzo.

«Stronzate, chiunque nella cerchia di dieci chilometri sapeva quello che volevi, ma la prossima volta ti sveglierai con qualcosa di molto più grande delle mie dita dentro quella passera. E quando succederà, verrai così tanto che penserai che quello che hai avuto stasera non è stato che un singhiozzo del cazzo. Ti ricordo che questo è il mio letto. Io dormo qui e ora è dove stai dormendo tu. Quindi, fai attenzione».

«Io...».

«E vorrei fare a meno di sentire che sogni qualche altro tizio mentre dormi con me NEL MIO FOTTUTO LETTO». Quella rabbia improvvisa che cambiò il suo tono di voce mi fece pensare.

E incazzare.

«Per prima cosa non vedo perché cosa sogno o chi sogno debbano essere affari che ti RIGUARDANO, e seconda...». alzando due dita: «Non voglio dormire nel letto con te. Sei tu che mi ci hai portato. Terza, come fai a sapere che NON ERI tu che stavo sognando?». Sperai di essermi tolta un po' di quell'imbarazzo, ma a ogni parola detta, era cresciuto sempre di più, fino a sentirmi bruciare tutta dalle palpebre ai lobi delle orecchie.

«Non stavi sognando me», disse con certezza, incrociando le braccia. Improvvisamente, mi resi conto di cosa volesse dire.

«Ho gridato il nome di qualcuno? Il nome di chi?»

«No, piccola. Non hai gridato il nome di nessuno. Anche se non vedo l'ora di farti gridare il mio».

«Non eri nella mia testa quindi non c'è ALCUN MODO per cui tu possa sapere chi o cosa stessi sognando», contestai, la mia voce si fece sempre più forte a ogni frase. Delusa per aver sperato troppo su un nome. Arrabbiata con me stessa per aver goduto dell'orgasmo travolgente che mi aveva regalato.

«Piccola, vuoi che ti dica come facevo a sapere che non mi stavi sognando quando stavi per venire nel sonno?»

«Sì», sussurrai.

La rabbia svanì dai suoi occhi per un breve istante. Con un sorriso sfacciato sulle labbra perfette si rotolò sopra di me, costringendomi a sdraiarmi contro i cuscini mentre mi ingabbiava. Abbassò il viso sul mio, il suo respiro fresco contro la mia pelle calda.

«Perché, baby, se fossi stato io quello che stavi sognando, avresti urlato molto più forte di così», ringhiò King.

«Brutto figlio di puttana!», urlai, ma era già saltato giù dal letto e aveva lasciato la stanza. Le mie urla non erano arrivate a nessuno se non alla porta già chiusa.

Sebbene il mio corpo fosse attratto da lui, sebbene sapessi bene quello che mi avrebbe fatto provare – e non avevo dubbi che avrebbe potuto mantenere ogni sua promessa sul fatto di farmi venire – dovevo stargli lontana e mantenere la promessa verso di *lei*.

Ma finché avrei dormito nel suo letto, sarebbe stato molto difficile.

Il sogno che stavo facendo prima che King mi interrompesse era troppo reale, troppo vivo. Avevo come l'impressione che fosse più di un semplice sogno. Forse, se ero fortunata, era un flashback.

Gli occhi marroni potevano essere la chiave per sbloccare la verità su chi fossi veramente e cosa mi fosse successo.

Tornai a dormire quella notte, sognando che il ragazzo dagli occhi marroni era venuto a salvarmi, riportandomi in una vita piena di familiari e amici, e tutto quello che era successo negli ultimi giorni non era altro che un incubo da dimenticare velocemente. Sognai che c'erano davvero delle persone in pensiero per me, che non si sarebbero date pace fino a quando non mi avrebbero trovato.

Ripetei questa scena nella mia mente più e più volte fin quasi a crederci.

*Quasi.*

King era intelligente, calcolatore e scaltro. La cosa peggiore di tutte era che aveva il potere di farmi tremare le ginocchia per la paura e farle diventare molli per il desiderio. Era uno da cui dovevo stare alla larga, ma secondo lui questo non sarebbe successo.

Non l'avevo sognato, su questo aveva ragione. Perché King non era un sogno.

Era un incubo.

# Capitolo 13

## Doe

King non ritornò più a letto e ne fui sollevata. Sebbene non volessi essere la proprietà di qualcuno che passava dal freddo al caldo più veloce di un miscelatore, decisi di concentrarmi su quello che avevo davanti a me. O meglio, sotto di me.

Sopra di me.

Intorno a me.

Dentro di me.

Un letto. Un tetto. Pareti. Cibo.

Il sole splendeva attraverso le finestre. Allungai le braccia e le gambe e feci un respiro profondo. La mia situazione poteva non essere così buona come speravo che fosse, ma certamente aveva dei vantaggi.

Per lo meno, le mie mani non erano ammanettate.

«Sveglia!», urlò Preppy spalancando la porta e gettandomi dei vestiti in testa. «Abbiamo una barca di roba da fare e odio aspettare, specialmente le ragazze».

Mi tirai via i vestiti dal viso e dalle gambe. «Perché sei così di buon umore? Non mi odi per quello che ti ho fatto?», chiesi riferendomi al calcio poco piacevole che gli avevo dato nelle palle e che l'aveva fatto volare giù dalle scale.

«Mah, a dire il vero sono rimasto impressionato. Non

fraintendermi. È stata una cazzata. Avresti dovuto vedere la faccia del capo. Sembrava che gli stesse per scoppiare un'arteria o qualcosa del genere. E se Little Preppy e i ragazzi non avessero lavorato come si deve, adesso canteresti in tono diverso, ma per fortuna i ragazzi sanno anche incassare. A volte gli piace anche. Sono bravi, però adesso basta scherzi. Bene, andiamo, cazzo!».

«Dove stiamo andando?», chiesi infilandomi la camicia dalla testa. Preppy balzò sul letto e si mise a saltare su e giù come un bambino. Non potei fare a meno di reagire al suo entusiasmo contagioso.

«Cazzo, sorride!», Preppy era raggiante, saltò ancora più forte finché non potei fare altro se non uscire dal letto, se non volevo finire con il culo sul pavimento. «Hai un bel sorriso. Non sembri più una tossicodipendente da crack».

«Scusa?»

«Tossica. Crack», disse Preppy scandendo ogni singola parola come se fossi stata sorda.

«So cosa hai detto. È davvero quello che sembro?». Improvvisamente presi coscienza del mio corpo rinsecchito, i capelli arruffati e la pelle color lampone arsa dal sole.

«No?», chiese Preppy sorridendo goffamente. Lo guardai diffidente e incrociai le braccia al petto in segno di protezione. Saltò giù dal letto e mi strinse i gomiti tra le mani. «Possiamo sistemare tutto. Non preoccuparti. Possiamo farti ingrassare e in un attimo metterti un po' di tette e di culo su questo corpo rinsecchito».

Improvvisamente mi ricordai di quello che King aveva detto di Preppy, le cose che gli piaceva fare con le donne. Tirai via i gomiti dalla sua presa e indietreggiai. Preppy mi avrebbe fatto del male senza King nei paraggi? Deglutii forte e l'espressione sul mio viso dovette far trasparire i miei pensieri.

«Ah, ho capito. Il capo ti ha minacciato parlando di me, non è vero?».

Annuii con riluttanza. «È vero quello che dice?».

Preppy fece un passo verso di me e mi afferrò di nuovo. Questa volta mi tirò in avanti e dovetti alzare la testa verso l'alto per riuscire a guardarlo negli occhi.

«Sì, è vero».

Mi mise una ciocca di capelli dietro l'orecchio. Stranamente quando mi toccò non mi fece rabbrividire. L'uomo che mi stava di fronte era capace della stessa brutalità di King e faceva cose da farmi accapponare la pelle, ma Preppy in sé non mi faceva quell'effetto. Strano a dirsi, mi sentivo a mio agio con lui.

«E non mi sento in colpa. Ho vissuto delle cose schifose che non vorresti mai sentire, cazzo. Non mi voglio scusare. È stata una merda, tutto qua. Sono quello che sono, questo è quanto. Questo sono io. Ma mi preoccupo, non capisco perché King ha sentito il bisogno di spaventare una ragazzina come te con un tipo pazzo come me».

«Forse non si sente forte abbastanza», sussurrai.

«Ah, anche alla signorina piace scherzare». Sorrise. «Che ti succede?». Mi prese il viso tra le mani, mi cercò gli occhi come se stesse alla ricerca di una risposta che le mie parole non potevano dare. Arricciò le labbra e alzò le sopracciglia.

«Continuo a farmi la stessa domanda».

Preppy improvvisamente fece un passo indietro e scosse la testa come se si stesse schiarendo i pensieri. Sorrise di nuovo, questa volta un sorriso a pieni denti, da orecchio a orecchio. Mi stavo quasi abituando a quel sorriso, che sembrava essere una peculiarità del suo aspetto. Giunse tra loro le sue mani e appoggiò il mento sul dorso delle dita intrecciate.

Per qualche motivo Preppy iniziò a parlare con un falso accento spagnolo. «Il capo mi ha informato che ora sei la nostra schiava e siccome oggi ha un sacco di roba da fare ti porterò con me durante il mio giro. Quindi, vedi di vestirti, schiava, e andiamo in missione».

Preppy puntò un dito nell'aria e picchiò i tacchi insieme.

«Quelli dovrebbero andare bene», disse Preppy, indicando i vestiti sul letto. «Mettili e muoviamoci. Il tempo corre, cazzo!».

«Andiamo da qualche parte? Di chi sono questi vestiti? Dove andiamo?», chiesi senza prendere il fiato tra una domanda e l'altra.

«So che hai detto di aver perso la memoria, ragazzina, ma quella a breve termine è ancora intatta? Perché non vorrei dovermi ripetere così per tutto il tempo», parlò lentamente, con fare sarcastico. «Sì, stiamo andiamo da qualche parte. I vestiti sono sul letto. Vestiti. Vediamoci in cucina tra cinque minuti». Ritornò alla normale velocità di conversazione. «E smettila di fare tutte queste cazzo di domande, o sarà una giornata lunga, *moooolto* lunga».

«Mi lasci da sola?». Raccolsi i vestiti e li portai al petto. «L'altro giorno dovevi guardarmi fare pipì e oggi mi lasci qui?»

«Preferiresti che guardassi?», disse Preppy facendo l'occhiolino. «Perché se vuoi facciamo così, anche se ho avuto degli ordini ben precisi – cito testualmente – "non provare a toccarla"». Scandì ogni singola parola mentre mimava le virgolette con le dita.

«No, sono solo confusa, nient'altro. Per Nikki. Per King. Per te. Per tutto». Mi morsicai il labbro.

«Anch'io, ragazzina. Anch'io, ma sto solo seguendo gli ordini del capo», disse Preppy. «Ma andiamo avanti e forse qua e là possiamo anche divertirci un po' – senza freni

–, come quando King non è qui in giro a fare il poliziotto. Adesso sbrigati, cazzo!».

Preppy lasciò la stanza senza chiudere la porta, fischiettando s'incamminò lungo il corridoio. Il fischio svanì, insieme ai suoi passi, mentre si allontanò sempre di più, scomparendo del tutto quando girò l'angolo e scese in fretta le scale.

I vestiti che Preppy mi aveva dato erano semplici. Un paio di jeans, una canotta nera e dei sandali bassi anch'essi neri. I sandali mi andavano a pennello. Il resto invece era tutto di due taglie più grande, ma morbido e confortevole. Mi aveva anche lasciato un nuovo spazzolino da denti e un paio di slip di pizzo rosso vivo con l'etichetta ancora attaccata. Dei cinque minuti che mi servirono per prepararmi, quattro furono per lavarmi i denti.

Ero andata a letto con i capelli ancora umidi, quindi erano un po' ricci e feci del mio meglio per domarli con una spazzola che avevo trovato in bagno.

Indossavo vestiti veri e scarpe vere.

Era magnifico.

Il bagno della sera prima aveva fatto miracoli per le mie ferite. Trovai quello che mi serviva e mi cambiai le bende sull'orecchio e sul piede. Poi applicai dell'aloe sulla pelle bruciata dal sole, che sembrava molto meno rossa rispetto al giorno prima.

Quando trovai la strada per il piano di sotto e arrivai in cucina, mi fermai di colpo. Al centro di una piccola cucina gialla con elettrodomestici color verde avocado c'era un vecchio tavolo sbiadito con intagli e piccoli disegni che lo ricoprivano completamente dal piano alle gambe. C'erano nomi di persone, disegni di peni, citazioni. Ma fu qualcos'altro che attirò la mia attenzione. Fu quello che c'era al centro del tavolo a farmi aumentare la salivazione.

Pancake.

Pile su pile di burrosi pancake, perfettamente rotondi, che mi facevano venire l'acquolina in bocca.

Preppy stava in piedi al fornello con una spatola in mano e rivoltava le frittelle sulla piastra. Indossava un grembiule rosso merlettato sopra una maglietta rossa a maniche corte e a dei jeans sbiaditi. In alto spuntava il suo papillon a scacchi gialli. Le sue sneakers bianche non avevano nemmeno un segno e si abbinavano alle sue bretelle.

Ma i pancake.

Non aveva ancora terminato di dirmi che potevo servirmi che me ne ero già ficcati due in gola, avrei potuto strangolarmi ma non mi interessava. Avrebbero potuto essere avvelenati, non m'interessava. Se fossi morta con una bocca piena di pancake mentre il veleno mi divorava le budella, sarebbe stato un destino al quale mi sarei arresa volentieri.

I pancake avevano il loro perché.

Preppy spense il fornello e ne rovesciò un'altra pila sul piatto al centro del tavolo.

«Fai piano. Ti ricordi?», mi rammentò. Mi versò del succo d'arancia in una tazza rossa di plastica e riuscii a deglutire il pancake che stava cercando di uccidermi. Dopodiché feci un mezzo tentativo di dare morsi più piccoli e masticare più lentamente.

«Allora, cosa facciamo oggi di preciso?», chiesi.

«Commissioni», rispose Preppy in tono vago. «Affari».

«Perché non posso restare qui e basta?»

«Oh, puoi, ma dovrei ammanettarti di nuovo al letto. Ne avrò per un po'. Quindi ti puoi scordare di mangiare, fare pipì, o qualsiasi altra cosa che non sia stare sdraiata».

Roteai la spalla, ancora dolorante per il fatto di essere stata legata al letto. «Che affari siano, allora. Che tipo di affari?».

Ancora una volta, avrei voluto rimangiarmi quello che avevo appena detto, come era successo molto spesso ultimamente.

*Cose che probabilmente non dovresti chiedere, scema.*

Preppy sembrò indifferente alla mia sciocca domanda, ma non rispose. «Stai zitta e finisci di mangiare, così forse riusciamo a uscire ancora in questo fottuto secolo».

Preppy aveva un modo di parlare che era diverso da quello di chiunque altro. Il suo atteggiamento era giocoso, ma il suo linguaggio era rude.

Ma poi chiusi la bocca e feci quello che mi era stato detto.

I pancake avevano il loro perché.

Seguii Preppy fuori, in un grande garage sul retro della proprietà. Mi muovevo lentamente e zoppicavo ancora. Sebbene i miei piedi fossero di gran lunga migliorati rispetto al giorno precedente, il dolore aumentava a ogni passo.

Dal momento che non avevo mai visto bene la casa di King e Preppy durante il giorno, mi guardai intorno come si deve.

Il retro dava direttamente sulla baia. L'abitazione era enorme, così come la proprietà, almeno un ettaro. Sembrava che a un certo punto alcune parti fossero state in fase di ristrutturazione, ma chiunque ci stesse lavorando si era arreso. Ponteggi arrugginiti coprivano un lato intero della casa. Sotto, un telo di plastica tutto sporco era posato su un rivestimento blu. Tutto intorno e sui lati era pieno di erbacce. Nell'erba erano disseminati secchi arrugginiti di vernice e attrezzi di ogni tipo. Il retro della casa era parzialmente dipinto di un grigio tortora. Sul punto più alto della casa era stato scritto con una bomboletta di colore nero "King della sopraelevata". Sembrava che qualcuno a un certo punto avesse cercato di dipingerci sopra, ma quel debole tentativo non era servito e la scritta con i suoi caratteri marcati era ancora chiaramente visibile.

«Sei il mio babysitter adesso?», chiesi quando girammo intorno alla casa.

«Credo di sì», disse Preppy. «Ho fatto un sacco di cazzate per King, ma questa qui è la prima volta. Fino ad ora non avevo mai portato nessuno a fare il giro. Ma anche lui non aveva mai accolto in casa un randagio».

«Randagio?»

«Be', sei un po'come un cane randagio, senza la scabbia. Carino, ma troppo magro, e un po' ispido».

«Ok, può darsi, ma non sono stata accolta. Sono qui contro la mia volontà», precisai.

«Quando King ti ha salvato da quel barbone l'altra sera, è stato contro il tuo volere?»

«No, quel tizio stava per uccidermi».

«Ok. E adesso dimmi: hai un altro posto dove andare?».

Scossi la testa.

«Vedi? Ti ha accolta. Proprio come un randagio».

Per la prima volta considerai il fatto di trovarmi in quel posto non come una violazione della mia volontà ed era stato Preppy che me l'aveva fatto capire.

«Voglio dire, sì, mi ha salvato», ammisi. «Ma d'altra parte, si aspetta anche che io ripaghi un debito che non è mio piegandomi alla sua volontà psicotica».

«Ci sono sempre due lati in una medaglia. Due modi di sbagliare. Due modi di avere ragione», disse mentre passammo davanti al braciere nel cortile di casa. Non era solo un buco nel terreno come pensavo, ma un grande cerchio di mattoni costruito a pochi metri da terra. Oltre al braciere, alla fine dell'enorme cortile, c'era un molo di legno con mangrovie che minacciavano di inghiottirlo da entrambi i lati. Da questo si vedeva lo specchio d'acqua calmo della baia circondata da nient'altro se non dalla natura.

Nessun'altra casa. Nessun altro molo.

Un uccello si alzò in volo da un albero vicino, scuotendo i rami. Si librò solo pochi centimetri sopra l'acqua cristallina. Un piccolo serpente nero gli penzolava dal becco.

Quel posto disorientava quanto King. Angoli duri, incompiuti e senza rifiniture, eppure misteriosi e affascinanti a modo loro.

Da una parte una confraternita in rovina, dall'altra un paradiso a tutti gli effetti.

«Chi altro vive qui?», chiesi quando entrammo da una porta laterale in un garage indipendente. Teloni più o meno sbiaditi coprivano file di quelle che pensai fossero macchine e motociclette. Erano disposte in modo compatto e piene di polvere, come se tutto fosse avvolto da una nebbia sporca. Parti indefinite di detriti prendevano vita nell'unico raggio di sole che invadeva il garage altrimenti buio, attraverso l'angolo di una finestra rotta.

«Siamo solo noi due nella casa principale», disse Preppy sollevando il telone di una lucente berlina nera che sembrava uscita da un film degli anni Cinquanta. «Ma Bear ha un appartamento qui nel garage. Si rifugia qua quando non ha voglia di stare alla club house, cosa che ultimamente succede spesso. Indicò la porta in fondo alla parete, ricoperta in modo caotico da cima a fondo di adesivi per paraurti.

Preppy avviò l'auto e poi corse ad aprire la saracinesca del garage. Portò l'auto fuori, la mise nel parcheggio, poi ritornò ancora una volta verso la saracinesca, ma questa volta per chiuderla.

Ci muovemmo lungo il vialetto a una marcia lentissima.

«Non voglio infangare Busty Betty», mi informò Preppy, dando dei colpetti al volante.

«Hai dato un nome alla macchina?»

«Ehm… sì, certo. Tutto ciò che è importante dovrebbe avere un nome».

«Non è vero», dissi, non più riferendomi alla macchina.

«Oh, andiamo, sei importante. E ce l'hai di certo un nome. Solo che non lo sappiamo ancora. Forse il tuo nome fa schifo. Magari è Petunia Sbattiuomini o qualcosa del genere. Dovresti essere grata che forse ti stai risparmiando una disgrazia di nome», scherzò Preppy.

«Credo che Doe sia meglio di Petunia Sbattiuomini», concordai con una risata.

«Cazzo, lo puoi dire forte». Preppy accelerò quando raggiungemmo la fine del vialetto e girammo sulla strada.

L'unica città in cui ero stata prima di Logan's Beach era Harper's Ridge. Oltre a essere una zona molto più popolata nell'entroterra, aveva anche il triste primato di essere il luogo dove mi ero svegliata per la prima volta in quel vicolo. Dove Nikki mi aveva soccorsa la prima volta, se si può dire così.

*Nikki del cazzo.*

Pensare a lei mi procurò una lacerazione profonda. Una parte di me voleva piangere la sua perdita come se la conoscessi da sempre e non da qualche settimana. Una parte di me voleva piangere per lei, ma allontanai quei pensieri perché non si meritava le mie lacrime. Mi aveva abbandonato.

Quella puttana mi aveva *sparato.*

Mentre guidava Preppy mi descrisse la zona. Quando passammo sopra a un ponte ripido, venni a sapere che era la sopraelevata alla quale si riferiva il murale sul lato della casa.

Mi ritrovai con la testa fuori dal finestrino come un cane. Quando aprii la bocca, riuscii ad assaporare l'aria salata sulla lingua.

Sarei potuta finire di nuovo per strada in qualsiasi momento, così decisi di godermi quell'istante in cui non dovevo pensare alla mia immediata sopravvivenza.

La nostra prima sosta fu davanti a una casetta ben tenuta e con una copertura bianca. Preppy parcheggiò la macchina. «Stai qua», ordinò prima di scendere e sbattere la portiera.

Mi appoggiai al sedile in attesa che tornasse, quando mi fece trasalire sbucando improvvisamente dal mio finestrino.

«Voglio essere tuo amico, ragazzina», mi disse. «Mi dispiace veramente un casino per quello che stai passando. So cosa vuol dire guadare la merda e uscire fuori dall'altra parte. Sono un bravo ragazzo, generalmente. Ma solo perché sono gentile non significa che devi approfittarne. L'hai fatto una volta e ci sono passato sopra. Spero solo che tu non sia così schifosamente stupida da farlo di nuovo.

Quindi, in realtà non serve che te lo dica, ma voglio dirtelo comunque. Non andare da nessuna parte, ok? Non cercare di scappare. Perché non importa se sei mia amica. Ti taglio quella cazzo di gola e ti lascio a marcire in un posto dove nessuno riuscirà a trovarti, intesi?».

Mi picchiettò sulla punta del naso e fece una corsa sul vialetto.

Mi lasciò stordita sul sedile del passeggero.

La porta d'ingresso si aprì parzialmente quando Preppy salì sui gradini del portico, come se la persona dall'altra parte lo stesse aspettando. Preppy entrò di sbieco e scomparve nella casa.

Mi appoggiai contro il comodo sedile in pelle. Fortunatamente aveva lasciato la macchina accesa e l'aria condizionata a manetta. Sebbene ci fosse una brezza in cima alla strada rialzata, in quella zona pianeggiante l'aria era stagnante, l'umidità così densa che la potevo vedere salire dall'erba.

Arrotolai i jeans fin sopra il ginocchio per tenermi al fresco. L'avvertimento di Preppy, per quanto scoppiato fosse, non era necessario.

Non avrei saputo dove andare.

*Ti proteggerò*, aveva detto King.

Quando mi ero gettata sui pancake di Preppy avevo deciso di rimanere. King aveva detto che non mi avrebbe costretto a fare nulla, quindi tutto quello che dovevo fare era godermi vitto e alloggio gratis e non cedere agli approcci di King.

*Mi dovrai supplicare per quello.*

Sì, giusto. Poteva continuare a crederci, mentre io avrei continuato a mangiare pancake.

Passarono quarantacinque minuti prima che la porta sul davanti si aprisse. Una donna anziana uscì sul portico con Preppy, lo tirò a sé e lo abbracciò a lungo. Lei gli teneva la faccia tra le mani e gli parlava in modo affettuoso, la fronte che quasi toccava la sua. Preppy la baciò sulla guancia e la salutò con la mano mentre tornava in macchina.

«Stai bene?», chiese girando la macchina in strada.

«Sì. Perché? Sei sorpreso che sono ancora qui?»

«No, ma oggi non c'è una nuvola. Fa un caldo SCHIFOSO anche con l'aria condizionata al massimo e ci ho messo molto più tempo del solito. Gladys, a lei piace parlare». Indicò i miei jeans arrotolati. «Ma sembra che tu ti sia arrangiata».

«Sto bene. Gladys è tua nonna?», gli chiesi.

«Non esattamente», disse Preppy con un sorriso furbesco sul viso. «Fa parte degli affari».

«Affari? Che tipo di affari hai che prevedono di passare quarantacinque minuti a casa di una nonnetta?».

Poi, ci arrivai. Preppy dovette aver visto dalla mia faccia quello a cui stavo pensando.

«Cosa?», chiese.

«Sei andato a letto con lei?»

«Oh mio Dio, pensi che sia un gigolò!», Preppy colpì il volante con il pugno. Si fermò sul ciglio della strada e si asciugò le lacrime dagli occhi mentre crepava dal ridere e non riusciva a smettere.

«Non è poi *così* divertente», mormorai incrociando le braccia al petto.

«Sì, sì, lo è, ragazzina. Cosa ti ha detto esattamente King di me? Ti ha detto per caso che ho un debole per le vecchie signore? Se l'ha fatto, giuro che lo prendo a calci in culo, perché non è vero».

«No, non l'ha detto, ma sei stato là dentro per un po', e sembrava che le piacessi, un sacco pure. Se non era tua nonna, allora ho pensato...».

«Vai avanti, dillo. Hai pensato che fossi un gigolò che le procurava piacere con il suo uccello e che venivo pagato per questo». Si girò verso di me appoggiandosi alla portiera del guidatore.

«Be', sì, ma ora che lo dici in quel modo la cosa suona ridicola».

«Perché è una cosa ridicola», disse Preppy tirando fuori un pacchetto di sigarette dal cruscotto. Abbassò il suo finestrino e ne accese una, girando la testa lontano da me per soffiare il fumo fuori dalla macchina. Riprese la corsa e si rimise in strada. «Penso che dopotutto mi piacerà farti da babysitter».

Mi sentii il viso arrossire: «Non prendermi in giro. Non mi ricorderò più nulla, ma ho i miei sentimenti, quindi possiamo fare finta che questo non sia mai successo?»

«Sì, signora, dimentico tutto», disse Preppy, anche se lo sguardo divertito sul suo viso diceva che non sarebbe mai successo. Si fermò davanti a un'altra casa che sembrava quasi identica alla prima, tranne per il fatto che questa era blu e non bianca. «Ti dirò una cosa, ragazzina. Perché non vieni dentro e vedi tu stessa cosa faccio?»

«No, grazie. Rimarrò qui a sciogliermi sul sedile», sbuffai come una mocciosa perché era quello che volevo sembrare.

«No. Qui c'è in gioco la mia reputazione, adesso vieni dentro», disse Preppy spegnendo il motore. Un fischio attraverso le bocchette di ventilazione indicò che l'aria condizionata era stata spenta.

«Pensavo che avresti dimenticato tutto».

«Oh, niente di più sbagliato», disse girando intorno alla macchina e aprendo la mia portiera. «Dopo di te, cara».

Camminai verso la porta d'ingresso con Preppy che mi seguiva. Suonò il campanello e un'altra donna della stessa età di quella precedente aprì e ci invitò a entrare.

«Arlene, questa è Doe. È un'amica. Va bene se entra? Fa un caldo tremendo per rimanere in macchina ad aspettare». Il leggero accento di Preppy si fece improvvisamente marcato nella pronuncia strascicata tipica del Sud.

«Assolutamente, caro. In un giorno come questo nessuno dovrebbe essere costretto a stare seduto in macchina. Vergognati Samuel, se ha già dovuto aspettarti». Lo picchiò con fare scherzoso sulla spalla mentre camminava al suo fianco e ci fece accomodare nel suo salotto. «Sedetevi, sedetevi. Il tè è già pronto. Lasciatemi solo prendere un'altra sedia».

Preppy si sedette su un divano super imbottito e decorato con centrini di pizzo e mi fece cenno di mettermi accanto a lui. Un set da tè d'argento che sembrava fosse stato appena lucidato si trovava sul tavolino di vetro. Accanto c'era un vassoio a tre ripiani pieno di biscotti e snack salati.

«Serviti, cara», disse Arlene tornando nella stanza con un'altra tazza e un piattino. Me li passò e mi versò il tè. Guardai Preppy riempirsi la bocca di biscotti a un ritmo inquietante.

«Arlene è bravissima a fare i biscotti», disse con la bocca piena. Le briciole gli volarono fuori.

La donna mi mise un biscotto nel piatto e ne assaggiai un piccolo morso. Era caldo e soffice e il cioccolato mi si sciolse sulla lingua. Allora capii perché Preppy si stesse ingozzando. Finii il resto in un sol boccone e cercai di non buttarmi sugli altri prima di lui. Invece, mi appoggiai allo schienale e accavallai le gambe, sorseggiando il mio tè e sperando in segreto che Preppy potesse soffocare e morire per poterli finire io.

Suonava un po' drammatico, ma i biscotti erano troppo buoni.

«Vedi Samuel, com'è educata questa ragazza. Potresti imparare qualcosina da lei», disse Arlene dietro la sua tazza di tè. «Allora, questa è la tua nuova donna?»

«No signora, solo un'amica che oggi dà una mano». Notai che quando Preppy parlava con Arlene non diceva parolacce.

«Meraviglioso, cara. Gli amici sono fantastici. Be', solo l'altro giorno al circolo del bridge...». Arlene partì per la tangente iniziando a parlare di amici, del circolo del bridge e non riuscii più a seguirla quando virò improvvisamente raccontando di quando faceva l'infermiera in guerra. Quale guerra fosse non ne ero del tutto sicura. Sorridevo educatamente e annuivo mentre Preppy inalava le prelibatezze che lei gli aveva preparato.

Aveva un aspetto ridicolo nel suo salotto. I suoi tatuaggi e le sue bretelle spiccavano tra i pizzi e i copriteiera.

Ok, quindi Preppy non era un gigolò, allora forse era una specie di badante? Una sorta di amico in affitto?

Quando mi aveva detto che lo avrei aiutato nelle sue commissioni della giornata, avevo pensato che saremmo andati in un sacco di vicoli bui e luoghi squallidi dove avrebbe spacciato di nascosto droga in cambio di denaro con una perfetta coreografia di strette di mano.

Di certo non avevo considerato di ritrovarmi proprio nel soggiorno di una casa che poteva appartenere a una nonna qualsiasi.

«Oh, non voglio trattenerti. So che ti devi fermare in altri posti. Prima che tu arrivassi mi aveva appena chiamato Janine e so che anche lei non vede l'ora di vederti. Ti ha fatto una torta di ciliegie», disse Arlene.

«Voi signore mi farete ingrassare». Preppy si appoggiò allo schienale e si diede delle pacche sulla pancia piatta.

Arlene si alzò. «Samuel, tu fai quello che devi fare. Io mi metto fuori in giardino. Vieni a salutarmi prima di andare». Arlene ripose la sua tazza di tè, prese un cappello a tesa larga e un paio di guanti da giardinaggio e scomparve dalla porta d'ingresso.

«Facciamo quest'accidenti di roba», disse Preppy. Si alzò e camminò lungo il corridoio, fermandosi davanti alla porta più lontana. «Vieni o pensi che sia qui che tengo tutta la mia attrezzatura per il bondage con le nonnette? Il bavaglio a sfera non lo metto più, mi fa male alla mascella».

«Ah, ah, molto divertente». A quel punto ci sarebbe potuto anche essere un circo a tre piste dietro la porta e non mi sarei sorpresa. «Abbiamo già stabilito che non ti pagano per essere un puttaniere».

«No. Il puttaniere solo per divertimento».

«Quindi illuminami. Perché siamo qui esattamente?»

«Giardinaggio». Preppy aprì la porta e si spostò da una parte per farmi entrare per prima. Quello che trovai davanti ai miei occhi fu molto più sorprendente di un circo a tre piste. File su file di piante verdi a foglia riempivano il piccolo spazio. Macchinari ad alta tecnologia fiancheggiavano le pareti. Un sistema di ventilazione pendeva dal soffitto. Un'apparecchiatura emetteva un soffio di vapore ogni pochi secondi. Preppy mi passò davanti e posò lo zaino sul pavimento. Lo aprì e tirò fuori alcuni attrezzi. Camminando tra le file di piante, le ispezionò tutte. Occasionalmente usava la lente d'ingrandimento per ispezionare da vicino le foglie.

«Coltivate marijuana?»

«BINGO».

«Stai coltivando marijuana nella casa di una nonnetta. Perché?»

«Se avessi dovuto indovinare cosa ci facevo io qua, ti sarebbe mai passata per la testa questa possibilità?»

«No».

«Ecco perché».

«Quindi anche Gladys?»

«E molte altre in giro per la città. Paghiamo le loro ipoteche o altre bollette, o semplicemente diamo loro denaro contante se è quello che vogliono, e in cambio ci lasciano usare una stanza della loro casa per coltivare le nostre piante».

«Quindi, tu non sei un badante?»

«Era questa la tua seconda ipotesi? Be', credo sia meglio

del gigolò, ma no, non sono un fottuto badante. Anche se ci tengo molto a essere amico di tutte le persone che ci danno una mano con le serre. Le mantiene felici e contente di fare affari con noi. Ci tiene lontana la legge».

«Penso che mi piacesse di più quando pensavo che tu fossi un gigolò». Preppy spalancò le braccia e guardò intorno alla stanza con orgoglio. «Bambina, ecco la mia trovata geniale. Benvenuta alla "Serra della Nonna"».

«Quindi, questo è il nome che hai dato alla tua operazione? "Serra della Nonna"?». Eravamo di nuovo in macchina dopo altre tre soste e Preppy aveva appena annunciato che Betty era stata l'ultima nostra tappa della giornata.

«La chiamo così. King odia questo nome, ma non è ancora rientrato nel giro e non ha incontrato tutte le signore per farsene un'idea, ma arriverà».

«L'hai avviata mentre King era in prigione?»

«Sì, il nostro fornitore principale mi prendeva per il culo perché voleva trattare solo con King, così l'ho fatto fuori e ho iniziato con la Serra della Nonna. Era così che guadagnavamo mentre il boss era via».

«Hai mai pensato di trovare un lavoro?»

«Perché questo come lo chiami?», chiese.

«No, intendo un lavoro vero».

«Fanculo, no. Non ho mai avuto un vero lavoro in vita mia. Non lo voglio nemmeno. Me ne sbatto!».

«Non so se sei tutto strano o stranamente geniale».

«E io non riesco a capire se non hai mai peli sulla lingua o se hai avuto solo un attacco del tuo non-riesco-a-tenere-la-bocca-chiusa», reagì lui.

«È una cosa che succede sempre», dissi sinceramente.

«King con i tatuaggi ha un lavoro vero. È un modo per non dare troppo nell'occhio, anche se è una cosa che ama fare sul serio. Dovresti vedere alcuni dei suoi lavori. È incredibile. Lo fa da quando eravamo bambini, usando me come cavia umana».

Solo quando tornammo a casa e la macchina fu parcheggiata nel garage, cominciai a temere la realtà che mi aspettava.

Tutto il suo metro e novanta.

Preppy vide che stavo fissando la casa. «So che sembra un po' brusco, ma è il miglior ragazzo che abbia mai incontrato».

«Ah, sì? Non devi conoscere molte persone».

«Sei in vena di battute!», disse Preppy mentre chiudeva la saracinesca del garage. «Non sto scherzando, non è poi così male».

Iniziammo a camminare verso la casa quando, sulla finestra lontana al secondo piano, passò una grande ombra che mi fece venire i brividi lungo la schiena. «Forse dovresti dirglielo una volta».

# Capitolo 14

## Doe

Preppy preparò la cena, un delizioso piatto di pasta con la salsiccia. Credo che le nonnette stessero iniziando ad avere influenza su di lui perché mangiavamo i nostri pasti in soggiorno su poltrone reclinabili e da vassoi pieghevoli.

Dopo cena Preppy sparì in camera sua e, siccome ero una masochista, andai di sopra a cercare King. O forse volevo solo trovarlo prima che lui trovasse me. Non avrei avuto esattamente il sopravvento, ma era pur qualcosa.

Un ronzio attirò la mia attenzione. Veniva dalla stessa stanza in cui mi ero imbattuta in King e la ragazza.

La porta era leggermente aperta. All'interno c'era una ragazza dai capelli rossi lunghi e lisci, a cavalcioni di una sedia dallo schienale basso. King era seduto dietro di lei ma la scena non aveva nulla a che vedere con quella dell'ultima volta. Era appollaiato su uno sgabello e indossava dei guanti neri. Teneva in mano una pistola per tatuaggi che ronzava e di tanto in tanto ne immergeva la punta in un piccolo contenitore di plastica, per poi continuare il suo lavoro.

Un uomo dai capelli color biondo sabbia che gli arrivavano quasi al collo e dai luminosi occhi azzurri sedeva nell'angolo a leggere «Guns & Ammo», una rivista di armi. Gli occhi della rossa erano chiusi e King batteva leggermente il piede al ritmo della canzone dei Lynyrd Skynyrd che usciva dalla cassa.

Non sapendo come King avrebbe reagito se l'avessi osservato lavorare, mi girai per andarmene ma lui mi fermò. «Piccola, ho bisogno di altra carta da cucina».

Mi guardai in giro. Immediatamente la rossa mi guardò e si tolse gli auricolari, ma King non si mosse.

«Io?», chiesi, incerta se si fosse rivolto a me o se chiamasse tutte le donne "piccola".

«Sì, tu. A meno che non chiami Jake "piccola" e qualcosa mi dice che non gli piacerebbe molto».

L'uomo nell'angolo mi fissò dritto in viso, era impossibile decifrare dalla sua espressione una qualche emozione. La ragazza mi guardò come se sapesse il fatto suo, dopodiché si rimise gli auricolari e chiuse gli occhi.

«Sul bancone», aggiunse impaziente King.

Guardai verso l'angolo della stanza e scorsi il rotolo di carta. Lo afferrai e andai da King posandolo sul tavolino accanto a lui. Stavo per uscire dalla stanza quando parlò di nuovo.

«Rimani», ordinò. Srotolando un pezzo di carta, spruzzò del liquido sulla schiena della ragazza da una bottiglia di plastica e poi asciugò il tatuaggio fino a quando non sembrò soddisfatto. «Ho finito qui». Prese qualcosa da un barattolo e glielo applicò sulla pelle, poi incollò i bordi della pellicola con un nastro adesivo. Infine picchiettò con un dito sulle spalle della ragazza, che si tolse di nuovo gli auricolari. «Domani puoi toglierla. Tienilo pulito».

«Come sempre», disse.

Non avevo visto Jake alzarsi in piedi, ma improvvisamente era vicino alla rossa per aiutarla ad alzarsi dalla sedia.

«Mi si addormentano sempre i piedi quando faccio un

tatuaggio», mi spiegò. Si appoggiò all'uomo biondo per qualche istante prima di riuscire a farcela da sola.

Vidi di sfuggita il suo nuovo tatuaggio sulla schiena. Era un albero, un arancio delicato ma robusto, al tramonto. Dalle foglie nel mezzo si leggeva la scritta "Georgia". Sembrava che il disegno si muovesse, come se le arance stessero cadendo dai rami.

Era di una bellezza straziante.

Entrambi indossavano la fede quindi pensai che Jake fosse suo marito. Quando lui si accorse che stavo fissando la sua nuova opera d'arte, le si avvicinò da dietro e le tolse la molletta che reggeva la camicia, sistemandogliela fino a coprirla.

«Quanto ti devo, fratello?», chiese a King.

«Un favore», disse King. «Tieni il telefono acceso».

«Fatto». Jake tenne stretta sua moglie mentre si dirigevano verso la porta.

Quando mi passarono accanto lei si voltò verso di me. «Ciao io sono Ab…».

«Stavamo giusto andando via», la interruppe suo marito, fulminandola con lo sguardo, come per ricordarle che aveva dimenticato qualcosa.

Lei annuì e poi mi fece un sorrisetto prima che lasciassero la stanza. Gli ero stata vicino solo per dieci minuti ma il tipo sembrava possedere due personalità diverse. Dava la sensazione di essere un tipo asociale e un coglione, ma la guardava come se fosse il suo bene più prezioso. Lei non era sua. Qui non c'erano dubbi.

*Lui* era suo.

«Chi era quello?», chiesi. Guardai dalla finestra mentre la coppia saltava su una lucida moto nera. Suo marito la aiutò a mettersi il casco, prima che sfrecciassero lungo il viale, scomparendo tra gli alberi.

«Se avessero voluto che tu lo sapessi, te l'avrebbero detto».

«Si amano».

«Lo vorrei sperare, cazzo. Sono sposati. Hanno anche un figlio».

King si tolse i guanti e li gettò in un contenitore di acciaio inossidabile accanto al suo tavolo da lavoro. Si alzò in piedi e mi raggiunse alla finestra. Sentivo il calore del suo corpo irradiarsi sulla mia schiena.

Si chinò su di me, strofinò la guancia sulla mia tempia. Chiusi gli occhi e cercai di resistere alla sua vicinanza.

*Sono più forte di questo.*

«Ci sono un sacco di persone sposate nel mondo, ma questo non significa che si amino tutte. Non così, comunque».

«No», concordò King. «Infatti». Si allontanò, lasciando un vuoto di aria fredda al suo posto. Emisi il sospiro che stavo inconsciamente trattenendo.

«Vuoi che me ne vada?», chiesi girandomi dalla finestra. King era seduto sul divano con il telefono in mano.

«No, ho un sacco di gente che arriva stasera. Puoi aiutarmi».

«Sei proprio bravo», gli dissi.

«Non c'è bisogno di dirlo», rispose King toccando lo schermo.

«Non sto cercando di essere gentile. È la verità. Il suo tatuaggio era davvero incredibile».

«Uff», brontolò senza alzare lo sguardo dal telefono.

«Sai, è consuetudine dire grazie quando qualcuno ti fa i complimenti».

«Grazie per la dritta».

Di sotto si sentì sbattere la portiera di una macchina e due ragazze della mia età ridacchiarono avvicinandosi alla porta. Il campanello suonò.

«Portale di sopra», ordinò.

Il mio lavoro in quelle ore successive consistette nel cambiare la musica quando King aveva bisogno di un ritmo diverso, correre di sotto a prendergli le Red Bull e starmene seduta a non fare niente. A un certo punto mi alzai, dissi a King che stavo solo occupando spazio e che avrei preferito girargli alla larga. Mi guardò e con un cenno della testa mi rispedì sul divano.

«Perché fai questo quando in realtà fai... altre cose?», gli chiesi tra un cliente e l'altro, mentre lavavo i contenitori di inchiostro nel piccolo lavandino. «E perché non hai un vero negozio invece di lavorare da casa?»

«Fai troppe domande del cazzo», sottolineò King.

«Due».

«Cosa?»

«Dici che faccio troppe domande. Ne ho fatte solo due».

King incrociò le braccia al petto, accentuando la muscolatura tonica del bicipite. «Se proprio lo vuoi sapere, faccio così perché è sempre stato così. Da bambino l'unica materia che mi piaceva era arte. E lo faccio a casa mia perché non ci sono posti decenti se non dall'altra parte della sopraelevata, e non mi potrei permettere l'affitto. Contenta?»

«Quindi lo fai perché arte era l'unica materia in cui eri bravo a scuola?»

«Ancora domande del cazzo», sospirò King. «Ma vuoi ascoltare? Ero bravo a scuola. Molto bravo a dire il vero. Ho detto che arte era l'unica materia che mi piaceva, non l'unica materia in cui ero bravo».

«Oh», dissi sentendomi stupida per essere saltata a quella conclusione. «Mi dispiace. Ho solo pensato...».

«Sono un ragazzo cattivo, piccola, non un idiota».

«Non ho detto che sei un idiota».

«Guarda in quel cassetto laggiù». Indicò una cassetta degli attrezzi. Aprii il cassetto. Là dentro, in una cornice, c'era un diploma di laurea dell'Università della Florida del Sud. Sotto c'era una pistola.

«Perché lo tieni qua dentro? Perché non lo appendi?»

«Perché mi sono laureato online».

«Non è una cosa...».

«Mentre ero in prigione», aggiunse King. «E sono contento di averlo fatto. Mi piace averlo, ma se lo attaccassi al muro significherebbe che ne sono orgoglioso. I miei sentimenti sono molto più incasinati di questo. Inoltre Grace dice che si dovrebbe sempre avere un cassetto che ci ricordi che chi siamo e cosa facciamo non sono sempre la stessa cosa».

«Chi è Grace?»

«Lo scoprirai».

«Be', perché non ti metti in proprio?».

King rise.

«Cosa c'è di così divertente?»

«Tu sei divertente, piccola».

«E perché?»

«Perché mi hai appena chiesto perché non mi metto in proprio».

«E...».

«E, è divertente, perché...». King indicò la pistola. Il suo viso si fece serio. «L'avevo fatto».

Un colpo alla porta ci interruppe. Rimisi velocemente la cornice nel cassetto e lo chiusi un attimo prima che Preppy facesse entrare il cliente successivo.

Entrò una donna più vecchia di me, tutta impettita, indossava un corpetto stretto e degli shorts così corti che le mettevano in bella mostra il sedere. Si sedette sul tavolo come se fosse a casa sua, facendo scoppiare la gomma da masticare mentre spiegava a King, in dettaglio, come avrebbe dovuto essere il tatuaggio a forma di orchidea che voleva sulla natica sinistra.

King mi disse quello di cui aveva bisogno e io iniziai a raccogliere gli strumenti.

«Lei chi è?», chiese la ragazza lanciandomi un'occhiataccia.

«Niente che ti riguardi».

«Non può uscire? Mi imbarazzo», protestò, anche se ciò non le impediva di sfilarsi gli shorts in modo provocante. I tacchi ancora ai piedi, si allungò sul tavolo con il perizoma all'aria.

«No, non può», disse King. Afferrò un pennarello e a mano libera disegnò il contorno di un'orchidea sulla sua natica.

La ragazza espresse il suo disappunto ma non insistette. Dopo un'ora, mi chiese se potevo andare a prenderle qualcosa da bere. King mi fece cenno di sì con la testa e scesi di sotto a prendere delle birre dal frigorifero.

Quando tornai di sopra mi fermai alla porta.

«Andiamo, baby. Non ti ricordi di me? Dovresti, il tuo lavoro è proprio qui». La ragazza si voltò e si appoggiò ai gomiti, allargando le gambe, mostrando delle ali di farfalla tatuate su entrambi gli interni coscia.

«Ricordo il lavoro. Non mi ricordo di te», disse King in tono freddo. «Vuoi che finisca o no questo cazzo di tatuaggio?»

«Sì, ma prima voglio il tuo grosso uccello», civettò lei.

«Questo non succederà mai».

«È per colpa di quella brutta puttana rinsecchita? Non ha nemmeno delle cazzo di tette!».

Ci fu un trambusto e prima che potessi capire cosa stesse succedendo esattamente, King aveva fatto volare gli shorts della ragazza nel corridoio e la stava tirando verso la porta tenendola per il gomito.

«Ti fai finire questa merda da qualcun altro. Qui abbiamo chiuso».

Lei raccolse i suoi pantaloncini dal pavimento e mi passò oltre con passi pesanti. «Brutta puttana del cazzo. Stronzo del cazzo», disse tra i denti, inciampando per la fretta con cui stava raggiungendo le scale.

King era in piedi sulla porta. «E se ti sento parlare ancora male di lei ti vengo a cercare e mi riprendo quel tatuaggio con le farfalle».

«Ah, davvero?», gridò fermandosi sul pianerottolo. «E come cazzo pensi di fare?».

King era alla porta e un secondo dopo era a un centimetro dalla sua faccia. «Te lo dico io come», disse. «Prima ti trovo e poi con il mio coltello mi prenderò il tempo che serve per scuoiare quelle fottutissime ali di farfalla dalla tua brutta figa. Dormici sopra prima di decidere di aprire di nuovo quell'inutile bocca succhiacazzi».

Sgranò gli occhi per la paura. Non riusciva a muoversi abbastanza velocemente mentre usciva di casa, sbattendo la porta dietro di sé. Sfrecciando lungo il vialetto, la ghiaia schizzò sotto le gomme della sua macchina.

«Pulisci», ordinò King. Mentre mi passava accanto nel corridoio e tornava nel suo studio, prese una delle birre dalle mie braccia. Rimasi in piedi con la bocca aperta per un buon minuto prima di seguirlo.

«Che diavolo è successo?», chiesi, mettendo il resto delle bevande nel frigo accanto alla porta.

«Niente. Pulisci. Non abbiamo ancora finito». King si scolò la birra tutto d'un fiato, schiacciò la lattina con le mani e la gettò nella pattumiera.

L'orologio sulla porta segnava le tre del mattino.

Il cliente successivo era un uomo di nome Neil a cui King stava tatuando un braccio intero prima di andare in prigione. Aveva aspettato per tre anni che King venisse rilasciato per poterlo finire. Disse che non si fidava del lavoro di nessun altro.

Mi sedetti sul divano di pelle e osservai King corrucciare tutto il viso per la concentrazione. Come poteva uno essere così dotato e allo stesso tempo così aggressivo?

*Hai già provato come sono dotate le sue mani.*

Mi morsi il labbro e mi ricordai la sensazione delle sue dita dentro di me. Avvampai in viso.

«Mi accorgo che mi stai fissando», disse King scuotendomi dal mio sogno a occhi aperti. Neil indossava delle enormi cuffie rosse e teneva gli occhi chiusi. Era assorto nella musica o quasi addormentato.

«Mi sto un po' annoiando», confessai, imbarazzata che mi avesse beccato a fissarlo.

King si tolse un guanto. Aprì un altro cassetto dalla scatola degli attrezzi, prese qualcosa e lo lanciò nella mia direzione. Un quaderno di disegni finì accanto a me sul divano, seguito da una scatola di pastelli.

«Forse questo ti farà stare un po' tranquilla», disse. «Mi ha sempre aiutato».

Poi alzò il volume della docking station dell'iPod, prima di prendere la pistola per tatuaggi e immergersi di nuovo nel suo lavoro.

Aprii il quaderno, non era vuoto. I primi schizzi erano prove del tatuaggio dell'arancio che avevo visto prima sulla rossa. Uno più bello dell'altro, finché arrivai a quello che aveva usato come modello.

Seguirono diverse pagine di immagini mozzafiato, un bellissimo drago, un teschio fatto interamente di fiori, una pin-up vestita da infermiera e finalmente arrivai a una pagina bianca. Scoprii velocemente che scarabocchiare era un modo decisamente migliore di passare il tempo che interrogarmi sull'uomo che mi aveva fatto girare la testa e palpitare altre parti di me.

All'inizio disegnai facce felici e figure stilizzate. Ma poi iniziai a fare delle sfumature e una delle figure abbozzate iniziò a sembrare una persona. Non stavo proprio disegnando. Sembrava che riuscissi già a vedere il disegno finito nella mia mente e che stessi solo riempiendo quello che c'era già nella pagina.

Quando terminai stavo fissando gli occhi marroni del mio sogno. Alzai lo sguardo su King, che era ancora preso totalmente dal lavoro. Senza fare rumore strappai la pagina dal quaderno e la piegai, spingendola in profondità tra i cuscini del divano. Una parte di me la nascondeva per poterci tornare più tardi e magari aggiungerci qualcosa in più. Un'altra parte voleva tenere quella cosa segreta, perché sapevo che era in qualche modo legata al mio passato.

Poi decisi di disegnare l'uccello che avevo visto prima volare sull'acqua. Lo visualizzai proprio come avevo fatto con gli occhi che avevo appena disegnato. Prima che me ne rendessi conto la mia matita aveva spiccato il volo. Non avevo fatto un semplice disegno, stavo facendo ombre, sfumature, contorni.

Quando ebbi finito, sulla pagina non c'era esattamente l'uccello che avevo visto prima, ma una versione molto più esotica. Scuro. Feroce. Le sue piume erano arruffate in modo selvaggio e il serpente che gli penzolava dal becco aveva la bocca aperta e mostrava i denti. Creai del fumo che fluttuava dalle piccole narici dell'uccello, come se potesse respirare fuoco. Ma poi decisi che sembrava troppo spietato, troppo intimidatorio, quindi gli feci un'ala rotta, e nel riflesso del suo occhio disegnai il serpente prima che venisse ucciso, mentre ingoiava un topo. Il risultato finale esprimeva al tempo stesso una bellezza magistrale e vulnerabilità. Mi vennero le lacrime agli occhi e le asciugai prima che potessero scendermi sulla guancia.

*So disegnare.*

Non solo, ma sapevo anche farlo bene. Mi veniva naturale come respirare.

Era la seconda cosa che mi univa a *lei*.

Quando posai il quaderno, guardai in alto, e il cliente di King se n'era andato. Lui se ne stava seduto da solo sul suo sgabello, mi stava guardando. «Eri completamente assorta», disse. «Eri bellissima mentre te ne stavi lì concentrata».

Deglutii: «Io… ehm… mi sono fatta prendere».

Le sue parole mi colsero di sorpresa. Immaginai di avvicinarmi a lui e di mettermici a cavalcioni. Le sue mani grandi e forti che mi avvolgevano la schiena e che si fermavano sotto la camicia, sulla mia pelle nuda. Pensai a come sarebbe stato lasciargli fare più di quello che aveva fatto prima.

*Come sarebbe stato se avesse usato qualcos'altro oltre le dita?*

Rabbrividii.

«Portalo qui», disse King allungando la mano, strappandomi dalle mie fantasie, nuda e avvinghiata a lui.

«No, non vuoi vederlo. Ho solo fatto degli scarabocchi. Lo rimetto nel cassetto e adesso pulisco». Andai verso il lavandino con il quaderno sotto il braccio. King allungò la mano e me lo strappò via, sfogliando le pagine per cercare il mio disegno.

«Wow, *Hop-Hop-Gadget-arm*», scherzai. Avevo chiaramente sottostimato il raggio di azione di King.

«Come fai a saperlo?», chiese lui.

«Cosa intendi dire? Come faccio a sapere cosa?», chiesi io.

«La cosa del *Hop-Hop-Gadget*. È un riferimento al cartone animato. L'hai mai visto?»

«Uhm... penso di sì. È quel tizio che indossa un impermeabile e ha un miliardo di piccoli gadget dappertutto e che di solito non funzionano come vuole lui».

«So chi è. Quello che voglio sapere è se l'hai guardato dopo che hai perso la memoria».

«No, non ho guardato la TV fino a stasera, quando Preppy ha messo su qualcosa che si chiama *American Ninja Warrior*». Feci un passo indietro e mi appoggiai al bancone. «Dove vuoi arrivare? Pensavo mi credessi».

«Non è quello. Sto solo cercando di capire, aiutami». King si chinò in avanti e appoggiò i gomiti sulle ginocchia. «Se non l'hai visto, allora è qualcosa che conosci da prima. Ma come funzionano esattamente queste cose?»

«Non ne sono sicura. Quando vivevo nella casa famiglia vedevo uno psicologo o uno psichiatra o uno di quelli. Mi ha detto che la perdita di memoria non funziona per tutti allo stesso modo. Nel mio caso ha cancellato tutte le informazioni personali. Nomi, visi, ricordi. Ma so ancora camminare e parlare, quindi ho mantenuto tutte le mie funzioni. Ricordo anche i fatti. Ad esempio, so chi è il presidente e posso cantare il ritornello della pubblicità di Harry's House of Falafel. Solo che non so COME faccio a sapere queste cose».

King annuì. Mi morsi il labbro.

«Sai, sei l'unica persona, a parte lo psicologo, ad avermelo chiesto», aggiunsi.

King girò una pagina del quaderno e trovò il mio disegno. Lo studiò per diversi minuti. Il tempo sembrò non passare più. La mia agitazione cresceva e mi domandavo cosa ne pensasse. Probabilmente stava cercando di capire come dirmi che era una schifezza senza offendermi. Ma poi, ripensandoci, non mi sembrava che fosse uno che si sarebbe fatto grandi problemi per una cosa del genere.

Allora che diavolo stava guardando per tutto quel tempo? E perché diavolo avevo così tanto bisogno della sua approvazione?

«Hai finito per stanotte?», chiesi, cercando di distogliere la sua attenzione dal disegno. Se non gli piaceva, avrei preferito non parlarne affatto. Alzò gli occhi dal quaderno giusto il tempo necessario per squadrarmi dalla testa ai piedi, come se mi guardasse per la prima volta. Il suo sguardo accese la mia pelle come se mi avesse toccato.

«Se ho finito?», ripeté la mia domanda. King fece scorrere la lingua sul labbro inferiore, lasciandoci una scia lucida. «Non ne sono sicuro. Credo di avere appena iniziato».

*Porca puttana.*

Il consueto rossore salì fino a bruciarmi il collo e le orecchie mi diventarono bollenti.

L'orologio segnava le 4.45 del mattino e, anche se avrei dovuto essere stanca visto l'orario, ero più vigile che mai. Sentivo che la caffeina e lo zucchero delle quattro Red Bull che avevo bevuto potevano tenermi sveglia per giorni, ma dovevo allontanarmi da King perché capii che stavo iniziando a dimenticare tutti i motivi per cui lasciare che mi spogliasse e che si facesse avanti con me sarebbe stata una pessima idea.

«Cosa significa esattamente?»

«Significa che con i clienti ho finito. Ma significa anche che non ho finito con *te*». King mi afferrò il polso e mi trascinò su di lui, proprio dove avevo appena fantasticato di essere.

Sussultai.

I muscoli duri delle sue cosce si inarcarono sotto i miei. Il suo odore – un leggero mix di sapone e sudore – era eccitante. Mi afferrò i capelli in un pugno e mi tirò la testa di lato così da scoprirmi il collo. Mi annusò e fece scorrere il naso lungo il collo, poi mi leccò a lungo e senza fretta dalla clavicola fin dietro all'orecchio, nel punto dove è più sensibile. Gemetti e lui ridacchiò. Riuscii a sentirlo fremere lungo il suo e nel mio corpo. «Oh, piccola, quanto ci divertiremo insieme».

Mi lasciò andare improvvisamente i capelli e mi spinse via. Le mie ginocchia tremolanti cedettero quasi e dovetti appoggiarmi al bancone per evitare di cadere in avanti sul pavimento.

«Ne abbiamo ancora uno», disse King.

«Pensavo che avessi appena detto che non c'erano più clienti stasera», dissi senza fiato.

King si mise a preparare tre piccoli contenitori di inchiostro nero. «Qui». Mi consegnò un pennarello nero a punta sottile.

«Cosa vuoi che faccia con questo?», chiesi.

«Voglio che disegni di nuovo il tuo schizzo. Lo stesso. Usalo come modello».

«Disegnarlo su cosa?»

«Sul dorso della mia mano, è molto più piccola del tuo schizzo, quindi dovrai ridimensionarlo un po', ma è uno dei pochi spazi liberi che mi sono rimasti».

«Perché?»

«Perché fai sempre così tante domande del cazzo?»

«Non hai una macchina che lo fa? Puoi copiare questa foto e incollarla lì sopra, se è quello che vuoi davvero».

King sospirò per la frustrazione. «Sì, ce l'ho. Ma non è questo il punto. Voglio che sia tu a disegnarlo su di me.

Voglio che metti quella penna sulla mia pelle e che ricrei il tuo disegno. Non m'interessa se viene storto. Non m'importa se non è perfetto, disegnalo e basta!», gridò alzandosi in piedi. Fece qualche passo verso di me fino a quando non indietreggiai contro il bancone stringendomi al petto il quaderno dei disegni. «Per favore».

Un "per favore" dall'uomo che non diceva "per favore".

«Ok», accettai. «Ma perché?»

«Perché ti ho guardato mentre lo stavi disegnando ed eri bella mentre ti mordevi il labbro, avvampata in viso, la matita premuta contro quelle labbra rosa. Poi, quando mi hai mostrato cosa avevi disegnato l'ho visto immediatamente».

«Visto cosa?»

«Io. L'uccello. Mi hai disegnato». Aprii la bocca per sostenere che era solo un uccello, ma non potevo. Aveva ragione.

Scuro e pericoloso.

Spietato ma bello, che prendeva dal mondo quello che voleva.

*Era* lui.

King appoggiò il quaderno con gli schizzi sul tavolo così che potessi copiare il mio. Feci del mio meglio per crearne una versione più piccola sul dorso della sua mano. Uno sforzo ancora maggiore fu cercare di ignorare il brusio dell'elettricità tra di noi. King non mi tolse mai gli occhi di dosso.

Mi ci volle il doppio del tempo per completare lo schizzo, ma quando finalmente ebbi finito, misi giù il pennarello e mi sedetti.

«Ok?», chiesi.

King alzò la mano ed esaminò il mio lavoro. «Va bene», confermò lui. «Ora vai a prendermi un caffè».

«Niente Red Bull?», chiesi alzandomi dal tavolo.

«Sono le cinque del mattino. Dopo le cinque del mattino ci vuole il caffè».

«Ok, che caffè sia», dissi scendendo in cucina. Mi ci volle un po' per comprendere come far funzionare quel tipo di macchina a tazza singola – l'unico apparecchio moderno in cucina – e quando tornai allo studio, King era curvo sulla sua mano con il ronzio della pistola per tatuaggi.

«Che diavolo stai facendo?».

Silenzio.

«Allora? Mi ignori adesso?».

Alzò la pistola dalla pelle. «Sì, perché se ti parlo finisce che a questo uccello faccio un cazzo in bocca al posto del serpente», disse King.

«Pensavo che prima fosse tutto uno scherzo, cosa di cui non ti credevo capace, ma non posso credere che ti stia tatuando il mio disegno sulla mano!», gridai.

«Cosa pensavi che ne avrei fatto?». King immerse la punta della sua pistola nell'inchiostro.

«Non lo so, ma non questo!».

«Piccola?», King chiese gentilmente.

«Sì?»

«Basta domande. Mi stai distraendo. Vattene a letto».

«Ma…», iniziai a discutere.

«Piccola?»

«Sì».

«Letto. Ora. Oppure puoi scegliere di restare, ma ti avverto, se decidi di rimanere e sei ancora qui quando ho finito, ti piego su quel divano e ti scopo fino alla prossima settimana».

*Merda.*

Sgambettai fuori dalla stanza il più velocemente possibile, senza fermarmi per riprendere fiato, lo sentivo ancora ridere quando chiusi la porta e mi accasciai a terra.

Non c'era parola migliore: ero totalmente e completamente FOTTUTA.

# Capitolo 15

## King

E*ri bellissima mentre te ne stavi lì concentrata.*

Da dove cazzo mi era venuta quella frase? Non mi ero neppure accorto di aver parlato a voce alta se non quando il rossore le era salito alle guance. Dopotutto, flirtare con lei e farla sentire a disagio era diventata la mia nuova fonte di intrattenimento, e la mia preferita.

Dato che aveva iniziato a mangiare quello che cucinava Preppy, Piccola era riuscita in pochi giorni a mettere su qualche chilo, che aveva fatto al suo corpo cose stupefacenti. Le sue guance scavate erano un po' più piene e in qualche modo le conferivano un aspetto ancora più innocente e angelico. Le sue tette e il suo culo erano più rotondi e supplicavano di essere toccati ancora più di prima. Aveva il corpo di una donna e il volto di un angelo e le giravo intorno assiduamente come un tredicenne costretto a sistemarsi di continuo per nascondere la sua violenta erezione.

La verità è che non l'avevo disturbata mentre disegnava perché non volevo che si muovesse ed ero pienamente appagato standomene seduto a guardarla tutta la notte. Ma poi lei si era messa ad accavallare e disaccavallare le gambe mentre si mordeva il labbro, e tutto quello che riuscii a pensare fu quanto avrei voluto essere quello che glielo mordeva. Quanto l'avrei fatta bagnare.

Non mi ero alzato dal mio sgabello dopo che Neil se ne era andato perché avevo paura che avrebbe alzato gli occhi dal suo schizzo e avrebbe visto il mio cazzo sull'attenti dentro ai jeans. Se fosse stata qualsiasi altra pollastrella, avrei attirato la sua attenzione su di lui, ma non volevo vederla correre via. Già percepivo quanto stesse lottando per vincere l'attrazione che dovevo esercitare nei suoi confronti. L'orribile verità è che non volevo spaventarla.

Perché in realtà mi piaceva averla accanto.

Da qualche parte e in un qualche modo, la mia rabbia verso di lei si era trasformata in una specie di fottuta simpatia.

A cui dovevo mettere un freno, e subito anche, perché qualsiasi sentimento nei suoi confronti che non fosse ira e possesso si sarebbe messo di traverso nei piani che avevo per lei.

Aveva paura di me, questo era molto evidente, ma c'era anche un fuoco in lei, e più lei lo combatteva, più ardeva dentro di me.

Il modo in cui il suo corpo reagiva alla mia presenza mi diceva che non sarebbe riuscita ancora per molto a resistere all'inevitabile. L'inevitabile ero io che me la sarei scopata fino a farle dimenticare anche il suo nome.

Che lei comunque non conosceva.

Ma io sì.

Sentii una fitta fastidiosa e poco familiare all'intestino.

Era forse colpa?

La ignorai. Non avevo tempo per i sensi di colpa. Un'occasione migliore di quella, per riuscire ad avere Max indietro, non mi sarebbe piovuta dal cielo un'altra volta. E nel frattempo, avrei passato il tempo con lei come mi pareva. Nel suo caso significava che avrei fatto tutto quello che sarebbe servito per farla diventare calda, bagnata e disponibile.

«Capo!», gridò Preppy, scaraventandosi nel mio studio con le pupille dilatate, dimenticandosi di sbattere le palpebre, come se avesse appena sniffato un camion carico di cocaina.

«Che c'è, Prep?», chiesi dando gli ultimi ritocchi al tatuaggio che Piccola aveva disegnato per me. Dopo averlo visto, avevo sentito il bisogno di averlo sulla pelle, subito e per il resto della mia vita, ma non potevo spiegarne il perché. Ma una volta fatto, provai la sensazione di essermi tolto un peso.

«Che cazzo è quello?», chiese Preppy indicando il dorso della mia mano. Pulii l'inchiostro e il sangue in eccesso e lo alzai in modo che potesse vedere.

«È un tatuaggio, idiota. O hai dimenticato cosa faccio in questa stanza?»

«Lo so che è un tatuaggio, stronzo. Volevo solo sapere perché ti stavi facendo un tatuaggio adesso».

«Me l'hai visto fare centinaia di volte, quindi che cazzo di problema c'è?», sbraitai a Preppy, infastidito da quell'interrogatorio di terzo grado.

«Che cos'è esattamente?» chiese, avvicinandosi alla mia spalla mentre lo coprivo con un foglio di pellicola.

«Non è niente. Lo ha disegnato Piccola. Cosa sei venuto a fare?». Odiavo tagliar corto con lui ma non avevo intenzione di rispondere a domande di cui io stesso non conoscevo esattamente le risposte.

«Sono venuto a dirti due cose in effetti. Una è che Bear ha chiamato perché ha sentito suo padre dire che Isaac sta arrivando in città. Non è sicuro quando, sa solo che sta arrivando. Ma lo sta tenendo d'occhio. Non ha ancora lasciato

Dallas». Il moto club aveva un rapporto di lunga data con il fornitore di erba principale che avevamo prima.

«E...».

«E credo che ci sono buone probabilità che sia un po' incazzato per il fatto che l'abbiamo fatto fuori come nostro fornitore».

«Ero in gabbia e non voleva trattare con nessuno se non con me. Se si aspettava che non facessimo nulla finché non fossi uscito, si sbagliava. Abbiamo visto un'opportunità. L'abbiamo colta. Fine della storia».

«Sì, fratello, così è come la vediamo io e te. Ma Bear ha sentito suo padre dire che Isaac la vede più come un calcio nel culo e che vuole restituirci mille volte tanto».

«Non mi nasconderò da Isaac, o da chiunque altro. Se vuole parlare con me, sa dove trovarmi. Poi, qual è l'altra cosa che volevi dirmi?», lo sbranai.

«Vecchio, da quando sei uscito sei intrattabile, cazzo. Ti comporti sempre come una puttana con il ciclo. La seconda cosa che volevo dirti è che esco con Doe sabato sera».

«COSA cazzo vuoi fare?». Improvvisamente desiderai che la mia pistola per tatuaggi fosse una vera pistola, perché con quella frase Preppy si stava mettendo su un territorio maledettamente pericoloso.

«È una figa pazzesca, quindi la porterò fuori. Forse andiamo al cinema o qualcosa del genere. Al drive-in danno delle cose di paura e paranormali e le ragazze adorano quella merda. Si lasciano coccolare», disse, abbracciandosi per rendere l'idea.

«Col cazzo». Non solo non l'avrebbe portata fuori, ma avevo l'impressione che i film di paura non fossero esattamente il genere preferito di Doe. La ragazza aveva già avuto troppa paura nella vita reale.

«Vecchio, non ho intenzione di scoparmela. A meno che

non ti stia bene. In tal caso, è *matematico* che me la scoperò».

Mi alzai dal mio sgabello, che rotolò indietro e andò a picchiare contro il muro. «Assolutamente. No. Scordatelo». Il pensiero delle sue mani su di lei mi fece rivoltare lo stomaco.

«Non ti piace nemmeno», sbraitò. «E poi, non sai niente di lei, ed è colpa tua se non si ricorderà molto di sé, ma quel poco che sa non ti sei nemmeno preso la briga di chiederglielo».

Su questo punto aveva ragione, ma Preppy non sapeva che c'era un motivo per questo e per il momento avevo intenzione di tenerlo per me.

«Cosa vorresti esattamente che le dicessi? Perché cose del tipo "da dove vieni, come ti chiami" non si addicono propriamente al suo caso».

Preppy sbuffò e si portò le mani dietro al collo, incrociandole. «Non lo so. Potresti chiederle qualcosa di semplice, tipo, forse, con cosa le piacciono i sandwich o qualcosa del genere».

«I sandwich. Vuoi che le chieda dei sandwich?»

«Perché no? Un sandwich appetitoso piace a tutti e parlare di questo è sempre meglio della merda pesante che hai addosso in questi giorni».

Ecco perché Preppy era il mio migliore amico. Era in grado di capirmi perfettamente.

«So che Max è importante. So che dobbiamo portarla indietro, ma fino ad allora hai ancora una vita da vivere, fratello. E parlare con la ragazza, che vive a tutti gli effetti in casa nostra, non sarà d'intralcio».

*Questo è quello che pensi tu.*

«Te la sei già scopata? Voglio dire, dorme con te. Cosa diavolo significa?»

«Non sono cazzi tuoi», lo avvertii. Stava superando il limite.

«Lo prendo come un no», disse esasperato. «Forse è per questo che sei così maledettamente intrattabile da quando sei uscito. Forse hai solo bisogno di quello, di farti una scopata, di ficcarlo dentro prima che ti si rinsecchisca e cada a terra».

«Ho scopato da quando sono uscito, quindi chiudi quella cazzo di bocca. Il punto non è se mi piace o se voglio scoparla. Il punto è che dico NO e tu devi ascoltarmi per una volta!».

«King, sei il mio migliore amico da un sacco di tempo, quindi credimi se ti dico che la guardi come se volessi scoparle il cervello, ma la tratti come uno zerbino. Non è bello, fratello. Sei tu che hai deciso di tenerla qui e, tanto per cominciare, non è stata una delle idee migliori, quindi lasciami divertire un po' con lei, che cazzo».

«Ha un debito da saldare», dissi in modo poco convincente.

«Oh, andiamo! Sappiamo entrambi che non ha preso niente. E da quando tocca a te dispensare lezioni di vita su chi deve pagare cosa? Ti sei messo a fare il life coach adesso? E poi, lei non è di tua proprietà. È una persona, non una cazzo di macchina».

«Proprio tu lo dici». Avevo visto Preppy fare cose da far accapponare la pelle, ma se voleva gettarmi la mia merda in faccia, allora anch'io gli avrei gettato in faccia la sua.

«Sul serio, non è tua. Non puoi pensare di prenderla e basta».

«Sì, lei è mia, e *l'ho* appena presa. Dorme nel mio letto, non vedi? Accanto a me. Non l'avrò scopata, ma l'altra sera quando voleva venire è a *me* che si è rivolta, e io le ho dato quello che le serviva. Quindi no, non l'ho ancora scopata, *non ancora*. Ma la risposta è ancora no, non la puoi portare fuori, cazzo», lo dissi con i denti serrati, potevo sentirmi le vene tendersi mentre la pressione del sangue saliva alle stelle.

Preppy piegò la testa di lato e sorrise. Sul suo viso apparve un segno di accettazione. «Be', lei non è di mia proprietà. Lei è mia amica. Quindi, se non posso portarla fuori io, allora devi farlo tu. Non lo faccio per me. Lo faccio per lei. Ne ha vista di merda e sappiamo entrambi com'è. La ragazzina merita una pausa, solo un po' di divertimento, porca puttana».

«No, cazzo. Non la porto fuori, non se ne parla. Nessun appuntamento. Niente di niente. Scordatelo». Per la prima volta nella mia vita avrei avuto voglia di tirare un pugno a Preppy. Mai prima di allora mi aveva fatto arrabbiare così tanto.

«Fratello, ma guarda come stanno le cose, cazzo. È solo una ragazzina confusa. O te la prendi tu o me la lasci. Ti chiamerò anche capo, ma siamo amici, e questo non significa che puoi decidere tutto per me. Sarai anche quello che comanda, ma sono ancora padrone di me stesso. Adesso non te lo sto chiedendo. Te lo sto dicendo».

«Bene!», gridai. Gettai le braccia in aria. «Portatela fuori per questo appuntamento del cazzo. Che me ne fotte dopotutto? Vai! Fatti una bella sborrata».

Mi sedetti di nuovo sullo sgabello e feci finta di trafficare con la mia attrezzatura. Perché cazzo mi ero agitato in quel modo, non lo sapevo nemmeno io.

Forse avevo dimenticato come si interagiva con chi non indossava le tute arancioni o le uniformi degli ufficiali penitenziari.

«Fantastico!». Preppy saltellò da un piede all'altro. «Vado a stirare il mio bel papillon».

«Prep?»
«Sì, capo?»
«Sono le sei del mattino, maledizione».
«E...».
«Vuoi portarla fuori sabato sera, giusto?»
«Sì».
«È lunedì».
«Ah».
«Allora, che ne dici di andare a pulirti quel tiro di coca che hai sotto il naso e poi di dormire un po'? Stira il tuo bel papillon domani». Preppy forse non mi avrebbe ascoltato, ma il bisogno di dirgli cosa fare non mi sarebbe mai passato.
Mentre ero stato via avevo dimenticato che era un fantastico animale da festa.
Lo eravamo entrambi.
Oppure, io lo ero.
Prima di Max.
Prima della prigione.
Prima di *lei*.
Preppy si tirò via la polvere da sotto le narici e se la strofinò sulle gengive.
«Sì, signore», disse con un finto saluto militare. Si voltò per andarsene.
«Ehi, Prep?», lo chiamai.
«Sì, capo?», chiese fermandosi a metà strada.
«La porterai fuori solo come amica. Chiaro?»
«Chiaro».
«Bene. Perché se solo la tocchi, ti ammazzo».

# Capitolo 16

## Doe

«Cos'è tutta questa roba?», chiesi guardando i piatti pieni di affettati e formaggio.

«Per riempire i sandwich», disse King passandomi del pane.

«Sì, lo vedo. Ma perché stiamo facendo dei sandwich sul molo?».

Mi chiedevo quali fossero i suoi secondi fini. King non sembrava il tipo da picnic, indipendentemente dalla situazione. Inoltre, per tutto il tempo in cui ero stata con lui, non aveva mai preparato un pasto per me.

O neppure fatto un pasto con me.

«Perché è una bella giornata per stare fuori, e poi a chi cazzo non piacciono i sandwich?». King era seduto su una delle sedie di plastica intorno al tavolo di legno che era stato avvitato al molo in modo che non volasse via durante un temporale. «E Preppy ha detto… non lo so, merda, prendila così». King riempì il suo pane con salame e formaggio e prese dal vasetto un'enorme cucchiaiata di maionese.

«Quella maionese è abbastanza per soffocare un cavallo», dissi, selezionando accuratamente tacchino e pancetta per il mio sandwich.

«Hai davvero visto un cavallo soffocare per aver ingerito troppa maionese?», chiese.

«Tutto è possibile. Solo che non me lo ricordo». Afferrai una manciata di Cheetos dal sacchetto e li schiacciai nella fetta superiore del pane con entrambe le mani. King tirò l'altra sedia accanto alla sua finché le loro braccia non si toccarono, e mi invitò a sedermi.

E poi furono le NOSTRE braccia a toccarsi.

«Allora, cosa si prova?», chiese King stappando una bottiglia di birra e passandomela.

«In che senso cosa si prova?», chiesi appoggiando il piatto di plastica sulle gambe.

«Non ricordare nulla. Continuo a pensare a come possa essere e non riesco a immaginarmelo».

«È...», cercai le parole nel mio cervello ma me ne veniva in mente sempre solo una: «...il vuoto».

«Sei un sacco di cose, piccola, ma non vuota, di sicuro». King mi infilò una ciocca ribelle dietro l'orecchio.

«Oh, davvero? Facciamo allora che mi dici cosa sono, perché non mi viene in mente niente che non abbia a che fare con la mia perdita di memoria». Diedi un morso così grande al sandwich che riuscii a malapena a chiudere la bocca.

King rise. «Be', tanto per cominciare... sei un po' stramba».

«Stramba?»

«Piccola, hai o non hai appena messo dei Cheetos nel tuo sandwich?»

«Preso nota. Ok, stramba. Posso gestirlo. Continua. Che altro pensi di sapere di me?»

«Be', sei sfacciata. Coraggiosa. Oserei dire che sei un'insopportabile polemica. Parli per circa tre ore prima di pensare. Fai troppe domande di merda. Hai quella fossetta sulla guancia sinistra che ti esce quando sorridi, ma si vede anche quando sei incazzata, insieme a quella sulla guancia destra». L'imbarazzo mi bruciava il collo come se fossi seduta troppo vicina a un fuoco. «Diventi rossa in viso e sul collo quando sei in imbarazzo. Inizia dal collo. Proprio qui». King mi avvolse leggermente il palmo della mano intorno alla gola. «Poi ti sale alle guance». Mi accarezzò lo zigomo con il pollice. «Poi si sposta fino alle orecchie».

Si avvicinò e mi succhiò il lobo, passando la lingua su tutta la morbida carne lì intorno, mandandomi scintille di piacere lungo il corpo. I capezzoli mi si indurirono e mi premettero contro la camicia.

King ridacchiò e arretrò. «Quindi non dire che sei vuota, piccola, perché non lo sei affatto». C'era una luce maliziosa nel suo sguardo. Qualcosa che non avevo visto prima. «Penso che tu sia di gran lunga la persona più interessante che abbia mai incontrato».

«Grazie», dissi. «Ma smettila di cercare di immaginare come si sta senza memoria. Sei fortunato a sapere chi sei e da dove vieni».

King strappò l'etichetta dalla sua bottiglia di birra e sospirò. «A volte vorrei non saperlo».

«Cosa vuoi dire?»

«Se potessi scegliere di svegliarmi domani e non ricordare chi sono, le schifezze che ho fatto, le persone che mi sono lasciato alle spalle, lo farei. Potrei ricominciare semplicemente da capo. Essere qualcun altro».

«Non voglio che tu sia qualcun altro», sbottai interrompendo la sua confessione.

«Dovresti odiarmi», disse King prendendomi il piatto dalle gambe e appoggiandolo sul tavolo. «Se fossi in te, mi odierei».

«È quello che ho fatto».

«E ora? Cosa pensi di me adesso?», chiese King avvicinandosi.

«Penso che tu sia l'uomo più testardo, prepotente, irritante, insopportabile, complicato e bello che sia mai vissuto su questa terra».

«Anche io ti trovo bella», sussurrò King. Con un movimento molto aggraziato mi fece spostare dalla mia sedia in braccio a lui.

Mi aveva appena accarezzato i capelli quando si sentì un forte boato dall'altra parte delle mangrovie.

«Maledizione, rimani qui», ordinò King. Si alzò in piedi e mi fece scendere dalle sue gambe. Mi rannicchiai dietro il muro di cemento che separava il molo dal cortile. King ci saltò sopra senza sforzo e corse in direzione del garage, da dove era arrivato il rumore.

Mi sembrò di esserci rimasta per ore, aspettando che tornasse o che accadesse qualcosa.

Niente.

La mia pancia brontolò e mi venne in mente che avevo appena iniziato il pranzo. Mi misi a sedere per terra e allungai una gamba nel tentativo di trascinare verso di me la sedia con sopra il mio piatto. Agganciai il piede intorno alla gamba della sedia e tirandola lentamente si mise a stridere contro le assi di legno del molo. Mi fermai e aspettai.

Niente.

Allora continuai. Lentamente, centimetro dopo centimetro, trascinai il pranzo più vicino a me fino a quando il mio sandwich con i Cheetos schiacciati fu a portata di mano. Tolsi il piatto dalla sedia e lo presi. Aprii la bocca e, orgogliosa del mio successo, stavo per affondare la mascella quando qualcuno si schiarì la voce.

Con il sandwich davanti alla bocca guardai in alto oltre il panino e vidi sia King sia Bear in piedi in cima all'argine che mi sbirciavano.

Bear aveva un bell'aspetto, come la notte in cui l'avevo incontrato, ma ora era ancora più bello, perché era a torso nudo. I suoi addominali luccicavano di sudore. Pensavo che King avesse tanti tatuaggi, ma Bear non aveva un solo centimetro libero sulla pelle.

King parlò per primo. «Oh no, non preoccuparti per me. Sto bene. Sono andato solo a controllare cos'era quella bomba che abbiamo sentito, ma tu vai avanti e finisci pure il tuo sandwich. Aspettiamo». Stava sorridendo con l'angolo della bocca.

Bear si chinò. «Oh, merda. Guarda un po'. Non pensavo che saresti stata ancora viva».

Appoggiai il piatto e mi alzai in piedi. «Se voi due avete finito di prendermi in giro, qualcuno può dirmi che cazzo era quel rumore?»

«Oh, scusa, colpa mia. È venuta a trovarmi una ragazza che ha un vecchio maggiolino Volkswagen. Una cosa tira l'altra...».

«Non voglio saperlo», lo fermai.

Bear continuò:«Quello che volevo dire è che mentre aveva il mio uccello in bocca mi sono ricordato che le avevo promesso di ripararle il maggiolino. Quello che hai sentito era un'accensione difettosa. Forse per l'ultima volta, perché è morto, morto stecchito, una morte senza ritorno. Ed è una vera noia perché la ragazza sapeva succhiare il...».

King alzò una mano. «Ok, Bear, dacci un taglio con queste stronzate, puoi dirle cosa è successo veramente».

Bear annuì e gli squillò il telefono. Lo tirò fuori dalla tasca posteriore e schiacciò sullo schermo. «Sì», rispose grattandosi la barba. «Cazzo. Ok. Sì, sì. Glielo dico». Schiacciò di nuovo sul telefono e lo ripose in tasca.

«Isaac è in movimento. Jimmy e BJ lo hanno visto con i

suoi ragazzi a Coral Pines stamattina. Sembra che abbiano degli affari lì. BJ ha parlato con un tizio della banda di Isaac. Tra una settimana circa saranno dalle nostre parti».

«Cazzo», imprecò King.

«Ti ho detto di andartene dalla città, vecchio. Sapevi che sarebbe arrivato».

«Sì, e quando me l'hai detto, non m'importava se sarebbe arrivato dritto davanti alla porta con la pistola carica».

«E adesso?», domandò Bear. King fece cenno verso di me con la testa.

«Ah, capisco. Cosa vuoi fare, fratello? Decidi tu. Sai che sono dalla tua parte in ogni caso». Bear si accese una sigaretta.

«Penso che andremo all'attacco», disse King.

«Aspetta, cosa significa tutto questo? Chi è Isaac?».

King mi ignorò. «La porterò da Grace prima di allora», disse a Bear.

«King, chi cazzo è Isaac? Chi cazzo è Grace?», urlai, saltando su e giù per far notare la mia presenza.

«Piccola, quando Preppy ti ha portato fuori con lui, ti ha detto che quando io e lui abbiamo iniziato l'attività con le vecchie abbiamo tagliato fuori il nostro fornitore principale?»

«Sì, me l'ha detto».

«Be', Isaac era quel fornitore».

«Merda», dissi.

Bear fece un lungo tiro dalla sigaretta e soffiò il fumo fuori dal naso, assomigliando molto all'uccello tatuato sulla mano di King. «Sì, questo rende l'idea».

«Quello che hai sentito era un avvertimento», disse King.

«Che tipo di avvertimento?», chiesi.

Bear spense la sigaretta schiacciandola sul cemento del muro di sostegno. «Il tipo che fa il botto».

«Cosa è scoppiato?».
Il grido di Preppy s'infranse nell'aria come un'altra esplosione.
«COSA CAZZO È SUCCESSO ALLA MACCHINA DI MIA MADRE?».

# Capitolo 17

## Doe

Il King allegro che avevo visto durante il pranzo non c'era più. Avevo dieci minuti per prepararmi e *portare il mio culo nel fottuto pick-up.*

Non sapevo dove stessimo andando ma, visto il modo secco con cui me l'aveva ordinato, era chiaro che non avrei dovuto chiederglielo.

Durante il tragitto il silenzio fu così pesante che sembrava viaggiasse con noi. Come un ospite senza invito, sedeva goffamente tra di noi sul sedile posteriore. Svoltammo in una strada stretta e sterrata. La mia curiosità crebbe quando King accostò vicino al cancello di una casa gialla in stile ranch con una recinzione bassa e bianca fatta di paletti che fiancheggiava il cortile anteriore.

«Andiamo», disse King.

Scese dal pick-up, tolse il chiavistello al cancello e si avviò lungo il vialetto di cemento. Lo seguii, correndo per raggiungerlo e stare al suo lungo passo. Le tante girandole che adornavano il prato iniziarono a girare quando ci passammo accanto, il movimento dei nostri corpi produsse l'unico soffio di vento nel caldo stagnante della giornata. Pensai che forse King stesse facendo una raccolta per conto di Preppy e che questa fosse un'altra "Serra della Nonna" che non avevo ancora visto.

Quando arrivammo alla porta King non bussò, ma la spinse ed entrò. Per una frazione di secondo mi venne un colpo al cuore perché pensai che stesse compiendo un furto, ma allontanai rapidamente quell'idea quando lo sentii gridare: «Grace?».

*Grace.* Riconobbi il nome di prima.

Lo seguii in casa e chiusi la porta dietro di me. Quando diedi un'occhiata in giro mi ritrovai faccia a faccia con migliaia di occhietti che mi fissavano. Il piccolo soggiorno ne era ricoperto. Dalle mensole per le piante al tavolo da buffet nell'ingresso al tavolino da caffè e in cima alla vecchia TV, ovunque c'erano conigli in ceramica di tutte le forme e dimensioni.

King non gli prestò alcuna attenzione quando attraversò il soggiorno, diretto alle porte scorrevoli in vetro che stavano sul fondo della cucina abitabile, dove grandi conigli imbottiti occupavano tutte e sei le sedie del tavolo come se stessero mangiando insieme.

*Credo che a Grace piacciano i conigli.*

«Qui fuori», gridò una voce acuta e stridente.

King tenne aperte le porte per farmi passare, ma non si mise da parte. Dovetti strusciarmi sul suo petto per passare. Cercando di toccarlo il meno possibile inciampai sul terrazzo in legno dove una piccola donna con i capelli grigi e un taglio sbarazzino sedeva su un'elegante sedia a sdraio color blue navy. Teneva i piedi sul tavolo, incrociati alle caviglie. Beveva un liquido verde chiaro da un bicchiere alto. Una foglia galleggiava sopra al ghiaccio.

Invece di chiedermi chi fossi, si alzò e mi abbracciò. Era senza dubbio oltre la settantina e indossava una felpa color denim, pantaloni abbinati e scarpe ortopediche bianche.

«Sono Grace», disse allontanandomi quel che bastò per

poter studiare il mio viso, ma tenendo le mani sui miei gomiti.

«Salve». Non sapevo quale protocollo seguire per presentarmi a lei, ma King risolse il problema per me.

«Questa è Doe».

«Che nome insolito. Che cosa significa?».

Guardai King e lui fece cenno di sì con la testa. «Doe come Jane Doe», le dissi.

«I tuoi genitori sono appassionati di romanzi polizieschi, o sono degli hippy che si sono bruciati il cervello con troppo acido? Qui in giro ci sono parecchi tipi strani. Tra l'altro non ti ho mai incontrato prima, quindi non credo che tu venga da Logan's Beach».

«Non credo di sapere di cosa siano appassionati i miei genitori, signora».

Grace guardò con aria interrogativa prima me e poi King, che stava ancora in piedi sulla porta. Alzò le spalle.

«Chiudi la porta, l'aria condizionata costa», Grace lo rimproverò. «Vieni qui fuori. Siediti. Bevi qualcosa».

Grace salutò King con un cenno della mano e mi passò una sedia. Versò a entrambi un bicchiere del liquido verde dalla brocca di vetro sul tavolo.

«Spero che vi piacciano i Mojito», esclamò, finendo il suo drink e versandosene un altro.

Ne bevvi un sorso. Il ghiaccio tintinnò sui miei denti anteriori. La bevanda era dolce e amara al tempo stesso, ma sotto il calore del sole di mezzogiorno aveva un sapore divino.

Per fortuna la mia scottatura era completamente guarita, non avevo più bisogno di stare all'ombra e non assomigliavo a un pomodoro maturo.

King si sedette accanto a me e di fronte a Grace.

«Cosa mi hai portato?», chiese a King.

Rise e si mise più comodo sulla sedia. Prese una piccola busta di plastica nera dalla tasca e la fece scivolare sul tavolo.

«Grazie, caro», disse Grace, portando la busta al petto. La rimise sul tavolo e si girò verso di me. «Allora, come vi siete conosciuti ragazzi? Raccontatemi tutto».

«Uhm...». Non avevo la minima idea di come risponderle, così iniziai con il dire la verità. Il mio fu un vomito di parole di proporzioni epiche, un fiume in piena dalla mia bocca che non riuscii a trattenere. «Allora Grace, ci siamo incontrati la notte in cui avevo deciso di prostituirmi per un pasto caldo e un posto dove dormire. Ero sul punto di succhiare l'uccello a questo tizio quando lui si è reso conto che me la stavo facendo sotto e mi ha buttato fuori. La mia amica poi, che era una prostituta, gli ha rubato dei soldi. Poi, lei mi ha sparato, o colpito di striscio, insomma, quello che è stato. Poi lui ha trovato la mia unica amica morta in una stanza d'albergo con un ago infilato nel braccio, ma questo era prima che io scappassi; ha ucciso quello che avrebbe voluto stuprarmi e mi ha riportato a casa sua per un bagno e una chiacchierata, per dirmi che ero di sua proprietà e che non avevo altra scelta».

Mi fermai e guardai Grace, che aveva il bicchiere in mano a mezz'aria.

King si schiarì la gola. «È venuta alla festa per il mio ritorno a casa». Era la verità, ma lui aveva tralasciato tutti i dettagli raccapriccianti che le avevo appena esposto. Grace abbassò il bicchiere e tirando indietro la testa scoppiò in una risata.

«Non credo che voi due potreste essere più carini insieme», disse ignorando tutto quello che le avevo appena detto. «Sono così felice che tu abbia trovato qualcuno, caro. Mi sei mancato così tanto mentre eri via e ho pregato ogni singolo giorno perché tu trovassi qualcuno che ti rendesse felice come ha fatto con me il mio Edmund». Fece girare una piccola fascetta d'argento sull'anulare.

«Non siamo...», iniziai a dire, ma King mise il braccio sullo schienale della mia sedia e mi tirò a sé.

«Volevo che la incontrassi», disse, facendo scorrere il pollice lungo il mio collo in un inaspettato segno d'affetto. Che fosse una messinscena o no, la mia pelle si animò sotto quel tocco in apparenza innocente e sono abbastanza certa che quando ansimai non lo feci silenziosamente, perché le spalle di King si mossero come se stesse ridendo in silenzio. Grace si alzò in piedi e girò intorno al tavolo. Si fermò davanti a King e lo baciò sopra la testa.

«Hai reso questa vecchia donna molto felice», disse, asciugandosi una lacrima sotto l'occhio. Tirò su con il naso e mise le mani giunte. «Sto per iniziare a preparare la cena. Doe, tesoro, vorresti aiutarmi?»

«Certo», dissi alzandomi dal tavolo.

Non avevo ancora del tutto capito perché ci trovavamo là, ma mi piaceva Grace, e avere qualcun altro oltre ai tre amigos tatuati era una piacevole alternativa. Aveva i modi di fare di una nonna che ti fa sentire a tuo agio nel momento stesso in cui si mette a parlare. Mi sarei goduta tutto quello finché potevo, prima di dover tornare a casa con Mister Umore Instabile.

«Ho della roba in macchina», disse King, saltando giù dalla veranda e scomparendo sul lato della casa. Grace mi condusse in cucina e tirò fuori gli ingredienti per la pasta con le polpette. Spostò uno dei conigli imbottiti in modo che potessi sedermi al tavolo e tagliare le verdure, mentre lei mescolava con le mani tutti gli ingredienti per le polpette.

«Come ha conosciuto King?», chiesi mentre tagliavo i

peperoni verdi su un tagliere. Li versai con il coltello in una ciotola e iniziai con le cipolle.

«Non te l'ha detto?»

«Non parla molto», confessai.

«Uomo di poche parole», disse Grace con affetto. «Conosco Brantley da quando era un pivellino alla scuola media. Un giorno cercò di rubare dal mio giardino. Non aveva ancora dodici anni».

«Brantley?»

«Non ti dice proprio nulla, vero?». Grace mi lanciò uno sguardo di traverso.

«Cos'è successo dopo che l'ha preso?». Ero curiosa di sapere come facesse King a essere amico di una signora che aveva tre volte la sua età.

«Ho preso un ramo dall'albero, proprio come avrebbe fatto mia madre, gli ho tirato giù i jeans e l'ho picchiato sul suo culetto chiaro per inculcargli qualcosa in testa», disse con naturalezza Grace mentre risciacquava un pomodoro sotto il rubinetto e lo asciugava con un panno di carta.

«No, non ci credo!», dissi, in parte incredula e in parte perché non riuscivo a immaginare questo scricciolo di donna che dava a King una sculacciata.

«Sì, certo che l'ho fatto. Poi Edmund ha chiamato la madre di Brantley mentre preparavo la cena, ma lei non ha risposto. Edmund ha lasciato un messaggio ma sua madre non è mai arrivata. Così, è rimasto per la cena. Poi, è rimasto per la notte. E da allora è venuto tutte le domeniche. Be', tutte le domeniche in cui non era preso da altro o non si trovava in prigione. In questo caso, andavamo noi da lui».

«Sapeva che era in prigione?»

«Certo. Andavo a trovarlo tutte le settimane. E quando

il mio Edmund è morto, quel ragazzino è venuto al suo funerale indossando uno smoking verde di tre taglie più grande che aveva comprato al negozio di articoli usati. Gli ho proposto mille volte di venire a vivere qui, ma quel ragazzo non è mai stato uno che potesse essere tenuto a freno. Ha scelto di rimanere là fuori, fare quello che fa e tra una cosa e l'altra viene a prendersi cura di me e della casa».

«Quindi sa... tutto?».

Grace fece cenno di sì. «Non tutti i dettagli, ma non sono di certo stupida. So che mio figlio non è uno che cammina esattamente a braccetto con la legge. Ma so che lo amo come un figlio e che lui mi ama come sua madre, quindi per me è tutto ciò che conta». Grace continuò senza prendere fiato. «L'amore è quello che si fa a un'altra persona perché le si vuole bene, non quello che si farebbe di solito. E io non ho alcun dubbio che lui darebbe la vita per me. E io farei lo stesso senza esitazione». Aprì il frigo e tirò fuori una ciotola di insalata. «So anche che tutto quello che hai detto là fuori, su come vi siete incontrati, è vero».

«Perché non ha detto niente?», domandai.

Grace sospirò e guardò lontano, pensierosa. «Ho visto un film da bambina. Un film in bianco e nero di un cowboy che assaltava i treni. Non dimenticherò mai la fine. Il cowboy si rivolge alla donna che ama, dopo che lei ha appena scoperto che è lui il rapinatore del treno, e le dice che, anche se aveva fatto cose orribili, derubato e ucciso persone, non significava che la amasse meno o che non fosse capace di amare».

Mi fece cenno di prendere l'insalatiera e di seguirla in terrazza. Posai la ciotola sul tavolo e Grace sistemò i piatti e le forchette. Quando ebbe finito, mi guidò al parapetto e con un movimento della testa rivolse la mia attenzione verso King, in piedi su una scala a sostituire una lampadina di un capanno nell'angolo del cortile.

«Quello che sto cercando di dire, cara, e quello che penso il cowboy stesse cercando di dire al suo amore in quel film, è che c'è una differenza tra essere cattivi e essere malvagi. Solo perché era un ragazzo molto cattivo, questo non significa che non potesse essere un uomo eccezionale». Stavo rielaborando nella mia testa le sue parole quando aggiunse: «E che Dio mi aiuti, piccolina, se gli spezzi il cuore, non ti rivolgerò mai più la parola. Se me ne sarò già andata quando accadrà, stai pur certa che la morte non m'impedirà di distruggerti». Grace sorrise come se non avesse appena minacciato di uccidermi e mi abbracciò nuovamente. «Bene, andiamo a prendere le polpette di carne».

Grace era minuta e sicuramente s'era fatta un'idea sbagliata su quello che c'era tra me e King, ma non avevo dubbi che se l'avessi delusa avrebbe portato a termine la sua minaccia senza pensarci due volte.

King si lavò le mani piegandosi davanti al lavandino e poi si unì a noi sulla veranda. Il sole aveva appena cominciato a tramontare quando notai i fili delle luci che si incrociavano sopra le nostre teste. Quando il sole calò ancora, le lampadine si accesero fino a sembrare migliaia di piccole stelle che brillavano sopra di noi.

Mangiammo e fu Grace a sostenere la conversazione per la maggior parte del tempo. Mi riempì spesso il bicchiere di Mojito e a un certo punto si precipitò dentro per farne un'altra caraffa. Era curiosa sul mio conto e mi fece un sacco di domande. Trangugiavo polpette di carne tra una domanda e l'altra e la accontentavo con la mia storia.

«È una buona cosa che ognuno di voi abbia l'altro», sottolineò.

«Non è la mia ragazza, Grace», disse King, le sue labbra tese in una linea dritta e sottile.

Grace si strinse nelle spalle e sorseggiò il suo drink. «Edmund e io abbiamo avuto un matrimonio combinato, sai. Sua madre e la mia hanno cospirato insieme quando noi due eravamo ancora attaccati alle tette. I primi anni in cui siamo stati insieme non lo sopportavo, ma dopo un po' ho imparato ad amarlo. Poi mi sono innamorata di lui e così è stato fino al giorno in cui è morto. Le cose non sempre iniziano nel modo in cui vorremmo che cominciassero. È come finiscono che è importante. Forse non ho amato Ed all'inizio, ma è diventato l'amore della mia vita».

Grace aveva la percezione più ottimistica, per non dire deformata, delle relazioni. Ma cosa mi aspettavo? Quella donna era la contraddizione fatta persona. Una cosetta minuscola che beveva come una spugna e faceva promesse da marinaio. Per non parlare del fatto che la sua casa sembrava un episodio della serie "Accumulatori seriali: edizione speciale conigli".

«Il fatto che il sesso tra di noi fosse fantastico è stato un toccasana», disse Grace, guardando in alto le luci.

Sputai fuori il Mojito che avevo in bocca. Metà degli schizzi finirono sulla camicia di King. Per prepararmi alla sfuriata alzai lentamente gli occhi verso i suoi ma non trovai nessuno. Le sue spalle sussultavano perché stava ridendo. Grace si stava piegando in due dalle risate.

La aiutai a pulire, mentre King scomparve in fondo al corridoio. Sentii scorrere l'acqua della vasca da bagno e pensai che forse si stesse togliendo il Mojito dalla camicia.

«Grace, perché tutti questi conigli?», le chiesi, lo dovevo sapere. Lei sorrise e chiuse la lavastoviglie. Girò la manopola e sembrò che la macchina di Preppy stesse esplodendo di nuovo.

«Ed mi portava sempre a casa un coniglio di ceramica dopo ogni viaggio di lavoro». Guardò intorno al tavolo. «So che è strano e so che hanno preso il controllo della casa, ma ognuno di loro rappresenta un momento in cui mio marito non era con me, ma che stava pensando a me». Grace sembrò stanca. Ne fui toccata. Non mi aspettavo che il motivo fosse così sentimentale, e mi odiai per aver pensato che potesse essere solo una svitata con la mania dei conigli.

«Finisco io qua, Grace. Perché non va a sdraiarsi?».

Lei annuì e si asciugò le mani nel canovaccio che le pendeva dalla spalla. Lo appese intorno al rubinetto e mi abbracciò di nuovo. «Grazie. Ti prenderai cura del mio ragazzo, vero? Sta passando un periodo difficile da quando è uscito. Sono preoccupata per lui».

Non sapevo come rispondere, così mi comportai come una codarda e le dissi quello che sapevo voleva sentirsi dire: «Certo». Grace si avviò nel corridoio, dove sentii una porta aprirsi e poi chiudersi. Finii i piatti e mi sedetti al tavolo della cucina per una buona ora. Si stava facendo tardi. Grace sarebbe voluta di certo andare presto a letto.

Dov'era King?

Mi mossi con passo felpato lungo il corridoio e mi fermai fuori da una porta quando sentii qualcuno parlare a bassa voce. La porta non aveva il chiavistello così le diedi una spintarella sperando che non scricchiolasse. Osservando attraverso la fessura intravidi King e Grace nello specchio di un cassettone in noce riccamente ornato che occupava gran parte della piccola stanza. Grace sedeva sul lato del letto in un pigiama con bottoni color arancione brillante e pantofole abbinate. I suoi piedi non toccavano il pavimento. King era accovacciato di fronte a lei e teneva in mano quella che sembrava una sorta di pipa di vetro.

«In questo modo», disse accendendo la pipa, fece una tirata e tenne il fumo nei polmoni prima di espellerlo. Poi passò la pipa a Grace, che fece lo stesso, guardando King in cerca di rassicurazioni. Quando espirò, le venne un attacco di tosse. King le tenne il braccio, mentre lei rideva e tossiva allo stesso tempo.

«Sarà così tutte le volte?», chiese quando fu finalmente in grado di parlare.

«No, solo all'inizio», la rassicurò King con un piccolo sorriso.

«Bene. Odio tossire», disse Grace.

«Sei sicura che non c'è nient'altro di cui hai bisogno?», chiese.

«Sono una signora anziana che sta morendo e tu vieni ancora a sistemare la mia casa e a prenderti cura di me, come se tra sei mesi sarò ancora in circolazione. Stai già facendo troppo».

«Non parlare così», la rimproverò King pizzicandole il naso. Grace si allungò, gli prese le mani e le tenne in grembo.

«Sei la cosa più vicina a un figlio che io abbia mai avuto», confessò.

King abbassò lo sguardo. «Per me sei sempre stata più tu mia madre che… *lei*».

La faccia di Grace si rabbuiò. «Mi dispiace solo di non averla uccisa io quella stronza».

Fu su quelle parole che persi l'equilibrio e caddi in avanti nella stanza, atterrando sulle mani e sulle ginocchia davanti al letto.

«Ha sempre questa grazia?», chiese Grace.

King la baciò sul capo e spense le luci. La salutai con un gesto malinconico della mano mentre lui mi accompagnava fuori dalla stanza, chiudendo la porta dietro di noi.

King spense tutte le luci della casa e chiuse la porta scorrevole sul retro. Quando arrivammo nella parte davanti dell'abitazione King si fermò, prese qualcosa dalla tasca e lo mise sul bordo del tavolo nel corridoio. Rimasi indietro qualche passo rispetto a lui per poter vedere cosa avesse lasciato per Grace. Quando lo vidi mi mancò il respiro.

Era un coniglietto bianco di ceramica.

# Capitolo 18

## Doe

«Abbiamo un'altra sosta da fare», annunciò King, mentre con il pollice scriveva un messaggio sul suo telefono e tornavamo alla macchina.

Lo guardai, lo guardai sul serio, come se lo stessi vedendo per la prima volta. Quello che vidi era un uomo che, se libero dalle intimidazioni e dai continui sbalzi di umore, era capace di prendersi cura di una donna a cui voleva bene nei suoi ultimi giorni di vita. L'uomo che inizialmente avevo creduto fosse un mostro era capace di amare.

«Perché stavi mostrando a Grace come fumare l'erba?», domandai.

«Grace ce la sta mettendo tutta ma sta soffrendo molto», sospirò King. «Tutti i farmaci che le danno sono un mucchio di stronzate. Dovrebbero servire ad alleviarle il dolore, ma in realtà la fanno stare davvero male».

«Che cos'ha?»

«Un fottutissimo cancro, di quelli che non ti mollano». King strinse così forte il volante che le sue nocche diventarono bianche.

«Le rimangono davvero solo sei mesi?».

King sembrò a disagio, ma dopo aver incontrato Grace e aver legato con lei sentivo il bisogno di sapere di più sulla sua condizione.

Pensieroso, appoggiò il gomito sul bordo del finestrino abbassato, con il dorso della mano contro la mascella. «Dicono sei mesi, ma mi è stato detto di prenderlo e dividerlo a metà, perché di solito esagerano quando ti dicono quanto tempo ti rimane».

«Chi te l'ha detto?»

«Il suo medico».

«Ah».

Passammo quasi venti minuti in silenzio mentre viaggiavamo verso la tappa successiva, che era in un altro quartiere residenziale. Questa volta quando King parcheggiò e feci per afferrare la maniglia della portiera, mi fermò mettendomi l'avambraccio sul petto.

«Cosa?», domandai.

«Non scendiamo».

Spense il motore e si appoggiò al sedile. Aprii la bocca per chiedergli il perché, ma lo sguardo scuro nei suoi occhi diceva che non aveva voglia di fare conversazione. Incrociai le braccia al petto, aspettando spiegazioni sul perché della nostra presenza in quel posto.

Dopo pochi minuti apparve una luce che non proveniva dalla casa dove eravamo parcheggiati davanti, ma da quella dietro. Dalla nostra postazione avevamo una vista perfetta del retro dell'abitazione e della terrazza illuminata. Una donna alta con neri capelli corti stava sistemando alcuni giocattoli per terra, quando una piccola ragazza bionda arrivò saltellando sulla terrazza.

King si rizzò a sedere.

Saremo stati a circa trenta metri dalla casa, ma riconobbi immediatamente la ragazza che saltellava in giro con il suo pigiama.

«Quella è la ragazza della tua foto, giusto? È tua sorella? Vuoi andare a salutare? Aspetto qui se preferisci».

King rimase in silenzio fissando intensamente la bambina fino a quando una donna trovò quello che stava cercando e la riportò dentro casa, spegnendo la luce. Anche quando se ne andarono, King continuò a guardare nell'oscurità ancora per molto.

«Non posso andare a trovarla. Non ne ho alcun diritto. Sono l'unica famiglia che ha. Ha bisogno di me, ma per il tribunale sono solo un criminale come altri. Non ho nemmeno il diritto di vederla. Ho fatto il possibile in prigione, ho assunto tutti gli avvocati che potevo, ma non hanno potuto fare nulla per aiutarmi. Ho dovuto corrompere un impiegato per avere l'indirizzo della sua famiglia adottiva. È stato l'unico modo per sapere dove si trovasse».

«Mi dispiace», dissi, e lo credevo sul serio. King sapeva chi era la sua famiglia e dove si trovava e malgrado questo non potevano stare insieme. «È davvero bella».

«Sì», disse. Girò la chiave e mise in moto il pick-up. «Max».

«Come?», chiesi.

«Max. Si chiama Max».

«Diminutivo di Maxine?».

King sorrise e scosse la testa, tornando indietro sulla strada principale. «Come Maximillian».

«Per una ragazza?», dissi arricciando il naso.

«Sì, zitta, cazzo. È il miglior nome di sempre», disse King, ancora sorridente. C'era un pizzico di orgoglio nel suo tono che non volevo calpestare. «Un nome forte, per una ragazza forte».

«È un nome fantastico», dissi a bassa voce.

«Sì, lo è».

«Perché mi hai portato qui? E a trovare Grace?», chiesi, approfittando di un piccolo momento di vulnerabilità.

«Perché non so che cazzo sto facendo con te, piccola»,

confessò King. «Mi fai impazzire e mi sento una merda che non posso...». Si fermò. «Il carcere mi ha fottuto, mi ha fatto ripensare a tante cose, ma tu sei riuscita a fottermi più di quanto abbia fatto la prigione. Per qualche motivo, ti voglio con me. E siccome faccio schifo con le parole, ho pensato che il modo migliore per dire chi sono, il vero me, era farti conoscere le due donne più importanti della mia vita».

«Oh». Mi morsi il labbro. Non so che tipo di risposta mi aspettassi da lui, se mai ci fosse stata, ma quello che mi disse mi colse completamente di sorpresa.

*VUOLE che stia con lui?*

«Sono stato in un carcere di massima sicurezza. Sono stato con il peggio del peggio. Ho dovuto dormire con un occhio aperto pensando che ogni respiro potesse essere l'ultimo».

«Perché mi stai dicendo tutto questo?».

Si voltò verso di me e ci guardammo negli occhi. Allungò la mano e con il dorso dell'indice mi fece una carezza lungo la guancia. «Perché voglio che tu sappia che nessuno di quei figli di puttana mi ha mai spaventato quanto te».

Il telefono di King vibrò dal porta bicchieri del cruscotto e rispose, lasciandomi a bocca aperta in stato di shock.

«Sì», disse King con il cellulare all'orecchio. «Figlio di puttana! No, ho capito. Tu rimani dove sei e vengo a prenderti. Sì, lo so. Sono sicuro. Ho capito».

Mi gettò il telefono sulle gambe e sterzò il pick-up così forte che giuro che mi sembrò di essere su due ruote.

«Cos'è successo?»

«Un'ultima sosta», disse King a denti stretti. Chiunque l'avesse chiamato, gli aveva detto qualcosa che evidentemente non voleva sentire.

Dopo pochi minuti ci fermammo davanti a una piccola

bettola con un'insegna verde al neon su cui lampeggiava il nome Hansen's con sotto il simbolo di una nave. C'era solo qualche macchina sparsa nel parcheggio di ghiaia. King arrestò il pick-up nel parcheggio e saltò giù.

«Stai qui», ordinò. Si piegò sul cassone e tirò fuori qualcosa prima di andare verso il bar. Dovette chinarsi per entrare dalla porta bassa.

In un giorno avevo visto tre lati diversi di lui. Il lato oscuro, folle e inquietante. Il lato dannatamente sexy che mi faceva tremare le ginocchia al minimo sguardo. E il lato che non pensavo avesse, quello che si prendeva cura in modo sincero di qualcun altro a parte se stesso. Era bello sapere che non era un misogino, dopotutto.

Dentro ci fu una baraonda. La porta del bar si aprì. L'ombra enorme di King emerse dal locale, seguita dalle urla di una donna.

Meno di un'ora prima stava soffrendo per una vita lontano dalla sorella. Prima di quello, stava aiutando la sua anziana amica a trovare sollievo durante i suoi ultimi giorni.

Tornò a grandi falcate verso il pick-up, nei suoi occhi scuri e pericolosi c'era uno sguardo di una rabbia esplosiva. Fu solo quando si trovò a un metro da me, in piedi sotto il ronzio del lampione, che riuscii a guardarlo bene.

Stringeva in mano una mazza da baseball di legno. C'erano delle macchie scure sparse sia su di lui sia sulla mazza, aveva degli schizzi sul petto e sul viso. Quando si voltò per rimettere il bastone nel cassone del pick-up, entrò in piena luce e trasalii.

King e la mazza da baseball erano coperti di sangue.

King lasciò il parcheggio. Quando arrivammo in autostrada imboccò la prima uscita e parcheggiò il pick-up sotto un cavalcavia in costruzione. Il cuore mi batteva nel petto, veloce e pesante.

*Bum. Bum*

*Bum. Bum.*

La luce della luna brillava attraverso il finestrino anteriore e sembrava che il sangue secco sulla fronte stesse luccicando.

«Che cazzo è successo?», urlai, slacciandomi la cintura di sicurezza.

«Affari», disse King senza lasciare trasparire alcuna emozione.

«Sei coperto di sangue! Hai ucciso… qualcuno?»

«No, ma ora ci penserà due volte a immischiarsi con ciò che è mio».

«Chi era quello?»

«Qualcuno che andava in giro con Isaac. Preppy ha scoperto che è stato l'informatore di Isaac a raccontargli delle nostre serre. Aveva bisogno di imparare la lezione. Non sa un cazzo di niente. Dovrebbe tenere la bocca chiusa». King si passò la mano sulla testa. «Invece di iniziare inutili guerre».

«È quello che succederà? Una guerra?», chiesi. «Che cosa faremo?»

«Non ci sarà nessuna guerra se posso evitarlo. Ho contattato la gente di Isaac, ho chiesto un incontro. Voglio vedere in faccia questa cosa prima che peggiori». King si volse verso di me. «Tu non dovrai fare nulla. Me ne occupo io. E non devi preoccuparti di tutto questo. Ti prometto che non ti succederà nulla. Ti ho detto che ti avrei protetto e dicevo sul serio».

«Pensi che io sia preoccupata per me? La macchina di Preppy è saltata letteralmente in aria. Bear vive nel garage tre metri più in là. Hai un tizio, un tizio pericoloso a quanto pare, alle costole, e tu pensi che sia io quella di cui mi preoccupo?», sbuffai. «Quanto pensi che io sia egoista?»

«Sei preoccupata per me, piccola?», mi prese in giro alzando un sopracciglio.

«No! Voglio dire, sì. Perché cazzo sei così irritante?», urlai. King spense il motore. «E perché siamo parcheggiati sotto un...».

King interruppe la mia invettiva afferrandomi per i fianchi e facendomi scivolare verso il basso finché la mia testa non finì sul sedile.

«Mi piace che ti preoccupi per me», disse, coprendo il mio corpo con il suo, la sua bocca che si scontrava sulla mia. Le sue erano labbra morbide e piene, ma dure e bisognose allo stesso tempo. «Le tue labbra sono così sexy, cazzo. Le ho immaginate intorno al mio uccello un migliaio di volte». Fece scorrere una mano sotto la mia camicia, prendendo il mio seno, impastandolo con le sue mani. «Mi piacciono le tue tette, sono perfette, cazzo». Con il ginocchio mi separò le gambe e si sistemò tra di loro. Il suo uccello duro si fermò dove ero già calda e bagnata per il desiderio. «Non vedo l'ora di essere dentro di te». Portò le labbra sul mio collo, che cominciò a leccare e succhiare e stuzzicare, mentre mi sfregava le dita sul capezzolo e si dondolava contro di me.

Inarcai la schiena. Quando mi toccava mi trasmetteva ondate di piacere che si propagavano nel mio corpo stroncando sul nascere ogni pensiero di resistenza che mi fluttuava in testa.

«Dimmi che lo vuoi, piccola. Dimmi che lo vuoi tanto quanto lo voglio io», ansimò contro il mio collo. Con un solo colpo delle dita mi aprì il bottone dei jeans e spinse dentro la mano fino a quando non trovò quello che stava cercando. Gemetti quando raggiunse il punto già eccitato per l'attrito della sua erezione. «Come sei bagnata, cazzo. Si vede che lo vuoi». Usò il mio umore per stimolare il mio clitoride con dei piccoli movimenti circolari. «Sei così pronta per me. Dimmi che vuoi essere scopata. Voglio sentirtelo dire».

Gettai la testa all'indietro, incapace di formare delle parole. Aveva ragione. Aveva ragione, cazzo. Lo desideravo. Volevo scopare.

Forse Grace aveva ragione quando aveva detto che poteva essere sia un cattivo ragazzo che un brav'uomo. Uno non escludeva necessariamente l'altro.

La mia mente forse non era d'accordo con quell'idea ma il mio corpo reagiva a ogni suo tocco come se fosse stato ideato affinché lui potesse farmi godere, come se non fosse mai abbastanza. Come se dovessi sfiorire e morire senza lui dentro di me. Mi piaceva averlo sopra, come mi toccava, mi desiderava.

No, non mi piaceva. Mi faceva *impazzire*.

Mi faceva impazzire dormire con il suo grande corpo accanto a me. Mi faceva impazzire il modo in cui mi aveva fatto sentire così piccola. Mi faceva impazzire il modo in cui le sue narici si allargavano quando stava per baciarmi, e poi quando lo faceva, impazzivo quando mi baciava come se fosse arrabbiato con me. Come se fosse una mia colpa essere così desiderabile da non lasciargli altra scelta che mettere le labbra sulle mie, le sue mani su di me.

King si mise seduto e dovetti stringere le cosce per allontanare il dolore che aveva incominciato a salire nell'attimo in cui mi aveva toccato. Allungò le braccia dietro, si tolse la maglietta dalla testa e la gettò per terra.

Non riuscii a evitare di mettergli le mani sul petto. Era lucido di sudore e si sollevava a ogni respiro affannoso, ricoperto di un'opera d'arte fantastica. Mi appoggiai sui gomiti e gli leccai il capezzolo.

Gemetti e mi prese i capelli in un pugno, spingendomi la testa all'indietro in modo rude. Le sue labbra tornarono sulle mie. La sua lingua entrava e usciva dalla mia bocca, muovendosi in sincronia con la mia. Si strusciava contro di me ed ebbi la sensazione che il mio corpo non mi appartenesse più.

«Ho bisogno di sentirtelo dire, piccola. Di' che lo vuoi ed è tuo. Dimmi che mi vuoi», King ansimò.

Mi abbassò i jeans e gli slip sotto il sedere. Li fece arrivare solo fino al ginocchio quando si piegò e s'immerse, schiacciando la sua lingua contro il mio clitoride. Saltai quasi fuori dal pick-up a quella sensazione, ma alla fine mi calmai quando prese le mie cosce per tenermi ferma. Più e più volte, mi leccò e succhiò dentro. La sua lingua spingeva dentro di me. Se non fosse stato per lui che mi teneva, gli avrei schiacciato la testa con le gambe.

Non mi stava solo leccando per farmi venire.

Mi stava baciando giù in basso come se stesse baciando le mie labbra, la mia bocca. Stava pomiciando con la mia passera.

Una pressione iniziò a crescermi nella parte inferiore dello stomaco e mi dimenai sotto di lui, desideravo godere, ne avevo bisogno.

King borbottò qualcosa che non riuscii bene a distinguere mentre io ero quasi al limite. Stavo per avere l'orgasmo più spettacolare della mia vita quando lui improvvisamente se ne andò e l'aria fresca della notte sfiorò tutte le parti di me che lui aveva fatto bagnare.

Improvvisamente fui consapevole che mi trovavo sdraiata con le gambe aperte e che la mia nudità era completamente esposta a lui. Mi avvamparono le guance.

«Cosa c'è che non va?», chiesi senza fiato, come se avessi appena corso una maratona.

King era appoggiato allo schienale del suo sedile. A parte l'enorme erezione contro la parte anteriore dei suoi jeans, sembrava completamente indifferente a ciò che avevamo appena fatto.

«Non ti prenderò a meno che tu non mi dica che mi vuoi. Se non riesci a dirlo mentre ho la mia lingua nella tua figa, allora non è qualcosa che vuoi veramente. Te l'ho detto prima, quando ti scoperò, sarà perché lo vuoi così forte che mi supplicherai».

«Quando mi hai toccato», dissi lentamente, «non si capiva che lo volevo? Non si capiva che ti volevo?».

King scosse la testa.

«Il tuo corpo mi vuole, così come il mio vuole te. Ma se non riesci a dirmelo, c'è un problema di fondo. Cos'è che ti frena a tal punto che non puoi dirmi che mi vuoi quando è ovvio che stai venendo?». King si avvicinò e infilò una ciocca di capelli dietro le mie orecchie. «Hai ancora paura di me?».

Ci guardammo negli occhi. Era questo che pensava? Certo, faceva paura, e a un certo punto avevo avuto paura di quello che mi avrebbe potuto fare. Ma non mi aveva fatto del male. Non aveva fatto nulla se non darmi casa e cibo.

Era grazie a lui che avevo trovato un amico, Preppy.

Era grazie a lui che stavo impazzendo dalla voglia di venire.

«No», risposi sinceramente. «Avevo paura. Voglio dire, sei tanta roba».

«Sì, è così». Guardò in basso la sua erezione.

Mi leccai le labbra chiedendomi che sapore avrebbe avuto nella mia bocca.

«No», si lamentò. «Non guardarmi in quel modo. Dobbiamo parlare. Se continui a guardarmi in quel modo ogni proposito di fermarmi scompare: ti piego sul cofano di questo pick-up e ti sbatto fino all'oblio». Le sue parole mandarono uno spasmo nella zona che ancora fremeva di voglia. Ero quasi venuta proprio lì nel pick-up senza che lui mi toccasse. «Allora cos'è? Cosa ti trattiene se non sono io?».

Strinsi gli occhi fino a chiuderli. «Non sei tu. Sono io».

«Tipica, squallida battuta da film quando ci si lascia».

«No, non capisci. Non sto prendendo decisioni solo per me. Devo pensare anche a *lei*».

«Piccola, come a ogni altro ragazzo, non mi dispiacerebbe una cosa a tre, ma non vedo nessun altro nel pick-up a parte noi. A chi ti riferisci esattamente?»

«Lo sai che non mi ricordo più nulla da quando mi sono svegliata prima dell'estate e che mi sento come se fossi stata messa in un tritacarne».

King annuì trascinandomi più vicino in modo che le nostre cosce si toccassero. Chiusi gli occhi e mi concentrai su quello che stavo cercando di dirgli, invece che sulla sua coscia dura come la roccia che mi mandava brividi lungo tutta la schiena.

«Vai avanti», mi esortò mentre mi baciava dolcemente la mascella e con le labbra si faceva spazio fino a dietro l'orecchio.

«Non riesco a parlare se continui così».

«Sì che ce la fai. Continua. Ti ascolto».

Mi si strinsero le budella, e io sputai fuori il resto della mia storia mentre venivo colpita dalla sensazione delle labbra di King su di me.

«Be', mi riferisco alla persona che ero prima, quando non avevo perso la memoria, a LEI. Qualcun altro, perché questo è ciò che ero. Una persona diversa».

«Arriva al punto. Perché se non ne hai uno nel prossimo minuto, te lo ficco dentro. Prima di farlo, però, te lo lascio mettere in bocca per assaggiarlo perché so che è quello a cui stai pensando in questo momento».

Ancora una volta chiusi gli occhi e tentai di concentrarmi, mentre King mi sollevò dai fianchi e mi fece sedere sulle sue ginocchia in modo da cavalcarlo, con la mia schiena contro il volante. In questa posizione, non c'era modo per me di nascondermi. Anche se il suo uccello duro stava premendo contro di me, dovetti mettere da parte l'idea di lui che mi penetrava per finire la mia storia.

«Il punto è che non posso fare nulla che potrebbe potenzialmente rappresentare un cambio di vita, perché non è solo la mia vita quella a cui devo pensare. Devo considerare che un giorno tutti i miei ricordi, tutto ciò che sono e che ero, ritorneranno. Potrebbe non succedere mai, ma non posso rischiare. Perché la possibilità che possa accadere è là fuori. Quando e se sarò di nuovo LEI, dovrò rendere conto di tutte le cose che ho fatto quando non sapevo chi fossi. Ecco perché, anche se penso che i tuoi tatuaggi siano fantastici e se da quando ti ho visto tatuare la prima volta ho immaginato che tu ne creassi uno per me, non posso farle questo. E se lo odiasse? E se fosse moralmente contraria ai tatuaggi e la lasciassi con qualcosa di cui non riesce a liberarsi? Per questo non conta se il mio corpo ti vuole e io ti voglio. Perché la persona che vedi davanti a te è solo temporanea». King si tirò indietro e mi fissò negli occhi mentre parlavo. «Non posso fare a meno di sciogliermi in te quando mi tocchi, ma non posso farle questo. E se avesse un ragazzo, un fidanzato? E se stare con te significasse rovinarla?».

Tirai su con il naso. Gli occhi mi si riempirono di lacrime. Con la mano dietro la mia nuca King mi spinse verso di lui, e, proprio mentre pensavo che mi avrebbe baciato di nuovo, mi girò il viso e mi leccò la guancia, asciugandomi le lacrime con la lingua.

«E se fosse vergine?», sussurrai.

King mi spostò lentamente dalle sue ginocchia e mi riportò sul sedile del passeggero.

«Non ci avevo pensato», disse dolcemente. «E mentre sono inorridito e allo stesso tempo incredibilmente eccitato all'idea di essere il primo dentro quella tua bella passera, mi sento in dovere di dirti che la tua teoria sulla persona che eri prima che inciampassi nella mia vita fa acqua da tutte le parti».

«Cosa intendi?», chiesi.

«In primo luogo, la tua teoria della verginità. Chi cazzo se ne frega? Se ti ritorna la memoria e tu torni a una vita in cui io non ci sono, almeno avrai abbastanza ricordi fantastici per simulare gli orgasmi con l'idiota con cui starai».

«Perché un idiota?»

«Fidati di me. Un tizio che ha lasciato che ti allontanassi e non ti ha ancora trovato, se mai ti stia cercando, è un fottuto idiota. All'inizio non mi piacevi nemmeno. In effetti, ti odiavo, cazzo, e non ti volevo a più di tre metri da me. Nemmeno il mio uccello».

Rabbrividii. «E poi, dove fa acqua ancora?». La mia voce era tesa.

«I tatuaggi. Chiunque non ami la mia arte per me può andare fuori dalle palle».

«Così semplice?»

«Sì, così semplice», dichiarò piccato. Poi si fece serio. «È così semplice, ma non perché ci potrebbe o non potrebbe essere là fuori un ragazzo che si dispera per te o perché hai paura che ti pentirai di avermi permesso di scoparti o di tatuarti». King tracciò una linea dal dorso della mia mano alla sommità della mia spalla, come se stesse creando un tatuaggio immaginario. «È così semplice perché non puoi vivere la vita di qualcuno che *potresti* essere. E che succede se la tua memoria torna e la persona che eri prima torna con lei? Dovrà semplicemente farsi una ragione che tu eri qui quando lei non c'era. Lascia il tuo segno finché sei ancora in tempo, piccola».

«La fai sembrare così facile».

«Lo è».

«Non lo è. È che… non posso», sospirai. Non sarei stata in pace con me stessa sapendo che non la stavo proteggendo.

«Hai promesso che mi avresti protetto. Be', io ho promesso che l'avrei protetta», dissi, la mia voce fu a malapena un sussurro.

«Hai mai considerato che potresti essere già adesso la persona che sei realmente? E che forse, dopo aver fatto tabula rasa da ogni influenza esterna, ora sei più che mai te stessa?», chiese, alzando via via la voce per sottolineare ogni punto del suo discorso.

«No». Non ci avevo pensato. King aveva colto il punto. «Ma vivere la vita pensando che sia la realtà è un rischio che non sono disposta a prendermi». Guardai in basso e desiderai che il pianale si aprisse e che mi risucchiasse.

«Quindi, fammi capire bene. Eri disposta a scoparti un motociclista qualsiasi, ma non puoi stare con me?». C'era un accenno di crudeltà nella sua voce. Se aveva intenzione di tormentarmi ci stava riuscendo.

«Questo è un colpo basso».

Ma King continuò, come se non l'avessi appena interrotto. «Quindi per te io sono come loro? Proprio come un motociclista con cui non vuoi scopare e poi rimpiangerai di non averlo fatto?».

King girò la chiave e mise in moto il pick-up, tornando verso l'autostrada.

«No, non sei affatto come loro», sussurrai, incerta se mi avesse sentito.

«Com'è possibile che tu mi veda peggio di loro quando so che mi vuoi? Lo sento. Non negarlo, cazzo. Perché sono stronzate, e tu lo sai». King guardava dritto davanti alla strada. Aveva alzato il volume della radio e Johnny Cash cantava così forte che mi faceva tremare i timpani. Le lacrime nei miei occhi si riversarono sulle guance.

Mi appoggiai al finestrino e mi strinsi le braccia al petto. Le luci del traffico e delle pubblicità si confondevano tra loro mentre passavamo nei flussi di luci colorate.

«Hai ragione. Sei molto peggio di loro», sussurrai, sapendo bene che King non riusciva a sentirmi per la musica. «Perché con loro non farebbe così male».

# Capitolo 19

## Doe

King non veniva più nel nostro letto da giorni ormai. Lo aiutavo ancora di notte nel suo studio, ma le nostre conversazioni si limitavano ai suoi ordini su quello che dovevo fare.

Sabato mattina trovai una scatola sul bancone della cucina con un biglietto indirizzato a me. Sul biglietto c'era scritto:

"Per il nostro appuntamento fatti trovare sulla veranda alle otto – Preppy".

Il nostro appuntamento? Perché avremmo dovuto avere un appuntamento? Nella scatola c'era un abito corto, nero, senza spalline e un paio di scarpe con i tacchi.

Preppy si era preoccupato che avessi diversi jeans e canottiere da indossare durante la giornata. Un giorno si era persino fermato in un negozio e mi aveva fatto scegliere della biancheria intima e delle cose per il bagno, ma di quel genere di abiti non ne avevo nessuno.

L'orologio sopra i fornelli segnava solo le dieci del mattino. Il pensiero che avrei dovuto aspettare tutto quel tempo per poterlo indossare fu un supplizio.

Alle otto precise mi trovavo vicino ai gradini e giochellavo con l'orlo del mio nuovo vestito per l'impazienza.

Mi erano servite ore per farmi la doccia, la ceretta e per asciugarmi i capelli. Ero più che pronta, entusiasta della novità e grata per quel momento di svago.

Non avevo idea di cosa Preppy avesse in mente.

«Sei pronta, Doe?», chiese sbucando fuori dalla porta sotto la scala.

Mi mise un braccio intorno alle spalle e mi portò verso il pick-up di King, già parcheggiato davanti all'ingresso.

«Avrei voluto portarti con la mia macchina. Ma sai, è saltata in aria, cazzo», disse in tono amareggiato.

La solita camicia a maniche corte era stata sostituita con una di colore blu scuro a maniche lunghe, che portava fuori, sopra un paio di jeans scuri a gamba larga. Il solito papillon aveva un nodo perfetto. Profumava di sapone e crema da barba, come se fosse appena uscito dalla doccia.

«Ti sei rasato?», domandai. La sua barba in realtà non sembrava più corta rispetto alla mattina.

«Eh?», chiese guardandomi dall'alto verso il basso.

«Profumi di crema da barba, ma hai ancora la barba».

«È un appuntamento, baby. È sotto che mi sono rasato, non si sa mai che serva».

Risi. «Non ti servirà».

«Lo so. King mi ucciderebbe e ci tengo alla mia vita. Quindi, penso che dovremo rinunciarci, per ora». Mi fece l'occhiolino. «E poi, tu forse non me lo fai bagnare il biscotto, ma magari qualcun altro avrà compassione di me stanotte e me lo farà ficcare dentro».

Si vedeva che non diceva sul serio, perché il suo sorriso aveva smorzato la volgarità delle sue parole.

«Sei carino», dissi. Se non l'avessi conosciuto meglio, avrei detto che fosse arrossito.

«Grazie. Ma stasera non sono Preppy».

«Ah no?», chiesi. «E chi saresti per l'esattezza?»

«No, perché questo è un appuntamento. Quindi stasera puoi chiamarmi Samuel. Direi che anche tu sei carina, anzi molto più che carina. Direi…».

Preppy indietreggiò di un passo, fece scivolare la mano lungo il mio braccio e mi prese il polso. Poi lo sollevò e mi girò lentamente per guardarmi. Arrossii per l'imbarazzo quando mi accorsi che mi fissava il culo.

«Sexy. Sei SEXY, baby. I pancake ti fanno bene. Cazzo se ti fanno bene».

«Grazie». Sentii le mie guance arrossire. «Vorrei che tu potessi chiamarmi con il mio vero nome, ma non so qual è…».

Le mie parole furono soffocate dal rombo di una motocicletta. Entrambi ci voltammo verso il rumore. King arrivò dal vialetto di ghiaia e parcheggiò una lucida moto nera accanto a uno dei pali che sorreggevano la casa. Era la prima volta che lo vedevo guidare qualcosa che non fosse il suo vecchio e malconcio pick-up. Smontò e si sfilò il casco dalla testa, lo gettò a terra e si diresse verso di noi con passi furiosi. Aveva le sopracciglia aggrottate e i pugni stretti ai fianchi. Teneva gli occhi fissi su di me mentre si avvicinava, squadrandomi da capo a piedi e guardando la mano che Preppy mi stava ancora tenendo.

Il cuore mi batteva in modo veloce e irregolare mentre si avvicinava. Iniziarono a sudarmi le mani. Feci finta di sorridere.

«Dove cazzo hai preso QUELLA roba?», urlò King indicando il mio vestito. Il suo sguardo saettava da me a Preppy, avanti e indietro.

Quest'ultimo sorrise e mi lasciò andare la mano. Mise ancora una volta il braccio intorno alle mie spalle e mi tirò al suo fianco.

A quel gesto King spalancò gli occhi e pensai che avrebbe rifilato un pugno a uno di noi o a entrambi. Ma Preppy sembrò indifferente all'umore dell'amico.

«Stasera ci divertiamo, capo», rispose Preppy in tono freddo. «Non siamo fighi?».

Il modo in cui lo chiese mi fece pensare che stesse stuzzicando King.

«Mi ha comprato lui l'abito», aggiunsi, leggermente imbarazzata, perché sapevo che a King sicuramente non piaceva. Era aderente, senza spalline e metteva in risalto le curve che avevo sviluppato negli ultimi giorni, insieme a un viso più florido.

«Col cazzo, no, non se ne parla. Ho cambiato idea», disse King, che avrebbe ucciso Preppy con lo sguardo. «Riporta il tuo culo dentro casa, prima che ti spari un colpo nella tua bella testolina. Questo è quello che devi fare».

«Perché no?», mi sentii domandare e, ancor prima di rendermene conto, mi ero staccata da Preppy per andare verso King. Anche lui fece un passo avanti. Ci toccammo la punta dei piedi. Siccome ero molto più piccola di lui, dovetti alzare gli occhi per incontrare il suo sguardo di disapprovazione.

«Perché ho deciso così, piccola», ringhiò King pieno di rabbia.

I suoi occhi verdi erano ora oscurati dalla rabbia. La severità nei suoi modi suggerì che sarebbe stata una battaglia che non avrei mai vinto.

Questo non significava però che non ci avrei almeno provato.

«Sono qui contro la mia volontà! Ho capito che ce l'hai con me, cazzo, o che mi odi, mi è chiaro. Ma per una fottuta sera volevo solo far finta di essere una ragazza normale, che ha un appuntamento normale, in un posto normale!».

Mi ero appena voltata per tornare dentro casa quando King, afferrandomi per il gomito, mi fermò facendomi voltare e mi sollevò il mento.

«Rimani. Qui», ordinò ancora con il viso severo e arrabbiato. «Tu», King indicò Preppy. «Ti devo parlare. *Adesso*».

Con il mento fece cenno verso la casa, mi lasciò andare e salì furibondo i gradini, sbattendo la porta d'ingresso dietro di lui. Preppy sembrava divertito, sebbene non capissi come potesse esserlo con King su tutte le furie così vicino.

«Scusa, baby», disse Preppy con un sorriso d'intesa. «Forse un'altra volta?». Salì i gradini a due a due. Pensai di seguirli, ma non volevo provocare ulteriormente King.

Passai i successivi dieci minuti sul portico in grande apprensione a chiedermi se si fossero uccisi a vicenda, perché non sentivo alcun rumore provenire dall'interno. Il sole era da tempo tramontato dietro gli alberi, quindi rimasi al sicuro sotto la luce del portico. Mi stancai presto di stare in piedi. Stavo per sedermi sull'ultimo gradino quando la porta d'ingresso si aprì e King si precipitò fuori. Saltai in piedi e mi aggrappai alla ringhiera per evitare di cadere sul vialetto.

«Andiamo», disse King dandomi la mano. La rabbia indugiava ancora sul suo viso, mista a confusione.

«Andare? Andare dove?», chiesi.

«A quell'appuntamento». Aggrottò le sopracciglia come se le mie domande lo confondessero.

«Con te?».

King annuì. Dato che aveva ancora il braccio allungato per darmi la mano e io non avevo fatto alcuna mossa per prenderla, si allungò e me l'afferrò lui. Questo quando lo guardai, intendo che lo *guardai* davvero.

Si era fatto la doccia e profumava come se si fosse appena messo la colonia. Indossava i suoi soliti jeans scuri e una maglietta nera attillata. La sua barba corta e ispida era ancora lì, ma ben rifinita. Era incredibile che cosa avesse fatto nei dieci minuti che mi aveva lasciato fuori.

«Con me», confermò, il suo sguardo percorse lentamente tutto il mio corpo e mi fece avvampare dentro.

«Cos'è successo a Preppy?». King s'irrigidì.

«Non può più», ribatté, ovviamente seccato per la domanda.

«Oh», dissi guardandomi i piedi.

«Fanculo. Lascia perdere. Comunque era un'idea del cazzo».

«Cosa? No, solo... comunque era stata un'idea di Preppy».

«Stai zitta», disse mettendo fine alle mie farneticazioni. Mi tirò la mano e mi portò alla sua moto. Mi passò un casco e inforcò la sella. Girò la chiave e il motore prese vita con un rombo. Si girò e indicò lo spazio dietro di lui.

Gridai sopra lo sferragliare della moto: «Ho addosso il vestito!».

King mi afferrò la mano e mi tirò verso di lui. «Penso che ormai sappiamo che sai come stare a cavalcioni, quindi muoviti e monta su». Strinsi le cosce, cercando di allontanare il pensiero della notte nel suo pick-up.

«Perché non possiamo prendere la macchina, o andare a piedi», proposi.

King mi fissò intensamente fino a farmi abbassare lo sguardo. «Piccola?»

«Sì?»

«Sali su questa cazzo di moto».

«Sei davvero un pezzo di merda, lo sai?». Pronunciai le parole scandendole bene e puntandogli il dito sul petto.

King fece un sorrisetto odioso. Non volevo un sorrisetto, volevo uno scontro. Stavo cominciando a pensare che i tempi fossero più che maturi.

«Ce ne hai messo di tempo», disse afferrandomi il dito.

«Ce ne hai messo di tempo per cosa?»

«Per capire che sono un pezzo di merda. Ora, sali su questa cazzo di moto».

«Fanculo», sbottai.

King smontò dalla sella e si mosse impettito verso di me. Mi strappò il casco dalle mani e me lo infilò con violenza in testa. I capelli s'intrappolarono sugli occhi e per un momento persi l'orientamento. King ne approfittò per sollevarmi e mettermi sulla moto.

Urlai dentro il casco e, prima che potessi protestare e saltare giù, ci stavamo muovendo. A quel punto mi rimasero solo due possibilità: attaccarmi a lui o cadere all'indietro.

Mio malgrado, gli strinsi le braccia intorno alla vita.

Quello che volevo davvero era serrargli le mani intorno alla gola.

Il viaggio sembrò durare pochi minuti, ma in realtà superò la mezz'ora. L'aria notturna della Florida, normalmente stagnante e umida, soffiava fresca intorno a noi mentre la moto sfrecciava nella notte.

Rimasi a bocca aperta e mi venne il batticuore quando vidi le luci al neon.

Un luna park.

King mi aveva portato a un luna park.

La ruota panoramica sopra di noi pareva così vicina che allungando le mani in aria sembrava di toccare una delle navicelle ondeggianti.

Quando King fermò la moto in un parcheggio erboso, il mio corpo ronzava ancora per le vibrazioni del motore. Ero così eccitata di trovarmi a un vero luna park che quando saltai veloce giù dalla sella sfiorai con il polpaccio una delle marmitte calde.

«Merda, merda, *merda*!», gridai, saltando in tondo su una gamba sola.

King appoggiò il casco e si avvicinò a me mentre saltavo e facevo smorfie per il dolore. «Vieni qui», disse.

Ero ancora arrabbiata, la corsa di venti minuti non aveva affatto smorzato la voglia che avevo di fargli del male. Non badai alla sua richiesta e mi piegai per controllare il male alla gamba.

King scosse la testa e venne verso di me, mi sollevò prendendomi da sotto le ascelle e mi mise sopra a un tavolo da picnic lì vicino.

«Devi imparare a fare quello che ti viene detto», disse sollevandomi la gamba per ispezionare la scottatura.

Sbuffai. «Non serve che mi prendi in braccio e mi porti in giro».

King si abbassò e soffiò piano sulla scottatura, brividi caldi mi arrivarono lungo tutta la schiena. Sapevo perfettamente che, quando mi aveva preso in braccio, il vestito che indossavo era salito ben sopra le cosce. Lo sorpresi a fissare il tessuto bianco tra le mie gambe.

«E allora cazzo, fai subito quello che ti viene detto». Poi continuò a ispezionare attentamente. «Non è una brutta scottatura», disse, ma quasi non lo sentii, al pensiero del suo respiro sulla mia pelle.

«Pensavo non lo facessi dolcemente», scherzai.

King mi aiutò ad appoggiare il piede a terra e fece per prendermi la mano.

«No, infatti». Si voltò verso il cancello strattonandomi dietro di lui per avvalorare il suo punto di vista.

King comprò i biglietti e passammo attraverso un tornello. Non appena entrammo la bambina dentro di me prese vita e dimenticai per un attimo la mia rabbia. Luci al neon, musica da luna park, bancarelle di corn dog e zucchero filato.

Per un primo appuntamento non potevo desiderare altro. Be', tranne forse un partner che desiderasse veramente trovarsi là. Liberai la mano dalla presa di King, ma lui me l'afferrò di nuovo e me la tenne più stretta, tirandomi più vicino a lui.

«Cosa vuoi fare per prima cosa, piccola?»

«Tutto. Voglio fare assolutamente tutto!». Allungai il collo per riuscire a vedere meglio l'enorme ruota panoramica.

«La ruota panoramica alla fine», disse King spingendomi verso la fila dei giochi.

Mentre ci spostammo sempre di più in mezzo alla folla, il rumore intorno a noi aumentò di dieci volte. Un gruppo di bambini ci sfrecciò accanto ridendo.

Gli addetti al luna park incoraggiavano ad avvicinarsi ai loro stand, gridando quanto sarebbe stato facile vincere i grandi animali di peluche in palio.

King si fermò a un gioco in cui l'obiettivo era quello di sparare con una pistola ad acqua nella bocca di un ippopotamo per riuscire a fare salire il piccolo di ippopotamo sulla scala. Chi aveva una buona mira e spostava l'ippopotamo in cima il più velocemente possibile, vinceva.

«Giochi?»

«Eccome», risposi, non riuscendo a trattenere la mia agitazione. Mi misi persino a saltare in punta di piedi.

«Due», disse King. Tirò fuori un ferma banconote dalla tasca, ne sfilò qualcuna e la consegnò al gestore. King si sedette su uno degli sgabelli con la pelle strappata e io presi posto qualche postazione più in là.

«Hai paura di sederti vicino a me?», chiese King.

«No, ma sei enorme e questi sgabelli sono piccoli. Non voglio urtare contro il tuo braccio e perdere solo perché non ti sei perso un allenamento in tre anni». Chiusi un occhio e preparai la mia pistola ad acqua.

King scosse la testa: «Che lingua lunga», disse. Avrei potuto prendere quell'affermazione in diversi modi, ma non avevo tempo per quello, avevo una partita da vincere.

«Ti avverto. Sono davvero bravo in questo gioco», mi disse King.

Stava scherzando?

«Siamo competitivi, è così?», chiesi, mantenendo la mia attenzione dritta sul bersaglio.

«Oh, piccola. Non t'immagini nemmeno quanto».

Il campanello suonò e il tizio della bancarella gridò: «VIA!».

Premetti il grilletto. L'acqua spruzzò fuori dalla mia pistola e finì direttamente sul bersaglio. Il mio piccolo di ippopotamo salì la scala e il gioco, così veloce come era iniziato, era anche finito. Guardai King che rideva accanto a me. Per quale motivo rideva? Avevo vinto io.

«Vincitore! Vincitore!», gridò il tizio della bancarella. Sganciò un enorme cerbiatto di peluche dalla tenda in alto e lo consegnò a King, che prese il premio e poi si incamminò.

*Ha vinto lui? Com'è possibile?*

«Ehi!», urlai inseguendolo. «Che ci fai con il mio premio? Sono io che ho vinto. Il mio ippopotamo era così avanti che il tuo non l'ho nemmeno visto muoversi». King si fermò.

«Piccola, non hai visto il mio ippopotamo perché avevo finito prima che tu cominciassi». Stava ridendo. Un sorriso sincero, autentico, da mandarmi in estasi e che gli arrivò fino agli occhi. Gli stava bene.

No, gli stava ALLA GRANDE.

«Mi prendi in giro!», gridai.

«Siamo competitivi, è così?», disse King facendosi beffe di me. «Ti ho detto che ero bravo in questo gioco».

King sembrava un ragazzo come tanti altri che stava portando una ragazza a un appuntamento. Be', un ragazzo come tanti altri di un metro e ottanta e più, un colosso di muscoli coperto di tatuaggi che pareva uscito da una pubblicità di biancheria intima.

Mi piaceva il King che sapeva scherzare.

Mi piaceva molto.

«Ci avevi già giocato prima», dissi facendo la faccia imbronciata. «Non vale».

«Sì, lo ammetto. Vengo qui ogni anno da quando ero piccolo. Io e Preppy ci intrufolavamo dal retro. Laggiù». King indicò un cancello su una recinzione, chiuso con un enorme lucchetto. «Rubavamo i corn dog dalle bancarelle non appena uscivano dalla friggitrice. Il lucchetto è arrivato dopo, quando hanno capito come riuscivamo a entrare».

Sapevo che Preppy e King erano migliori amici, ma questa era la prima volta che sentivo un aneddoto sulla loro infanzia insieme.

«Ti dirò una cosa», aggiunse King. «Dato che questo è un appuntamento con tutto quello che ne consegue e che i ragazzi di solito danno i loro premi alle ragazze con cui escono, ti concedo il mio cerbiatto». Mi porse l'animale di peluche.

Non capivo se si stesse prendendo gioco di me. Se non sapevo come prendere il King irascibile, figuriamoci il King scherzoso e di buon umore.

Glielo strappai di mano come se avessi paura che potesse riconsiderare la sua offerta e me lo infilai stretto sottobraccio. King rise.

«Cosa c'è di così divertente adesso?», chiesi.

«Doe, la cerbiatta… con una cerbiatta[1]». E va bene, ci stava come battuta. Con una mano sulla bocca tenetti a freno la risata.

Nelle ore successive passammo a setaccio tutti i giochi del luna park.

Non vinsi nemmeno a uno.

King aveva deciso di regalarmi tutti i suoi premi e ben presto non ebbi più spazio per portarli tutti sottobraccio.

«Non penso che possiamo continuare a giocare», dissi indicando l'enorme pila di giocattoli di basso valore che mi arrivava fin sotto il mento.

Suonò il campanello di uno dei giochi e stavo per andarmene quando King mi fermò. «No, aspetta un attimo».

C'era un bambino che per tre volte aveva provato a vincere un premio contro due adolescenti. Dopo un minuto il padre del bambino l'aveva chiamato in disparte. «Adesso basta, Sam. Possiamo riprovare un'altra volta».

«Ma volevo il coccodrillo di peluche», si lamentava il bambino.

«Lo vincerai, magari l'anno prossimo, quando sarai un po' più grande…», disse il padre con un sorriso.

King mi strappò un pinguino dalle braccia e si avvicinò al bambino e a suo padre, che si stavano allontanando dal gioco, il bambino con il broncio sulle labbra. Le lacrime gli brillavano negli occhi.

«Scusi», disse King per attirare la loro attenzione. Il padre si spaventò e tirò il figlio a sé.

King ignorò la reazione del genitore e si chinò verso il bambino, tirando fuori il peluche. «So che non è un coccodrillo,

[1] Gioco di parole con *doe*, cerbiatto.

ma anche il pinguino va forte. In realtà, va fortissimo. Vive nella neve ed è l'unico uccello che non vola. Lo sapevi?»

«No, non lo sapevo», disse il bambino con un pollice in bocca.

«Scivola anche sul ghiaccio con la pancia».

«Forteeee», disse il bambino, fissando il pinguino.

«Prenditi cura di lui ora, ok?». Il bambino annuì e prese il pinguino.

«Grazie», disse il papà del bambino a King muovendo solo le labbra, senza emettere suoni.

Lui annuì e i due scomparvero tra la folla.

King tornò da me. «Adesso tocca a te», mi disse avvicinandosi.

Rimanemmo vicino ai giochi e distribuimmo i miei premi ai bambini che non avevano vinto nulla, uno a uno, fino a quando non mi rimase solo il cerbiatto che King mi aveva dato per primo.

Mangiammo lo zucchero filato. Mangiammo corn dog. Mangiammo Oreo fritti. Ridemmo come bambini. Salimmo su una giostra che ci fece girare così velocemente da inchiodarci alla parete e passai i dieci minuti successivi a pensare che avrei vomitato tutto.

«Tieni», disse King allungandomi un bicchiere. «Grace dice che non c'è niente di meglio di un ginger quando si ha lo stomaco sottosopra».

Sorseggiai lentamente la bibita gassata e iniziai quasi subito a sentirmi meglio. King afferrò il mio bicchiere e fece alcuni passi per gettarlo nella spazzatura, quando notai una donna lì vicino che lo stava fissando con l'acquolina in bocca.

Mi guardai intorno e sembrò che tutte le donne al luna park, con o senza uomo, stessero spogliando King con gli occhi.

«Devono proprio farlo tutte?», bisbigliai.

«Devono proprio farlo tutte cosa?», domandò King.

«Le donne, devono proprio guardarti come se volessero saltarti tutte addosso?», chiesi in tono di scherno.

King mi mise un braccio intorno alla vita. Mi leccò l'orecchio e mi sussurrò: «A differenza di altre, ci sono persone che non nascondono quello che vogliono». Aprii la bocca per dire qualcosa, ma non riuscii a trovare le parole. «È carino comunque che tu sia gelosa».

«Non sono…».

«È l'ora della ruota panoramica», annunciò King. Si stava facendo tardi e la folla era diminuita.

«Perché l'abbiamo lasciata per ultima?», chiesi.

«Perché è la parte migliore», disse King. «Si lascia sempre il meglio alla fine».

King mi aiutò a salire nella navicella cigolante mentre l'addetto del luna park chiudeva la porticina. Sul sedile c'era a fatica spazio per noi due. Quando spinsi il mio cerbiatto in mezzo a noi, King lo prese e lo consegnò al giostraio insieme a una banconota. «Prenditi cura di questo finché non scendiamo, ok?»

«Certo, amico!», disse mettendo il cerbiatto sulla sedia, accanto al pannello di controllo della giostra.

King appoggiò il braccio sul retro del sedile, sopra la mia spalla. Poi, ci sollevammo in aria. Ci alzammo sempre più in alto, fermandoci ogni tanto per permettere ad altri passeggeri di salire a bordo. Quando fummo quasi in cima iniziammo a muoverci in modo più fluido. Giravamo e guardavamo le luci tremolanti e sfavillanti della città ai nostri piedi.

«Wow», dissi, guardando la gente che si affrettava di sotto. «Da quassù sembrano tutti delle formiche». Lanciai uno sguardo a King, ma lui non guardava le luci della città o la folla.

Stava guardando me.

La profondità del suo sguardo mi inchiodò al sedile. «Piccola, quello che ho imparato in prigione è che siamo tutti solo una manciata di formiche».

«Che vuoi dire?»

«Voglio dire che ci affrettiamo di qui e di là, facendo stronzate senza senso. Abbiamo solo questa vita. UNA. E passiamo troppo tempo a fare stronzate che non vorremmo fare. E io non ne ho più voglia».

«Cosa intendi?»

«Non voglio essere ricordato come il famigerato Brantley King».

«Allora come vuoi essere ricordato?»

«Non lo voglio. Voglio essere dimenticato».

«Non puoi dire così».

«Sì, invece. Una volta volevo essere al centro dell'attenzione. Ora voglio solo vivere a casa mia, andare a pescare e fare tatuaggi quando ne ho voglia. E quando sarà il momento di andarmene voglio svanire come il finale di un film ed essere dimenticato velocemente».

«È triste».

«No, se tu sarai al mio fianco, non lo è».

«Ti prego, mi hai già detto che sparirò non appena ti stancherai di me». Risi.

King non stava ridendo. «Sono serio. E se ti dicessi che ho cambiato idea? E se volessi che tu rimanessi davvero?».

Scossi la testa. «Non saprei cosa dire. Non so nemmeno se lo pensi sul serio o no». Sospirai. «Non è così semplice. Sai che devo prendermi cura di lei».

«Fanculo. Fanculo LEI», disse King alzando la voce. «Ti ho appena detto che abbiamo solo questa vita. Una. E da questo fottuto momento, non ho più intenzione di passarla facendo qualcosa di diverso da quello che voglio fare. Non voglio invecchiare e guardare indietro e capire che forse ho avuto una vita, ma mi sono dimenticato di viverla». King sfiorò le sue labbra sulle mie. «Ci stai, piccola?»

«Cosa stai facendo?», chiesi, il mio respiro corto e veloce. King si avvicinò e mi baciò dietro l'orecchio, le sue labbra mi accesero la pelle. Il bacio mi entrò dentro e tremai.

«Dopo tutto questo, non ne hai ancora idea. È così?»

«Idea di cosa?», dissi ansimando.

Non avevo ancora finito di pronunciare quelle parole che le sue labbra sigillarono le mie. Fu un bacio brusco e deciso. La sua lingua mi separò le labbra, guadagnando spazio nella mia bocca, leccando e giocando con la mia. Gli mandai un gemito dentro.

Avvampai. King fece scivolare la mano sotto il mio vestito e mi trovò già bagnata e pronta per lui. Gemette e spinse un dito dentro di me, sentivo il suo grosso uccello contro la mia coscia. Mi portò una mano al collo e strinse in un pugno i capelli, voltandomi in modo da poter entrare meglio nella mia bocca, mentre le sue dita spingevano dentro e fuori di me. Mi strinsi intorno a lui, l'orgasmo era vicino, quando uscì improvvisamente.

«Perché ti sei fermato?», chiesi, confusa, le mie gambe ancora aperte per lui.

«Perché, piccola, la corsa è finita».

Non mi ero nemmeno accorta che eravamo arrivati. L'addetto alla giostra arrivò e ci fece uscire dalla cabina. Mi aggiustai il vestito e mi ressi sulle gambe tremolanti mentre King recuperava il mio cerbiatto.

Camminammo fino al parcheggio in completo silenzio.

Dirigendoci verso la moto passammo accanto a una specie di capanno per gli attrezzi. King mi afferrò improvvisamente e mi trascinò nell'ombra, inchiodandomi contro il muro del capanno.

«Te lo chiedo per l'ultima volta, piccola. Mi vuoi?», chiese King, le sue labbra ritrovarono di nuovo le mie e baciandomi in modo risoluto mi fece la stessa domanda. La mia pelle si ravvivò e mi pizzicava per la trepidazione. «Non posso più stare lontano da te. Ci ho provato e non ci riesco. Ti voglio. Dimmi che tutte quelle stronzate che ti frenano sono finite e che posso averti. Smettila di essere solo viva e inizia a vivere». Mi spostò i capelli per cercarmi la risposta sul viso.

«Sì», risposi senza fiato. Perché era vero. Ogni parte di me lo voleva. Avevo resistito troppo a lungo per motivi che, più passava il tempo intorno a lui, e più mi sembravano sempre meno importanti. «Voglio vivere».

«Non sai quanto ti desidero», disse King inchiodandomi al muro, i suoi fianchi addossati ai miei. La sua erezione era dura e pronta contro il mio bacino. Il vestito mi era salito intorno alla vita. Ci separavano solo i suoi jeans e i miei slip.

«Perché mi chiami *piccola*?», chiesi senza fiato mentre sollevava i lati del mio vestito in modo che le sue mani potessero immergersi nella parte posteriore delle mie mutandine. Mi infilò le dita tra le natiche e restai senza fiato.

«Perché quando ho visto per la prima volta questi occhi larghi e innocenti, sembravi un cucciolo di cane che si era perso».

Rimasi delusa dal confronto con un cucciolo, soprattutto dopo che Preppy mi aveva dato del randagio.

«E», continuò, «ho capito che volevo tenerti proprio nel momento in cui ti trovavi sulla mia porta».

Sottolineò la sua dichiarazione con una spinta dei fianchi. La mia gola mandò un gemito e lui mi rise dolcemente nell'orecchio, mi leccò e succhiò lungo la linea della mascella e poi tornò di nuovo sulla mia bocca.

«Non qui», disse lui, staccandosi da me e abbassandomi il vestito per coprirmi il sedere.

Mi condusse di nuovo alla sua moto e mi mise velocemente il casco. Quando saltai sopra dietro di lui e gli strinsi le braccia attorno, lo sentii fremere al mio tocco. Lasciai scivolare le mie mani appena sotto la sua cintura, sulla pelle nuda dei suoi addominali e lo sentii gemere sopra il rombo del motore.

Lui voleva *me*.

Chiunque fossi.

E io volevo *lui*.

Era una follia.

Almeno per quella notte, non avrei pensato a cosa avrebbe fatto la ragazza con i ricordi, la ragazza che avevo cercato di accontentare ogni giorno. Sarei stata egoista e avrei pensato solo a ciò che volevo.

A *chi* volevo.

Avevo deciso di *vivere*.

# Capitolo 20

## Doe

Quando arrivammo a casa fui sorpresa di trovarmi nel bel mezzo di una festa. Le motociclette erano parcheggiate in fila lungo la strada e bloccavano il nostro accesso alla proprietà. King gli passò accanto e girò su un'altra stradina sterrata che non avevo mai notato prima e che ci portò direttamente al garage.

Parcheggiò la moto e spense il motore. Mi tolsi il casco e glielo passai in modo che potesse metterlo sul sedile.

«Che sta succedendo?», chiesi.

«Sembra che qualcuno si stia approfittando della mia ospitalità», mormorò. King mi prese per mano e mi trascinò dentro casa, su per le scale che portavano al piano terra. Nel soggiorno passammo accanto a un gruppo di motociclisti che stavano in cerchio a guardare una donna non più giovanissima, magra e dalla pelle scura, che si muoveva su e giù, a cavalcioni di un ragazzo che sembrava più piccolo di me, con i pantaloni abbassati fino ai piedi. La toppa sul suo gilet da motociclista portava la scritta "Prospect". Aveva il viso rivolto verso il soffitto, gli occhi socchiusi in un'espressione estatica, la bocca mezza aperta.

«King!», urlò Bear facendo cenno verso di lui. «Vieni qui e guarda un po'. Billy è stato appena sverginato».

«Che cazzo, Bear! Che cos'è 'sta roba?», grugnì King.

Serrava la mano in un pugno su un lato, e stringeva sempre di più la mia dall'altro. Riuscivo a sentirgli il battito accelerato del polso.

Bear sorrise e gli tese le braccia. «Vecchio, è una festa. È sabato. Eravamo abituati a darne dieci in sette giorni, di feste. Non pensavo che fosse un problema».

«Non muoverti. Vengo giù subito. Io e te dobbiamo parlare». King gli puntò il dito addosso e poi mi trascinò di sopra nella sua stanza.

«Ho bisogno che tu stia qui mentre io parlo con Bear. Torno subito». Per una volta non mi stava urlando dei comandi. Aveva più l'aria di una richiesta. «Chiudi la porta. Tienila chiusa a chiave».

«Ok», dissi entrando nella stanza e chiudendo la porta. Era la prima volta che mi chiedeva di fare qualcosa senza che io sentissi il bisogno incontenibile di avere qualcosa da ridire.

Passarono tre ore, ma di King ancora nessuna traccia e mi sembrava che la musica diventasse sempre più forte. Avevo letto per un po', fatto zapping, cercato di distrarmi in ogni modo possibile, ma la curiosità stava avendo la meglio su di me.

Non volevo disobbedirgli ma forse potevo almeno cambiare stanza. Pensai che andare nel suo studio, che era nella camera accanto, non avrebbe significato contravvenire troppo ai suoi ordini. Inoltre, il quaderno degli schizzi di King era là dentro e mi avrebbe potuto aiutare a tenermi impegnata fino al suo ritorno.

Uscii di soppiatto dalla stanza. La festa al piano di sotto imperversava ancora, anche se nessuno degli ospiti era salito come l'ultima volta. Spinsi la porta ed entrai.

Non ero preparata a quello che vi trovai.

Rimasi a bocca aperta, con il cuore a terra insieme a tutta

la fiducia che avevo riposto in King e nelle sue promesse. Il cuore mi si disintegrò nel petto.

Era buio nella stanza, tranne che per le luci al neon, che battevano a tempo con il basso della canzone dei Nine Inch Nails che suonava dalla docking station dell'iPod. King era appollaiato sulla sua sedia con gli occhi chiusi, uno spinello tra le labbra. I jeans erano abbassati alle caviglie. Una brunetta in topless era in ginocchio davanti a lui alle prese con l'elastico dei suoi boxer.

«Che cazzo», sussultai. Stavo per vomitare. Quel bastardo mi aveva solo preso in giro per tutto il tempo. Quello che aveva detto erano solo palle. Forse era questa la vendetta che voleva da quando Nikki l'aveva derubato. Forse si era divertito a giocare e ora con questa umiliazione il mio debito sarebbe stato ufficialmente saldato.

King aprì gli occhi all'improvviso e mi aspettai di sentire almeno le sue scuse per averlo colto in flagrante. Mi aspettai almeno un suo tentativo di alzarsi i pantaloni. Ma ero io che sbagliavo a pensarla in quel modo. Non so dove ma, da qualche parte, tra i tatuaggi, i sandwich al molo, la casa di Grace e il luna park, avevo dimenticato con chi avevo a che fare.

Dopotutto era l'uomo che mi stava trattenendo contro la mia volontà, che mi aveva ammanettato al suo letto, che aveva messo in pericolo la mia vita.

*Che aveva ucciso sua madre.*

Era il diavolo in persona. Mi era servita una puttanella mora inginocchiata davanti a lui per ricordarlo.

«Vattene!», urlò. Fece un lungo tiro dallo spinello, poi prese i capelli alla brunetta e li tirò, rovesciandole la testa all'indietro. Si abbassò su di lei fino a toccarle le labbra con le sue e diede spettacolo soffiandole il fumo direttamente in bocca.

Chiusi la porta sbattendola e corsi lungo il corridoio. Dal tavolo in cucina afferrai una bottiglia di qualcosa e mi diressi verso il molo, ignorando i fischi di qualche motociclista che mi arrivavano alle spalle.

Oltrepassai il falò che bruciava e andai verso l'acqua.

Mi sedetti alla fine del piccolo molo con le gambe a ciondoloni oltre il bordo. Stappai la bottiglia e gettai il tappo in acqua. Tracannai qualche sorso di quel liquido ambrato, impugnandola dal fondo. Sapeva di benzina pura mescolata a detersivo al pino e scendendo giù mi bruciò la gola e lo stomaco. Feci un respiro e poi continuai a bere, deglutendo sorsate di quel gusto terribile una dopo l'altra. Non mi fermai finché non sentii il calore indistinto cominciare a diffondersi dappertutto.

Mi asciugai la bocca con il polso e mi specchiai nell'acqua.

Non sapevo chi fossi stata in passato, ma sapevo benissimo chi non avrei voluto essere: una persona debole.

C'ero cascata. Avevo creduto alle sue parole, al suo corpo.

Mi ero innamorata di lui.

Sebbene avessi deciso di fare la puttana, mai e poi mai avrei permesso di essere trattata come tale.

Per tutte le persone in quella casa e in città sarà stato anche il famigerato Brantley King, ma per me era un bastardo. Il bastardo che pochi minuti prima mi aveva spezzato il cuore.

*Le cose erano molto più facili quando lo odiavo.*

«È libero questo posto?», mi chiese una voce profonda. Alzai le spalle. Bear si sedette accanto a me e si accese una sigaretta. «Qualcosa non va, bella ragazza?»

«No», mentii.

«Forse non so un cazzo di niente, ma posso dirti che

quando una ragazza scappa da una festa in compagnia di una bottiglia di whisky, c'è sicuramente qualcosa che non va. E per la mia esperienza, c'è sempre un uccello di mezzo». Bear soffiò fuori il fumo.

«Be', non sbagli di molto», ammisi. Alzai di nuovo la bottiglia, il liquido non bruciava più quando deglutivo.

«Vacci piano, ragazza», disse Bear portandomi via la bottiglia. Ne bevve un sorso. «Cosa c'è tra te e King, allora? Sei sua adesso? Perché di sicuro ti guarda come se lo fossi. E visto che non ti ha ucciso e tutto il resto, penso che quello che prova per te possa essere fottutamente serio».

Scossi la testa. «In questo momento è impegnato nel suo studio con una brunetta con le tette finte». Mi sgorgarono delle lacrime dagli occhi ma mi rifiutai di piangere per la mia stupidità.

«Ah, capisco», disse Bear, ripassandomi la bottiglia. «Il ragazzo non apprezza quello che ha davanti agli occhi».

«Non è esattamente un ragazzo, Bear. In realtà, sono abbastanza sicura che sia più grande di te e non è vero che non vede quello che ha davanti agli occhi. Il fatto è che non gliene frega un cazzo». Ero più che ubriaca e mi stavo impegnando parecchio per esserlo ancora di più. Le parole mi crescevano audaci in bocca prima che le sputassi fuori. I filtri che avevo avuto fino a quel momento erano completamente andati. «Cosa vedi quando mi guardi?».

Bear spinse lo sguardo davanti a sé, sull'acqua, e si grattò la barba. «Vedo una ragazza di una bellezza straordinaria che non dovrebbe uscire con nessuno dei tipi che frequentano questa casa. E nemmeno con quello seduto accanto a lei, se è per questo. Siamo dei semi marci, ragazzina. Tu invece sei un seme sano. Ne sono certo. Merda, chiunque nel raggio di cento chilometri può dirlo. Tu non appartieni a questo posto. È talmente ovvio».

«Non appartengo a nessun posto», affermai. La nebbia cominciò a depositarsi sull'acqua, emergendo dagli alberi dall'altra parte della baia, dirigendosi verso di me e sfiorandomi le caviglie, mentre si estendeva sotto il molo.

«Certo che sì. Prima di tutto devi capire dove si trova quel posto. Poi devi solo volergli appartenere».

Non so se Bear conoscesse tutta la mia storia, ma la sua risposta era troppo semplicistica, specialmente nel mio caso.

Risi. «Ah, sì? Be', io stasera me ne vado e non ho un posto dove andare. Non voglio vivere di nuovo per strada, ma è lì che andrò a finire. È molto diverso dal volere appartenere a un posto, o non appartenergli, o qualsiasi altra cosa», dissi farfugliando quelle parole tutte insieme.

«Ricordo quando ho parlato con te la prima sera. Ti ricordi quello che ti avevo detto sul fatto di tornare alla club house con me?», chiese Bear.

«Sì».

«Non avrei mai dovuto farti salire da King. Avrei dovuto trascinarti via subito seduta stante e prenderti quella notte prima che King avesse campo libero con te».

«King non ha mai avuto campo libero con me», dissi arrabbiata. «Né campo libero, né tantomeno la strada spianata».

«Sul serio? Be', questo cambia tutto, baby», disse Bear. Il sorriso gli arrivò fino agli occhi, incredibilmente luminosi e belli. Ero abbastanza sicura che la sua barba nascondesse molto del suo bell'aspetto e una parte molto ubriaca di me avrebbe voluto alzarla per vedere se si sarebbe staccata.

«Non cambia nulla, Bear. Vado via comunque. È ancora con la ragazza bruna con le...». Misi le mani a coppa davanti al seno. Bear rise di gusto, rivelando una fila perfettamente dritta di denti bianco perlaceo.

«In realtà questo cambia tutto. Il nostro codice di fratellanza ha un limite. Visto che non ti ha reclamata come sua, per quanto stupido sia, la mia offerta è ancora buona. Quel che è giusto, è giusto», disse Bear, prendendomi di nuovo la bottiglia dalle mani.

Lo guardai e mi sarei aspettata di vederlo ridere della sua stessa battuta, ma le sue labbra erano tese.

Era un uomo serio da morire.

Era bello da guardare. Quella sera era la prima volta che vedevo i suoi capelli biondi raccolti in uno chignon dietro la testa.

«Ascolta», disse Bear, «King e io siamo amici da una vita, ma lui conosce le mie regole. Nel mio mondo non saresti al sicuro e io vorrei averti nel mio letto».

«Adesso la pensi così. La verità è che non mi vorrai più quando scoprirai che non ho una grande esperienza con...», dissi lanciando un'occhiata al rigonfiamento dei suoi jeans «...quello».

«Cazzo», imprecò Bear, mordendosi il labbro inferiore. «Tesoro, credo di volerti ancora di più adesso».

«Hai le lentiggini sotto gli occhi», dissi avvicinandomi a lui. Mi afferrò le spalle prima che cadessi in avanti.

«Sì, bambina, così mi dicono». Rise. Aveva anche una fossetta sulla guancia sinistra, che strideva in maniera ridicola con l'aspetto di quel robusto motociclista seduto accanto a me.

«Perché mi hai mandato da lui?», chiesi. «Sarei venuta con te. Sei carino. Avevo bisogno di un posto dove stare e tu hai le lentiggini sotto gli occhi. Sarei diventata una puttana perfetta per il motociclista che sei».

Bear inarcò le sopracciglia. «Ah, è così?», chiese guardandomi di traverso. «Non ti vedo proprio come la puttana di un motociclista. Ma ti vedo benissimo in sella alla mia motocicletta».

«Ma hai detto che non appartengo a questo posto. Che non dovrei uscire con te, o con uno qualsiasi di quei...», dissi agitando la bottiglia dietro di me, mancando la mascella di Bear solo di un paio di centimetri, «...tizi lassù in quella stupida casa. Stupida gente, in una stupida casa, su stupide palafitte». Mi crollarono le spalle. «Bear, stavo iniziando a provare qualcosa e ora il mio cuore è di nuovo freddo».

Mi tolse la bottiglia di mano e la posò sul molo.

«Ho detto che non appartieni a questo posto. Ho detto che eri troppo brava per farti vedere in giro con uno come me. Non ho detto che non uscirei con te. Forse sei una tipa troppo perbene per me, ma sono uno che ci può convivere». Bear appoggiò la mano contro la mia guancia. Compresi perché lo chiamavano così. Era forte e caldo e le sue mani erano così grandi che mi ricordavano delle zampe giganti. Chiusi gli occhi e ondeggiai verso di lui. Si avvicinò, le sue labbra erano a un soffio dalle mie.

«Verrai con me, baby? Non so se riesco a farti provare le stesse cose, ma saprò sicuramente come scaldare il tuo corpo e so per certo che tu farai lo stesso con il mio. Poi, magari, vedremo cosa fare per il tuo cuore freddo. Una cosa alla volta», mi rassicurò.

Bear sembrava sincero e quello che mi stava offrendo era esattamente quello che stavo cercando settimane prima.

Sembrava una vita fa.

Una vita fa, quando King era ancora uno sconosciuto.

«Non so», risposi in tutta sincerità.

Non potevo più stare con King, di questo ero certa. E tutto l'alcol del mondo non sarebbe stato sufficiente per convincermi che sarei potuta sopravvivere di nuovo per strada, andando in giro a elemosinare cibo e riparo.

L'offerta di Bear era tutto ciò che avevo, ma non ce la facevo ad accettare. Avrebbe significato chiudere definitivamente con King. Ero pronta per quello? Guardai la casa. La luce nello studio di King era spenta adesso.

Forse non ero pronta a chiudere quella porta, ma proprio quando avevo pensato che lui me l'avesse aperta, me l'aveva sbattuta in faccia.

Era ora che io facessi lo stesso.

«Credo di dover fare qualcosa per convincerti». Bear avvolse le braccia intorno a me e mi spinse verso il suo grande corpo caldo. Un attimo prima che mi baciasse, sentii qualcosa.

O meglio, qualcuno, *lui*.

«Porta il tuo culo lontano da lei, Bear», disse King pieno di rabbia. Uno scatto metallico catturò la mia attenzione e girai la testa finché vidi King dietro di noi sul molo, la pistola alzata e puntata verso l'amico.

«Hai già finito?», chiesi, fin troppo consapevole del fatto che le braccia di Bear erano ancora avvolte intorno alla mia vita. Non mi mossi di un centimetro per allontanarlo. «Sarà rimasta delusa che l'onnipotente Brantley King, il Re della stupida sopraelevata, non sia durato più a lungo».

Bear ridacchiò.

Avevo passato così tanto tempo a cercare di non far arrabbiare King e non aveva mai funzionato. Ero stanca di camminare sulle uova intorno a lui. Volevo farlo arrabbiare. Volevo scontrarmi con lui più di ogni altra cosa. Volevo urlare.

Volevo strappargli gli occhi con le unghie.

Volevo fargli lo stesso male che lui aveva fatto a me.

«Porta il tuo culo lontano da lei, Bear», ripeté King.
«Stiamo solo parlando, amico», disse il motociclista, senza alcun segno di paura nella sua voce. Anzi, era divertito.
«Sembra che tu stia facendo molto di più. Toglile quelle cazzo di mani di dosso e vattene a parlare con qualcun altro», minacciò King. «Lei è mia».
«Ah, sì? Be', se è così forse è il caso di dirglielo perché lei non la pensa allo stesso modo».
«L'unico motivo per cui non hai un proiettile nel tuo fottuto cranio è perché ne abbiamo passate tante insieme. Ma se fra due fottuti secondi non hai tolto le tue sporche mani del cazzo dalla mia ragazza mando a fanculo il passato e ti faccio saltare in aria il cervello», disse King con rabbia e a denti stretti.
«Non c'è bisogno di scaldarsi in questo modo», Bear si alzò e si passò le mani sui jeans. «Scusa tesoro. Forse un'altra volta». Mi fece l'occhiolino e mi sussurrò: «L'offerta è ancora valida. Se hai bisogno di me, vieni a cercarmi».
Riuscii a sentire la rabbia sprigionata da King quando Bear gli passò davanti dandogli una leggera spallata. «Forse dovresti reclamare ciò che è tuo, prima che anche altri fiutino che non l'hai fatto», gli disse Bear. «Lei non è al sicuro con i motociclisti da queste parti, me compreso, quindi è meglio che tu lo faccia, e presto anche. Questo è quanto, sempre che lei ti voglia ancora, coglione».
Era coraggioso per riuscire a parlare in quel modo a King mentre lo sguardo sul suo volto non urlava altro che rabbia omicida. Mi sarei quasi aspettata che andasse fuori di matto e onorasse la sua promessa di spararigli, ma nel momento in cui l'amico scomparve nell'ombra, King salì sul molo.
«Odio il modo in cui mi fai sentire la maggior parte del-

le volte», sbottai. Ero stanca di girare intorno alla verità. «Odio la confusione che porti nella mia vita già incasinata. Ho bisogno che questo fottuto tira e molla finisca». Feci un respiro profondo. «Non ce la faccio più. Prima mi vuoi. Poi mi odi. Poi mi vuoi. Poi vuoi uccidermi. Poi vuoi scoparmi. Poi vuoi che rimanga. Poi vuoi che *viva*. Mi gira la testa, cazzo».

La mia sbornia era passata più velocemente del tramonto del sole.

«Dovresti andartene. Non ti voglio qui», aggiunsi.

«Lo so. E non me ne importa», disse King.

«Oh, lo so perfettamente che non te ne importa, eccome se lo so».

«Non sai un cazzo, piccola», sbraitò.

«Ah, sì? Quindi non hai passato tutta la serata con me al luna park, dicendomi delle stronzate sdolcinate, facendomi sentire come se questa stupida cosa tra noi fosse qualcosa di più di una botta e via, solo per tirar fuori il tuo cazzo con qualcun'altra alla prima occasione che hai avuto? Torna in quella fottuta casa, King. Torna da quella ragazza. Spero che abbia tutto quello che ti serve».

«Non posso», disse King in modo pacato.

«Perché no? Non sembrava che facessi fatica prima».

«Perché, piccola, non voglio farlo. Tutti i miei sforzi per resistere sono vani, sono attratto da te. Pensi che mi piaccia questo tira e molla di merda? Pensi di essere l'unica a essere confusa qui, cazzo?». Scosse la testa come se non potesse credere alle parole che gli uscivano dalla bocca. «Sono attratto da te», disse di nuovo e mi tirò il mento verso di lui.

«Che cosa ti aspetti? Dovrei cadere ai tuoi piedi e ringraziarti per essere "attratto da me"?». Non solo ero confusa, ma anche maledettamente arrabbiata. «Attratto da me?

Sei attratto da me! Be', fammi togliere i miei fottuti slip allora, e non pensiamo più a questa merda. Sì, ho visto come eri attratto da me. Dimmi una cosa, KING. La maggior parte dei primi appuntamenti finisce con il ragazzo che si fa succhiare il cazzo da un'altra ragazza? Perché per me è la prima volta, quindi dimmelo tu. Potrei sbagliarmi. Perché se la risposta è sì, allora questo appuntamento è andato fottutamente bene!».

«Sono… CAZZO! Pensi di sapere tutto, ma non lo sai. Tutto ciò che fai è far correre a briglia sciolta quelle tue belle labbra e ti aspetti che io faccia quello che vuoi».

King alzò le mani in aria. «Mi fai impazzire, lo sai benissimo», gridò.

«IO ti faccio impazzire? Come cazzo credi che mi senta? La maggior parte delle volte non so se vuoi uccidermi o scoparmi!», urlai, ogni singola parola che aveva detto aveva acceso la mia rabbia a tal punto che non provai nemmeno più a trattenerla.

King fu così audace da mettersi a ridere. Si protese in avanti e mi sussurrò con fare seducente contro la guancia: «Non posso volere entrambe le cose, piccola?».

Mi tirai indietro e mi alzai.

«NO! Non puoi! E smettila di chiamarmi piccola. È uno stupido nome del cazzo. Non sono il tuo fottuto giocattolino!».

Mi incamminai sul molo. La mia collera era arrivata a un punto di non ritorno, tutto per colpa sua. Mi aveva fatto impazzire.

King si alzò e mi afferrò il viso con entrambe le mani, costringendomi a guardarlo. «Sì, che lo sei», disse, mentre abbassava le labbra e le faceva sfiorare dolcemente contro le mie con un movimento così dolce, a lui estraneo, che mi servì qualche secondo per capire ciò che stava accadendo.

Poi, la mia rabbia tornò, con tutta la sua forza. Portai entrambe le mani sul suo petto e spinsi fino a quando non ebbe altra scelta che liberarmi.

«Vaffanculo! Non vuoi tenermi!», mi girai a gridare, mentre mi dirigevo verso casa e avevo imboccato il vialetto di ghiaia. «Pensi che sia stupida? Se era davvero me che volevi non saresti andato a divertirti con un'altra, mentre io ero nella stanza accanto».

Una mano gigante mi afferrò la spalla e mi fece voltare. «Lasciami andare!», gridai.

«Ascolta, piccola. Ho provato a modo tuo. Ho appena provato a essere gentile, ma non hai ascoltato. Ora, faremo a modo mio, e mi ascolterai, cazzo. Non costringermi ad ammanettarti di nuovo», mi disse in tono intimidatorio.

La voce di King esprimeva solo rabbia e fiducia in se stesso. Non dubitai nemmeno per un momento della veridicità della sua minaccia. Mi avvolse la vita con le braccia e mi strinse le mani dietro la schiena, bloccando il mio corpo che faceva resistenza contro il suo.

«L'ho fatto apposta per allontanarti», confessò. «Volevo che tu vedessi».

«Congratulazioni, ha funzionato», sbottai. «Dovresti esserne fottutamente felice».

«Tu e la tua lingua lunga». King scosse la testa. «No, non sono felice. Sono molto lontano dall'essere fottutamente felice, è da quando sono uscito di prigione che sono molto lontano dall'essere fottutamente felice. Se penso a prima, non ero felice nemmeno prima della prigione, ed è tutta colpa tua, cazzo!».

«Come cazzo può essere colpa mia?». Era davvero troppo da parte sua, incolpare me per la sua vita, anni prima che io ancora c'entrassi.

«Perché sei tu che mi hai fatto capire che ero fottutamente infelice. Perché penso che con te POSSO essere davvero felice!».

Rimasi impressionata da quello che disse, come se volesse scolpirmi nella mente quelle parole per farmi capire cosa intendesse dire.

Non ce la facevo più. Era davvero troppo. Quel lavaggio del cervello era una tortura che non riuscivo a sopportare. Lo volevo, volevo credergli. Ma le parole erano solo parole e, dette da King, erano probabilmente solo un altro metodo per continuare a torturarmi.

Volevo solo essere lasciata sola. Era giunto il momento per me di andare. «Me ne vado. Lasciami andare», implorai dolcemente.

King scosse la testa. «No. Tu non vai da nessuna parte».

«Non puoi tenermi qui», dissi.

«Vedi, è qui che ti sbagli. Penso di avere dimostrato che posso», obiettò King. «E poi, dove andresti? Di nuovo per strada?»

«Forse. Che ti importa, comunque?», rincarai.

«Sembri dimenticare com'è là fuori da sola. O forse possiamo dissotterrare Ed e lui può dirti come aveva pianificato di disfarsi del tuo corpo dopo averti stuprata», sbottò King.

«Preferisco rischiare la mia vita là fuori...», dissi con un enorme peso sul petto «...che rischiare di soffrire qui con te».

«No», ribatté King.

«Che diavolo vuoi da me?», chiesi. La mia rabbia si scontrava con il pensiero straziante di andarmene e di non rivederlo mai più. «Perché non mi sbudelli e la fai finita? Fa' quello che vuoi. Colpiscimi. Scopami. UCCIDIMI, cazzo. E poi basta FARMI DEL MALE».

Iniziai a singhiozzare e mi accasciai tra le sue braccia.

«Baby», disse King, sorreggendomi più stretta così da non farmi cadere a terra. Era la prima volta che mi chiamava così e, quando sentii quella parola affettuosa, ogni mia resistenza crollò. «Mi dispiace tanto. Non mi sono scopato quella ragazza. Non ce l'ho fatta. Non mi ha toccato. Mi sono fermato non appena hai chiuso la porta. Lo giuro. Mi dispiace tanto. Sei l'ultima persona che voglio ferire. Non so proprio come cazzo fare».

«Fare cosa?», gli chiesi. Mi scese una lacrima dalla guancia e andò a finire sul suo braccio. Per quanto non lo volessi, affondai il mio viso nella sua camicia e la strinsi nei pugni.

La sua voce si spezzò quando sussurrò: «Non lo so. Qualsiasi cosa. Non so nemmeno che cosa cazzo è tutto questo».

«Non è abbastanza», dissi, incerta in realtà su cosa volessi dire. Forse le sue scuse. Forse le sue azioni. Forse la sua incertezza. Forse tutto quello.

«Penso che sia questo il problema», disse King. «Ti meriti molto di più di un ex detenuto che non ha nulla da offrirti. Ti meriti molto di più di me. Era facile tenerti quando eri solo mia, la mia proprietà. È difficile tenerti come la mia ragazza. Non so quando tutto è cambiato, ma è successo. Ed è quello che voglio, ma è qualcosa che non avevo mai voluto prima. Non avevo mai nemmeno portato una ragazza a un appuntamento prima di stasera. Ti voglio nella mia vita più di ogni altra cosa, ma è molto più complicato che volerlo e basta. Molto più di quanto tu creda».

«Se vuoi lasciarmi andare, lasciami andare. Se vuoi tenermi con te, tienimi con te. Ma deciditi, o l'uno o l'altro. Non puoi abbracciarmi di notte e spingermi via ogni mattina quando esce il sole». Mi allontanai di nuovo dal suo petto e mi girai per andarmene, ma mi tirò indietro.

King mi baciò sulla testa. «Lo so, baby. Lo so».

«Non sai un cazzo!».

Mi divincolai e mi diressi verso casa, lontano dalla festa e lontano da King. Avevo bisogno di stare da sola. Avevo bisogno di pensare. King mi raggiunse facilmente, ogni suo passo era almeno tre dei miei.

«Ho finito di essere carino, piccola!», gridò King poco distante da me. Continuai ad allontanarmi, cercando di mettere un po' di distacco tra di noi.

«Hai finito di essere carino?», feci eco girandomi.«Non sei mai stato gentile. Mi hai mentito e hai giocato con me, e questo non è essere *carino*».

King mi raggiunse da dietro proprio mentre mi avvicinavo al primo pilastro sotto la casa. Mi ci spinse contro e premette sulla mia schiena, la sua erezione sul mio sedere.

«Bear è gentile», dissi con la guancia premuta contro la colonna. «Si è offerto di tenermi con sé. Vuole che stia con lui alla club house. Vuole che gli scaldi il letto, che scopi con lui fino a farlo impazzire. Mi ha detto che mi vuole a cavalcioni della sua moto».

«Perché cazzo mi dici queste cose adesso?», sibilò King nel mio collo, i suoi denti contro la mia pelle. Non lasciai che questo mi fermasse dal far piovere la mia ira su di lui. Se lo meritava fino in fondo. Mi girai tra le sue braccia, ma lui fu più veloce. Prima che potessi scappare, mi immobilizzò con la schiena contro il pilastro. Gli occhi gli si fecero cupi. Una vena gli pulsava sul collo. La sua mascella sembrava scolpita.

«Mi hai sentito», gli dissi. «Stavo per dirgli di sì. Stavo per andare con lui e lasciare che mi mettesse le mani addosso. Ci hai visto. Mi stava per baciare. Glielo avrei lasciato fare». Ero fuori di me, mi sentivo forte, pazza di desiderio e completamente incurante delle conseguenze delle mie azioni.

Ero libera.

Non me ne fregava un cazzo.

Era dannatamente fantastico.

«Che cazzo ti ho detto?», urlò King spingendo il ginocchio tra le mie gambe, facendole aprire a inforcare la sua coscia.

«Niente. Non mi hai detto niente se non le solite stronzate che dici da settimane: che sono tua».

«Notizia dell'ultimo minuto, ragazzina. Sei stata mia dal primo momento che sei entrata da me e mi hai visto scopare quella ragazza sul mio tavolo. Eri mia allora e sei mia adesso». King sembrava aver perso ogni controllo. Era fuori di testa.

Non mi interessava.

«Sei un fottuto bugiardo», sbottai.

«Non ho mai mentito su questo. Tu. Sei. Mia».

«Vaffanculo. Non appartengo né a te né a nessun altro», urlai.

King premette la fronte contro la mia.

«Lo dirò solo un'altra volta. Tu». Mi schiacciava, la sua erezione contro i miei genitali mi fece sussultare. «Sei». Spinse di nuovo. Questa volta dovetti mettere le braccia sulle sue spalle per evitare di cadere. «Mia», disse con un altro colpo di fianchi sullo stesso punto.

Mi tirai indietro e lo guardai fisso negli occhi. «Cazzo, dimostramelo», dissi in tono di sfida.

King grugnì e mi spinse le mani su per il vestito, strappandomi con forza gli slip lungo le gambe. Eravamo in ombra, tuttavia chiunque camminando a lato della casa avrebbe potuto vederci. Ma nell'istante in cui mi toccò, ero troppo persa in quella sensazione per potermene preoccupare.

Non me ne fregava più un cazzo.

King mi baciò. Un bacio che racchiudeva in sé tutto. Un possesso. Non mi stava baciando semplicemente la bocca. Mi stava rivendicando come sua e io avrei fatto di tutto per lasciare il segno.

Tutto il mio corpo avvampò per la fiamma che lui aveva acceso dentro di me da settimane. Mi strinse il seno attraverso il vestito e si gettò con le labbra sul mio collo. Mi alzò e avvolse le mie cosce intorno alla sua vita. Grugnii in segno di frustrazione, ondeggiando contro la sua erezione. Non riuscivo ad avvicinarmi abbastanza. Non riuscivo a trovare l'attrito di cui avevo bisogno.

«Sei vergine, piccola?», chiese King in tono perverso.

«Sai che non lo so», dissi ansimando.

«Perché sappi che dopo stasera questo dubbio non ci sarà più. Sprofonderò così tanto nella tua dolce passera che non dimenticherai mai più chi è il suo padrone».

Mi abbassò il vestito denudandomi il seno, poi sollevò la parte inferiore fino a che non rimasi nuda tranne che per un pezzo di tessuto intorno alla vita.

«Fanculo, sì», sibilò tra i denti.

Dopodiché, eravamo un groviglio di mani e bocche che si toccavano, esploravano, cercavano, mordevano. Denti che battevano insieme nel tentativo di avvicinarsi l'uno all'altro. Era sciatto, bagnato e meraviglioso, ma non era abbastanza. King abbassò le mani, si slacciò la cintura e si abbassò la parte anteriore dei jeans. La sua erezione era libera. Liscia, morbida e dura come la pietra spingeva contro la mia calda, bagnata e desiderosa apertura.

«Sì», sussurrai. Ero pronta. Il bisogno di lui dentro di me superava quello che avevo di respirare.

King si sistemò l'uccello con la mano e, con una lunga spinta, mi penetrò. Gemette mentre si faceva largo là dov'ero stretta, mi allargò e mi riempì a tal punto che pensai di andare in mille pezzi. Faceva male, ma era un dolore piacevole, dovuto a quella inusuale sensazione di riempimento.

Il dolore che mi provocava era un piacere molto particolare.

«Cazzo, sì», disse King, ora completamente dentro di me.

Gemetti a voce alta, senza preoccuparmi di chi mi avrebbe sentito. King spingeva dentro di me e io gli stringevo la mia vagina intorno. Ogni volta che lo tirava fuori stimolava un punto dentro di me che mi faceva andare in estasi e poi lo spingeva dentro di nuovo con rabbia.

Ancora e ancora.

«Te l'ho detto», disse. «Te l'ho detto che sei mia. Questa passera, questa passera è mia. Merda, non dimenticarlo».

Spingeva con forza e rabbia. Io lo prendevo, tutto. Il suo uccello. La sua rabbia. Il suo possesso. Lasciavo che mi reclamasse con il suo bacio, il suo uccello, le sue parole.

Il nostro sesso era una lotta.

Avanti e indietro.

Dare e prendere.

Facevamo sesso e ci dicevamo *ti odio* e *ti voglio* e *non voglio che te ne vai.*

«Cazzo, piccola. Cazzo. Lo sapevo. Sapevo che sarebbe stato così», disse King senza fiato.

Dentro di me stava montando una pressione dieci volte più potente di quando King mi aveva fatto venire con le sue dita. Cresceva a ogni colpo. Sprofondò in me sempre più veloce fino a quando non solo mi regalò un orgasmo ma lo strappò letteralmente dal mio corpo.

Quando venni urlai per il piacere e mi aggrappai a lui, stringendogli le mie cosce intorno, scavando i talloni dei miei piedi nel suo sedere mentre lui pompava dentro di me. Vidi le stelle, luminose e vivide, che mi danzavano davanti agli occhi fino a quando pensai che avrei potuto svenire e morire proprio lì tra le sue braccia. Forse sarebbe stato meglio avere King dentro di me, piuttosto che respirare, perché non riuscivo a riprendere fiato.

«Guardami», ordinò, la voce profonda e grezza come se stesse cercando di mantenere il controllo. Ero troppo impegnata a scendere dall'alto del mio orgasmo per prestare attenzione a ciò che diceva. «Guardami!».

Questa volta accompagnò le sue parole con un colpo di fianchi. Gemetti e aprii gli occhi.

«Guardami», ordinò e sostenne il mio sguardo mentre il suo uccello si induriva e si contraeva. Quando venne dentro di me gemette, riversando il suo calore bagnato nelle mie profondità.

Tutto quello che avevamo provato a dirci con le nostre bocche più e più volte ce lo dicemmo con il nostro corpo. Mi aveva detto che ero sua, che appartenevo a lui, ma prima di quella notte non gli avevo creduto.

Quello che il suo corpo mi disse mi colse di sorpresa e mi scosse fin nell'intimo.

Lui era mio.

# Capitolo 21

## Doe

«Vieni con me», disse King. Raddrizzò il vestito, mi prese la mano e mi condusse al pontile. Quando passammo accanto al falò fummo accolti con diversi fischi e applausi.

Ci avevano evidentemente sentito.

Non mi importava.

Ci sedemmo sul molo con le gambe a penzoloni. La nebbia si era alzata. La luna piena proiettava le nostre ombre sullo specchio d'acqua della baia, facendola apparire come ghiaccio nero.

King mi teneva la mano nella sua e, quando cercai di tirarla via, strinse la presa.

«King», iniziai.

«Brantley», corresse. «Chiamami per nome».

«Brantley», dissi, testandone il suono.

«Odio il mio nome ma, nel bene o nel male, è l'unica cosa che mia madre mi ha dato. A parte te, Grace è l'unica persona a usarlo». Si fermò, poi aggiunse: «Mi piace come suona quando lo pronunci». Con quel tono serio e gli occhi teneri mi chiesi dove stesse andando a parare, ma poi fu evidente.

Mi stava raccontando qualcosa della sua vita.

«Ok, Brantley, qualcos'altro?», dissi dandogli una spinta con la spalla. Respirò profondamente.

«Hai presente Max?».

Feci cenno di sì. La ragazza che eravamo andati a vedere, quella della foto. «Tua sorella».

«Piccola, Max non è mia sorella», confessò King.

«Allora, chi è per te?», chiesi. Se non era della famiglia, perché lui nutriva così tanto interesse nei suoi confronti?

«È mia figlia».

*Cazzo.*

«Tua figlia?», chiesi con un nodo alla gola.

«Sì, Max è mia figlia. È il vero motivo per cui sono andato in prigione e solo Preppy e Bear sanno la verità su di lei». Mi strinse la mano più forte. Mentre guardava l'acqua di fronte a sé, sembrava addolorato nel ricordare i momenti con Max. «Vuoi conoscere la storia? Mi hai chiesto se volevo lasciarti andare o tenerti, e io voglio che tu stia con me. Voglio tenerti, ma per me è una storia difficile da raccontare. Non l'ho mai detta a nessuno. Quei pochi che la conoscono lo devono al fatto che in qualche modo erano presenti».

«Voglio conoscerla».

«Sai perché ero in prigione?»

«Per tua madre».

«Sì», confermò. «Non cerco giustificazioni per quello che ho dovuto fare per affari. Io e Preppy abbiamo avuto un'infanzia e una giovinezza di merda. Abbiamo fatto tutto il possibile per far girare le cose a nostro favore, anche se quello che facevamo era spesso ben lontano dall'essere legale, ma lo facevamo. Quella merda per un po' ha funzionato alla grande. Ma poi la rabbia ha avuto la meglio su di me ed ero sempre quello che di tanto in tanto finiva dentro, di solito solo il tempo di una notte. A volte per trenta o sessanta giorni di fila, a seconda delle accuse. Gli altri giocatori conoscono le regole e sanno anche che quando si oltrepassa la linea certe cose succedono, cose che ti possono uccidere. Ma questa non era una di quelle volte. Non avevo premuto un grilletto o usato un coltello o mandato qualcuno a cercarla».

«Tua madre?», chiesi.

Annuì, poi mi raccontò la sua storia.

*Quando avevo quindici anni, io, Prep e Bear eravamo una piccola banda. Non eravamo altro che tre piccole teste di cazzo che volevano solo divertirsi, scopare e fare soldi. Sorprendentemente i soldi li abbiamo fatti davvero. Ne ho fatti abbastanza da riuscire a comprare la casa.*

*Per un po' di tempo abbiamo spaccato. Non sono balle. È stato davvero il periodo più bello di tutta la mia vita.*

*Ma poi mi hanno beccato. Non era la prima volta e non era una cosa per cui avrei dovuto essere arrestato. Una stupida rissa da bar in un posto di lusso che Preppy voleva vedere oltre il fiume a Coral Pines, un posto turistico di merda.*

*Stavo parlando con una ragazza quando uno stronzo con il suo maglioncino rosa legato intorno alle spalle si è fatto avanti perché stavo parlando con lei. Abbiamo fatto a botte e abbiamo rotto della roba nel bar, sedie, bicchieri, tavoli.*

*Ero coperto di tatuaggi ed ero schedato. Lui aveva un fottuto maglioncino rosa legato intorno alle spalle. Era facile capire chi di noi due sarebbe andato in prigione quando è arrivato lo sceriffo.*

*Per i miei precedenti mi hanno dato novanta giorni. Quando mi trovavo nel carcere della contea, venne a trovarmi la ragazza che mi scopavo ogni tanto in quel periodo. Era enorme come una casa, cazzo. Ho pensato che avrebbe partorito proprio lì nella stanza delle visite. Mi ha detto che il bambino era mio, ha detto che voleva crescerlo con me quando sarei uscito.*

*Lei non mi interessava molto, ma era abbastanza carina,*

*e dopo aver superato lo shock iniziale, ero davvero entusiasta di diventare papà. Mi ero fatto un programma e mi ero ripromesso che sarei stato un buon padre, soprattutto considerato il fatto che nella lista di coloro che potevano essere il mio potevano rientrare tutti gli uomini della città, a eccezione del signor Wong, che gestiva il negozio all'angolo, e questo solo per evidenti ragioni.*

*Dalla prigione scrivevo delle lettere al bambino, anche se Tricia non sapeva ancora se era un maschio o una femmina. Aveva detto che avevano provato a scoprirlo durante l'ecografia, ma lui o lei si muoveva troppo. Era esattamente quello che mi serviva. E poi era quello che volevo.*

*Certo, avevo i soldi, ma il bambino mi aveva dato un motivo per desiderare di più dalla vita.*

Uno scopo.

*La mattina che uscii di prigione Tricia doveva passare a prendermi ma non si presentò. Camminai verso un telefono pubblico per chiamarla e, quando rispose, mi disse che aveva avuto il bambino la settimana prima.*

*Una bambina.*

*L'aveva chiamata Max, il nome per una femminuccia che avevamo scelto quando era ancora incinta.*

*Le chiesi dov'era la bambina e borbottò qualcosa sul fatto che era troppo dura, che non riusciva a gestirla e che tutta la faccenda della maternità non faceva per lei. Disse che non sarebbe tornata. C'era molto rumore di sottofondo, bicchieri che tintinnavano, musica. Sembrava che fosse in un bar. Stava gridando alla cornetta.*

Dove cazzo è? *Continuavo a chiederle. Per un secondo pensai che avrebbe detto che l'aveva abbandonata o qualcosa del genere, e stavo già pensando a chi cazzo avrei dovuto ammazzare per riaverla, quando Tricia mi disse una cosa che mi stordì e mi fece rivoltare lo stomaco.*

L'HO LASCIATA CON TUA MADRE.

*Prima di quel giorno, le volte che avevo visto mia madre in tutti quegli anni si potevano contare sulle dita di una mano, e non era mai stato di proposito. Il più delle volte, quando l'avevo incontrata, non sapeva chi fossi. L'ultima volta che l'avevo vista, mi aveva chiamato Travis e mi aveva chiesto come erano le Bermuda.*

*Non appena Tricia mi disse dov'era la bambina, riattaccai e chiamai mia madre, ma la linea telefonica era morta, e non sapevo se avesse un cellulare.*

*Presi un taxi per andare da lei e chiamai Preppy per incontrarci lì.*

*Arrivai prima di lui.*

*Mentre camminavo verso la porta capii che c'era qualcosa che non andava. Me lo sentivo dentro.*

*Bussai al suo appartamento fino a farmi sanguinare le nocche, ma non rispose nessuno. Riuscivo a sentire il suono di una* TV *che veniva dall'interno. Chiamai mia madre urlando, ma non mi rispose. Stavo per girarmi e andare via a controllare con alcuni dei vicini per vedere se vivesse ancora lì, ma poi lo sentii.*

*La sentii.*

La mia bambina.

Piangeva.

*La mia bambina piangeva.*

*Non un pianto leggero o capriccioso, ma un pianto soffocato che veniva dal profondo, quello che ti fa capire che sei nella più totale disperazione.*

*Era come se lei sapesse che ero lì, e mi stava chiamando.*

*Presi a calci la porta. Il soggiorno era buio, tranne che per la* TV*. Quando entrai la sporcizia mi si attaccò alla suola del-*

*le scarpe, c'erano carte di fast food e mozziconi di sigaretta. Il tavolo era pieno di spazzatura. Il bidone dell'immondizia traboccava. Le mosche volavano intorno al lavello della cucina pieno di piatti sporchi.*

*La sentii piangere di nuovo. Veniva dal retro dell'appartamento.*

*Mi fiondai in una delle stanze degli ospiti e premetti l'interruttore, ma non c'era luce. Mi ci volle un secondo per abituarmi all'oscurità, ma poi vidi quella piccola bambina, quella bellissima, spaventata, magra, piccola bambina, non più grande di metà del mio avambraccio, coperta di merda dalla testa ai piedi. Aveva gli occhi rossi e pieni di croste per il pianto. Non era in una culla. Era sdraiata su un lenzuolo sporco sul pavimento. Senza biberon. Senza coperte. Senza luce. Niente di niente.*

*La presi delicatamente in braccio, non pesava nulla. Sebbene stesse visibilmente soffrendo, e io per lei, ricordo quello che provai quando la presi in braccio per la prima volta. Prima ancora di nascere, era diventata per me la cosa più importante del mondo, ma tenerla in braccio aveva suggellato quel sentimento. Non c'era niente che non avrei fatto per lei. Niente.*

*Avrei fatto del male a chiunque avesse fatto piangere di nuovo la mia bambina in quel modo. Avrei bruciato città per lei.*

*Mi sedetti per terra con la schiena contro il muro e la cullai fino a quando non si calmò. Le dissi tutte le cose che avrei comprato per lei. Le dissi che suo padre era con lei e che era al sicuro. Mi alzai, presi l'asciugamano più pulito che trovai e ce l'avvolsi. Si appoggiò al mio petto e si addormentò.*

*Ero fuori di me dalla rabbia. Profondamente sconvolto. E completamente innamorato. Tutte quelle cose insieme.*

*Me ne stavo andando con Max in braccio, quando la*

*luce della* TV *lampeggiò e vidi un'ombra sulla poltrona. Com'era prevedibile, era mia madre. Accanto a lei c'era una bottiglia vuota di qualche cazzo di whisky scadente e un posacenere pieno di sacchettini con dentro avanzi di anfetamina.*

*Non si era presa cura della mia bambina appena nata perché era troppo occupata a ubriacarsi e a farsi.*

*Max sarebbe morta se non l'avessi raggiunta in tempo.*

*Fu quel pensiero che mi fece esplodere. Mi fa incazzare ancora adesso e, se ci penso, rende il ricordo di quello che è successo dopo molto più facile da sopportare.*

*La rabbia mi ha consumato. Quel tipo di rabbia che ti fa venire voglia di strappare la gola di qualcuno con le tue stesse mani.*

*Una sigaretta accesa era appesa al suo labbro inferiore, un giornale aperto in grembo. Il suo viso era coperto di pustole e la pelle era piena di pieghe come se si stesse sciogliendo. Le volevo fare così tanto del male che sembrò che il fottuto destino, o qualsiasi altra cosa, fosse dalla mia parte, perché la sigaretta accesa le cadde dalla bocca e il giornale prese fuoco.*

*Ero lì in piedi e guardai quello che successe.*

*Ero contento. Non sarebbe potuto andare meglio se avessi appiccato il fuoco da solo. Era un modo orribile di morire, ma sapendo cosa sarebbe potuto accadere a Max, non me ne fregava un cazzo se era la morte più brutta che si potesse immaginare. Per me, in quel momento, se lo meritava.*

*La penso ancora così.*

*Il suo torace si alzava e si abbassava, quindi sapevo che era viva, ma era così fatta che nemmeno il fuoco sulle ginocchia la disturbava.*

*Quando la carta cadde a terra, il tappeto prese fuoco. La luce delle fiamme mi permise di vedere bene il posto. Non c'era una mattonella del pavimento che non fosse coperta di sporcizia e le siringhe arrugginite spuntavano dal divano come se fosse un puntaspilli.*

*Quando le fiamme si alzarono presi la decisione.*

*Mi girai e me ne andai.*

*Sentii il calore dietro di me mentre mi allontanavo. Stavo attraversando la strada quando le finestre esplosero e si ruppero i vetri.*

*Comprai pannolini, biberon e latte in polvere in un supermercato nelle vicinanze e lavai Max nel bagno nel miglior modo possibile. Mi ci vollero dieci minuti per capire come mettere il pannolino.*

*Preppy vide le fiamme dal caravan di mia madre e accostò la macchina sul retro della stazione di servizio.*

*Ci portò a casa.*

*Le cantò delle ninne nanne colorite inventate da lui.*

*Max aveva trangugiato un biberon così velocemente che si era dovuta fermare per non soffocarsi, io mi ero spaventato da morire ogni volta, ma poi era andata avanti.*

*Ero così nervoso. Ero solo un ragazzo di vent'anni che non era mai stato nella stessa stanza con un neonato prima. Non avevo neanche mai passato più di un paio d'ore con la stessa donna.*

*E improvvisamente avevo questa bambina da crescere. Era la prima volta nella mia vita che potevo dire di essere davvero terrorizzato.*

*Le parlai di nuovo e le canticchiai qualche canzone dei Led Zeppelin fino a quando si addormentò sul mio petto.*

*Coprii entrambi con una coperta e guardai la pala del ventilatore girare fino a quando non vidi i lampeggianti dalle finestre sul davanti.*

*Blu e rossi.*

«Si scoprì che il supermercato nelle vicinanze aveva delle telecamere di sorveglianza. Dal momento che ero andato via senza chiamare aiuto e non avevo fatto alcun tentativo di spegnere il fuoco o salvare mia madre, mi hanno arrestato. Sono stato accusato di omicidio colposo e mi hanno messo dentro.

Max è stata subito data in affidamento perché non sono riuscito a trovare Tricia. Non hanno voluto lasciare la bambina a Preppy perché era un criminale anche lui, per non parlare del fatto che non poteva dimostrare di avere un vero lavoro. Grace si trovava in Georgia, aveva iniziato la sua battaglia contro il cancro e si stava facendo curare».

«Non hai mai saputo cosa è successo a Tricia?»

«No, ma se è intelligente, non farà mai più vedere qui in giro la sua fottuta faccia», sospirò King.«Me l'hanno portata via. Sono stato suo padre solo per tre ore e sono state le tre ore migliori della mia vita, cazzo. E loro me l'hanno portata via».

«Sei ancora suo padre», dissi titubante.

«Sì, ho provato a esserlo», disse King. «Mentre ero dentro ho fatto tutto quello che ho potuto. Ho compilato domande, assunto avvocati, ma non mi ha portato da nessuna parte».

«C'è qualcos'altro che puoi fare?», chiesi. «Ci deve essere. Non può finire così».

«Sono rimaste due possibilità, io almeno conosco solo queste due. La prima è a lungo termine». King sorrise tristemente. «C'è questo tizio, un giudice, un pezzo grosso, un politico del cazzo. Bear ha legami con lui tramite il moto club. Il senatore pensa di avere influenza su di lui, così che mi possa fare avere la custodia».

«Quindi cosa stai aspettando? Muoviti!», gridai entusiasta.

«Mi costerà circa un milione», disse King con tono distaccato, uccidendo il mio entusiasmo sfrenato.

«Merda», imprecai. «Un milione? Come un milione di dollari?».

King rise. «Sì, piccola, come un fottuto milione di dollari americani».

«Hai tutti questi soldi?», chiesi.

«Li avevo», disse King. «Ora non più. Abbiamo usato tutto per avviare l'operazione con le nonnette. Anche se vendessi la casa, bisognerebbe metterla a posto e questo costerebbe ancora di più. E il mercato fa schifo in questo momento, quindi, anche se la vendessi, non sarei in grado di arrivare nemmeno a metà cifra».

«E se ottieni la custodia, avrai bisogno di una casa in cui portarla», aggiunsi.

«Sì, ho pensato di costruirle una casa sull'albero nella grande quercia vicino al garage, trasformare il mio studio nella sua stanza e spostare la mia roba per i tatuaggi nell'appartamento del box».

«Ma dove andrebbe Bear?», chiesi.

«A casa! Bear ha una stanza a casa del suo vecchio e una stanza alla club house, ma gli piace accaparrarsi tutte le stanze che riesce dove non c'è l'affitto da pagare», rise King.

«Mi dispiace tanto, per tutto questo, davvero», dissi, e delle lacrime mi scesero sulle guance. Lui le asciugò con il pollice.

«Non devi, piccola. Non sarò mai il buono della storia. Ho lasciato che mia madre bruciasse viva. Ho perso mia figlia a causa di chi sono e delle cose che ho fatto. Questa merda è colpa mia. È la croce che devo portare».

L'estremo bisogno di aiutare King a tornare con sua figlia dettò le mie decisioni. Feci un respiro profondo e afferrai le sue mani, piegandole su di me.

«Cosa dobbiamo fare?»
«Dobbiamo?»
«Sì». Lasciai sedimentare la parola. «Dobbiamo».
«Non DOBBIAMO fare niente. Troverò una soluzione».
«Ma aspetta. Hai detto che c'era una seconda possibilità».
King scosse la testa. «È lo scenario peggiore tra quelli ipotizzabili e, sinceramente, andrà male sia che decida di farlo o meno. Non posso vincere in entrambi i casi».
«Dimmi cos'è che dovresti fare esattamente».
«È una strada buia da percorrere e non sono sicuro di poterne fare ritorno». La persistente tristezza nella sua voce mi spezzò il cuore cosicché non volli assillarlo oltre. «Ma è lo scenario peggiore, quindi attraverserò quel ponte quando e solo se sarà necessario». King mi guardò con attenzione. «Per ora, procediamo in quinta con la cosa delle nonnette e vediamo cosa riusciamo a tirarne fuori».
«Fammi sapere se hai bisogno del mio aiuto. Farò qualsiasi cosa».
«Mi ricorderò le tue parole», disse King, tirandomi in braccio a lui.
«Dico sul serio».
«Anche io», rispose King, stringendomi più forte. Mi affondò il naso nel collo. «Potrei aver bisogno che tu stia con Grace per un po'».
«Perché, non sta bene? Voglio dire... lo sai», balbettai.
«Grace sta bene adesso, ma tra non molto potremmo avere dei grossi casini qui e voglio che tu ne stia lontana».
«La cosa con Isaac?», chiesi.
«Sì, la cosa con Isaac. Ma non preoccuparti. Sappi solo che quando ti dirò che devi andare da Grace è lì che dovrai stare. Niente domande né polemiche del cazzo. Intesi?»

«Intesi».
«Possiamo continuare a parlare più tardi, piccola? Mi sembra che mi sto confessando con te come una ragazza», rise King.
«Sì, possiamo continuare a parlare più tardi», dissi.
Gli misi le braccia intorno al collo e guardai verso l'acqua. L'uccello che era stato l'ispirazione per il mio disegno se ne stava su una trappola per granchi in mezzo alla baia. Teneva il becco verso il basso, cercando nell'acqua il suo prossimo pasto.
«E ora che si fa?», chiesi girandomi verso King.
«Ora? Ora dobbiamo andare di sopra nel mio letto perché non sono neanche lontanamente vicino dall'aver finito con te stasera».

# Capitolo 22

## Doe

«Svegliati», disse King.

Mi prese per mano e mi sollevò dal materasso. Ero ancora mezza addormentata, reduce da una sessione di sesso nella quale King mi aveva dimostrato che quando aveva detto che non aveva finito con me, stava dicendo sul serio.

Il calore della sua mano scivolò sulla mia e si riversò direttamente nel mio cuore, che batteva in modo irregolare, facendomi mancare il respiro.

«Dove stiamo andando?», riuscii a dire con voce stridula mentre mi mettevo una canottiera e la biancheria intima.

Guardandomi negli occhi dall'alto, King mi infilò lentamente dietro l'orecchio una ciocca sbarazzina di capelli, lasciando che le punte delle sue dita mi sfiorassero la pelle.

«Piccola», disse con la sua voce quasi rauca «è ora che tu la smetta di vivere sulla base di chi potresti essere e che inizi a vivere per quello che sei adesso».

«Pensavo che lo stessi già facendo», dissi sbadigliando.

La presa di King si strinse intorno alla mia mano. Mi tirò lungo il corridoio nel suo studio e accese la luce.

«Siediti», ordinò, lasciandomi e indicandomi la sedia al centro della stanza.

«Perché?», chiesi mentre, man mano che mi svegliavo, iniziavo a realizzare.

Mi iniziarono a sudare le mani. «Mi vuoi su QUELLA sedia?», chiesi.

King andò verso la docking station dell'iPod e, con la schiena rivolta a me, fece scorrere le canzoni. Dopo pochi minuti, le note di *Stay* dei Florida Georgia Line riempirono la stanza.

Quando si girò e si accorse che ero ancora in piedi accanto alla porta, strinse lo sguardo e indicò di nuovo la sedia. «Siediti, o vengo lì, ti prendo e ti ci metto io».

Il suo tono sembrava escludere qualsiasi alternativa. Mi spostai controvoglia verso la sedia e mi appoggiai titubante al bordo.

«Togliti la camicia». La sua voce fu improvvisamente così flebile che dovette schiarirsi la gola. King si sedette sul suo sgabello con le rotelle e aprì il cassetto inferiore della cassetta degli attrezzi. Iniziò a ordinare gli strumenti proprio come se si preparasse a tatuare un cliente, proprio come l'avevo visto fare molte volte nelle ultime settimane.

«Cosa? Perché? Cosa stai facendo?», chiesi, incapace di nascondere il panico nella mia voce.

«Perché, piccola, sarà molto difficile fare questo fottuto tatuaggio con la camicia addosso. Quindi, togliti quella maledetta cosa, ok?». Era sempre perentorio ma il suo tono lasciava scorgere una gentilezza assente quando l'avevo incontrato la prima volta.

«Te l'ho già detto. Non posso», dissi. «Non riesci a capirlo. Potrei volerne uno, ma non posso. Te l'ho detto». Poi un altro pensiero mi passò per la mente.

Non mi tatuerà contro la mia volontà, vero?

King si alzò dallo sgabello e si avvicinò lentamente, aveva uno sguardo minaccioso negli occhi. Mi aprì le ginocchia e sistemò tutto il suo imponente corpo tra le mie cosce. Appoggiò la fronte contro la mia in un gesto intimo e nuovo.

«Quante volte devo dirtelo? Devi imparare a fare quello che ti viene detto, piccola», brontolò, il suo respiro fresco mi accarezzò la guancia e il collo.

Con un movimento fluido mi tirò la canottiera sopra la testa e la gettò sulla sua cassetta degli attrezzi. «Ora sei mia, in ogni modo. E ho bisogno che tu sappia che se recuperi la tua memoria e ti ricordi chi sei, sarai ancora mia. Se hai un ragazzo là fuori che ti aspetta? Sei ancora mia». Fece una pausa. «E se MAI mi lasciassi per tornare alla tua vecchia vita, sappi che non importa con chi sei, ogni centimetro di questo tuo bel corpo apparterrà sempre a me».

Senza reggiseno e sentendomi completamente esposta, feci il gesto di coprirmi il petto con la mano. Guardai in basso sul pavimento per evitare il contatto visivo. Riuscivo a sentire il suo sguardo fisso sul mio corpo. Mi si rizzarono i peli delle braccia. I capezzoli si indurirono.

Le labbra di King si arricciarono verso l'alto in un sorriso malvagio. Si avvicinò e appoggiò le mani sopra le mie, spostandole dai miei seni, esponendomi completamente al suo sguardo affamato. Fece un lungo sospiro. Tirò fuori la lingua, si leccò il labbro inferiore e lo risucchiò in dentro. Alla fine di quello che sembrò un momento lunghissimo, scosse la testa e ridacchiò leggermente.

«Non si tratta di me adesso», disse. Ebbi la sensazione che stesse parlando a se stesso piuttosto che a me. «Mettiti a pancia in giù». Si infilò un paio di guanti neri in lattice.

«Non puoi. Non posso», contestai.

Si sedette sul suo sgabello e lo fece correre verso di me spingendosi con i piedi. «Hai detto che volevi un tatuaggio, vero?»

«Sì, l'ho detto, e lo ripeto. Ma non posso. Non posso perché cosa succede se...».

«No. Fammi indovinare, non puoi perché potrebbe essere ciò che vuoi tu e non ciò che vuole LEI». Non aspettò la mia risposta. Probabilmente perché sapeva che era esattamente quello che avrei detto. «Ma quello che non capisci è che tu sei lei!», urlò King, alzandosi così bruscamente da far scivolare lo sgabello indietro fino a sbattere contro la parete. «Non lo vedi? Non puoi cercare di prevedere tutto quello che vuoi perché hai paura di ricordare un'altra vita!».

Andò su e giù per la stanza e si torse le mani facendo schioccare le dita.

«Fanculo chi eri!», urlò King, le vene del collo gli pulsavano a ogni suo respiro irregolare. «Sii te stessa, quella fantastica, sorprendente, fottutamente bella...». Il suo tono si ammorbidì, smise di camminare avanti e indietro e alzò gli occhi per incontrare i miei. «Non siamo solo in vita, ti ricordi? Dobbiamo ricordarci di vivere».

Si avvicinò lentamente a me. Mi scansò di nuovo le mani dal seno. Premette il suo torace contro il mio. Le mani intorno al mio sedere, la sua durezza con la mia morbidezza.

«Amo la persona che sei e basta, piccola, ed è ora che impari ad amarla anche tu», disse, baciandomi dolcemente sull'angolo della bocca, accendendomi una sensazione profonda che mi fece tremare tutto il corpo.

AMO?

Iniziai a protestare di nuovo, ma la nebbia del desiderio non se ne sarebbe andata e perciò rimasi seduta lì con la bocca aperta, aspettando che King facesse la prossima mossa.

Con mia grande delusione, andò a sedersi sul suo sgabello e aprì un altro scompartimento della cassetta degli attrezzi. Tirò fuori un foglio di carta quasi trasparente con linee colorate già disegnate sulla pagina.

«Guarda». Mi passò il foglio, puntando lo sguardo sul pavimento. «L'ho fatto per te».

Allungai la mano per prenderlo. Mi ci volle un minuto per capire cosa fosse. Le linee erano tutte colorate, viola scuro, rosa, e azzurro. Il disegno era elaborato e all'inizio mi sembrò di vedere solo piante rampicanti di vite, ma guardandolo da vicino, nascosta nel disegno c'ero... io.

Un libro aperto con delle ali che sporgevano dai lati, adagiato su un tirapugni rosa. Più in basso e di lato una scritta intrecciata a tralci di vite: "Non voglio ripetere la mia innocenza. Voglio il piacere di perderla di nuovo".

Mi venne un nodo alla gola e non riuscii a formare le parole. Quella ero io.

Dovevo averlo.

Improvvisamente niente ebbe più importanza, perché quell'uomo sapeva esattamente chi ero. Non quello che ero stata, non la ragazza di cui stavo aspettando il ritorno mentre mettevo in stand-by la mia vita presente.

Ero stanca di stare ferma. Volevo andare avanti. Tutto ciò che contava era ciò che volevo in quel momento, e ciò che volevo era proprio davanti a me.

«Dove?», chiesi, incapace di distogliere gli occhi dal disegno.

«Ti fidi di me?», chiese King.

«Sì», dissi senza esitazione, perché era la verità.

«Bene, allora sdraiati». King mi prese il foglio e, con una mano sulla mia spalla, mi spinse giù sul tavolo, appoggiando il ginocchio all'esterno della mia coscia. Il suo viso era pochi centimetri sopra il mio. «Ora, fai la brava bambina», mi sussurrò sul collo «e girati ancora». Sulle labbra aveva un sorriso sbilenco.

«Sì signore», dissi, non più in grado di contenere il mio sorrisi. Sentivo le farfalle nella pancia mentre ripensavo a dove quelle belle labbra erano state non molto tempo prima.

«Brava, bambina. Ora stai imparando», si congratulò King, sigillando il suo complimento con uno schiaffo sul mio culo mentre facevo quello che mi aveva detto e mi giravo.

Si spostò da una parte all'altra dello studio, mentre preparava i suoi strumenti. L'ago del tatuaggio iniziò a ronzare e poco dopo aver appoggiato la sagoma, sentii la prima puntura, seguita da una sensazione graffiante.

Non mi fece male come pensavo. Stranamente, accolsi con favore il dolore. Chiusi gli occhi e mi persi nella sensazione dell'ago nella pelle.

La sensazione di prendere in mano la mia vita e farla mia.

L'ago pungeva e raschiava per la sua strada attraverso la mia schiena e le spalle. Allo stesso tempo dicevo in silenzio addio alla ragazza che avevo protetto per mesi.

Non mi sarebbe mancata.

Mentre King segnava in modo indelebile la mia pelle, io abbracciavo la ragazza la cui vita era appena iniziata. Abbracciavo la vita.

La *mia* vita.

Così King mi riempì completamente, non solo il mio corpo, il mio cuore, la mia anima, la mia vita. Non me ne fregava un cazzo se mi sarebbe tornata la memoria.

Perché con King sapevo esattamente chi ero.

Ero sua.

# Capitolo 23

## King

Tatuare Doe fu il momento più erotico della mia vita. Marchiare la sua pelle perfetta e candida con un tatuaggio che avevo disegnato per lei me l'aveva fatto diventare così duro, che avevo dovuto continuamente rientrare in me stesso per riuscire a concentrarmi sul mio lavoro.

Terminato il tatuaggio le avevo passato lo specchio e lei era andata verso quello a figura intera attaccato sul retro della porta, come aveva visto fare prima a decine di altri miei clienti. Quando sollevò lo specchio, ebbe un sussulto.

«Cosa?», avevo chiesto nel panico, sperando che non si fosse già accorta di quello che avevo nascosto nel tatuaggio. Ero uno stronzo per averlo messo lì. In generale ero uno stronzo per averla tatuata.

Ero uno stronzo e basta.

Ma non ero riuscito a farne a meno. Il mio nome doveva essere su di lei. Non bastava dire che fosse mia. Avevo bisogno di marcarla. Così, nascosto nel groviglio di viti, sotto la citazione, pensai che il mio nome le sarebbe stato alla perfezione.

La scritta "King" era incastrata nel disegno. Per vederla bisognava inclinare la testa, altrimenti era impossibile accorgersene. Ma era lì.

Glielo avrei detto alla fine, naturalmente, ma per un po'

volevo che fosse il mio segreto. Aveva smesso di essere di mia proprietà già da tempo, molto prima di quanto io volessi ammettere, ma sentivo ancora il bisogno di segnarla come se lo fosse ancora.

L'idea continuava a piacermi.

Solo che ora anche io ero suo.

Non si accorse del nome. Gli occhi le si riempirono di lacrime. Stette lì con in mano lo specchio a osservare, indossava delle mutandine provocanti da cui le spuntavano fuori le chiappe. Aveva le tette a pochi centimetri dal mio viso. Le sue lacrime di gioia mi fecero contrarre il cazzo, anche se avrebbe reagito allo stesso modo se le lacrime fossero state di tristezza.

Il mio cazzo non era un tipo così schizzinoso sulla questione lacrime.

Le presi lo specchio di mano e la sollevai sul bancone. «Ti piace?», chiesi sfilandole le mutandine.

«Molto», ansimò lei, avvolgendo le gambe intorno a me, tirandomi vicino a lei. La sua umidità mi bagnò i boxer. Li spinsi giù con una mano. Ero duro da tre ore, per tutto il tempo che avevo lavorato su di lei, e non potevo più aspettare. Mi spinsi nel suo calore intimo e umido.

Al contatto gememmo entrambi.

«Molto?», chiesi, avevo bisogno di sentirglielo dire di nuovo.

«Sì, molto», ripeté mentre la penetravo con forza. «Mi piace molto. Mi piaci molto».

Rimasi paralizzato nel sentire quelle parole. Lei se ne accorse e spalancò gli occhi.

«Non intendevo…».

«Chiudi quella cazzo di bocca».

«Oh mio Dio, la mia brutta abitudine che non mi fa stare zitta. Mi dispiace. Merda, intendevo solo che…».

«Chiudi quella cazzo di bocca!», le intimai di nuovo, penetrandola con vigore per attirare la sua attenzione. Chiuse gli occhi e le cadde la testa all'indietro. «Così va decisamente meglio. Ora, tieni la tua bella bocca chiusa mentre ti scopo».

«Ok» sussurrò, senza fiato.

«Stai zitta», le dissi ancora una volta e lei chiuse la bocca. «Zitta, così posso scoparti… e mostrarti quanto mi piaci».

Annuì e anche se i suoi occhi rimasero chiusi, una lacrima le scivolò giù per la guancia. La succhiai via dal mento prima che potesse cadere a terra.

Poi la scopai.

Forte.

Le mostrai quanto mi piacesse finché non seppi più dove finivo io e iniziava lei, finché in quella stanza rimanemmo solo io e lei e la cosa fra di noi che continuava a tenerci insieme come calamite, finché ci perdemmo in sensazioni e orgasmi.

E l'uno nell'altra.

La scopai finché non diventammo una persona sola, e in un certo senso lo eravamo, perché io mi ero perso lungo la strada e mi ero ritrovato nel posto più improbabile.

Mi ero ritrovato negli occhi stregati di una ragazza che era perduta quanto me.

O forse non ci eravamo trovati affatto.

Forse avevamo semplicemente deciso di perderci insieme.

# Capitolo 24

## King

Un sabato pomeriggio Io e Doe eravamo a letto a guardare *Demolition Man*. Era stata una sua idea, non mia. Tra tutta la mia collezione di DVD, era quello che aveva visto di più negli ultimi giorni. Le piacevano anche i film Disney ma, ogni volta che li guardava, mi assaliva un dolore al petto perché pensavo a Max e al fatto che non sarebbe mai stata lì con noi a guardarli.

Oppure che lei ci sarebbe stata ma che Doe se ne sarebbe andata.

Avrei fatto di tutto per averle entrambe sotto lo stesso tetto con me. Anche se con il passare dei giorni la certezza di mettere insieme i soldi per la mazzetta sembrava sempre meno probabile.

I film delle principesse Disney saranno anche stati solo un mucchio di fiabe, ma l'immagine di noi tre insieme – quattro se contiamo Preppy – era la mia idea di "e vissero felici e contenti".

«Tutti i ristoranti sono stati rimpiazzati dalla catena Taco Bell», disse Doe all'unisono con il personaggio di Sandra Bullock. Conosceva ogni battuta. Era assolutamente adorabile. Per di più, eravamo nudi e io le tenevo una mano sulla tetta e l'altra a coprirle la passera, quindi non potevo lamentarmi di nulla. «Perché la casa è dipinta a metà?».

Si girò bruscamente verso di me, appoggiandomi la testa sul petto.

«Perché quando io e Preppy ci siamo trasferiti qui era già vecchia, poi l'abbiamo rovinata con tutte le feste e non abbiamo pensato molto a metterla a posto. Poi ho chiesto a Preppy di dargli una sistemata perché volevo portare qui Tricia e Max».

«Ma perché si è fermato?»

«Perché sono andato in prigione e che la casa venisse dipinta non sembrava più importare a nessuno dei due. A quel punto, non c'era più alcuna possibilità che mi permettessero di averla. E poi, Preppy può essere anche un bravo cuoco e un meccanico da far paura, ma è un tuttofare di merda. Così mentre ero via il posto è andato in malora».

«Be'», disse stendendo le braccia sopra la testa. Le sue tette turgide ballavano mentre sbadigliava e appoggiava la gamba sopra la mia coscia. «Faresti meglio a tornare a tinteggiare perché avremo i soldi e lei tornerà a casa».

«Sì, baby. La portiamo a casa». Non sapevo se le stessi rispondendo o se stessi cercando di convincere me stesso. La verità era che Max si allontanava sempre di più ogni singolo giorno che passava.

Preppy aprì la porta e Doe si sedette velocemente, coprendosi il seno con il lenzuolo.

«Vecchio, non si usa bussare, cazzo?», chiesi.

Preppy mi ignorò e saltò sul letto, sistemandosi tra me e Doe. Ci mise un braccio intorno al collo.

«Vi voglio bene ragazzi», disse stringendoci tutti e tre come se fossimo una grande, grassa e strana famiglia.

«C'è un motivo per questa dichiarazione d'amore?», chiese Doe ridacchiando, mentre Preppy si appoggiava per farle il solletico.

Avrebbe dovuto farmi incazzare il fatto che lui la stesse toccando, ma non c'era nessun secondo fine nel loro rapporto, anche se la loro amicizia così spontanea mi aveva fatto spesso ingelosire. Dovevo farmi un culo pazzesco per piacere a Piccola e anche in quello ero una merda.

Preppy, invece, le parlava sempre con estrema facilità, senza vergognarsi di nulla, neanche della sua pazzia, ed ero sempre un po' invidioso di quanto fosse semplice per gli altri starle accanto.

Stare tutti insieme avrebbe avuto un senso. Doe poteva leggere le storie della buonanotte a Max mentre si addormentava la sera. Lo zio Preppy avrebbe potuto insegnarle come si fanno i pancake. In quelle immagini per me tutto si incastrava alla perfezione. Era chiaro. Dovevo fare tutto quello che andava fatto per far funzionare quella merda.

Max doveva tornare a casa.

Piccola doveva rimanere.

Le avevo detto che ero uno stronzo egoista e ci credevo veramente. Speravo avesse capito quanto fosse vera quell'affermazione. So per certo che non s'immaginava nemmeno lontanamente che io le stessi nascondendo la verità sul suo passato.

Il piano non prevedeva che io mi innamorassi di lei, ma è quello che era successo. Adesso lei non era più solo una pedina che avrei usato per riavere Max, adesso era una parte della mia vita.

Una parte che non ero disposto a restituire.

A costo di portarmi nella tomba la sua vera identità.

«In effetti, un motivo c'è. Grazie per avermelo chiesto!». Preppy si girò verso di me e il suo viso si fece serio. «Bear vuole che stasera andiamo alla base. Danno una festa perché il nostro paparino qui si è incazzato da morire quando ha dato l'ultima festa ed è stato tenuto fuori dal giro per un mese».

«Finiscila di sfottere, Prep», dissi, non avevo la pazienza per sopportare l'umorismo di Preppy perché tutto quello che volevo era che se ne andasse per poter stare di nuovo da solo con la mia ragazza.

«Sì, un party da sballo con i motociclisti e BSCF».

«BSCF?», chiese Doe.

«Sì. Birra, sballo, coca, fica». Preppy ci guardò, prima l'uno e poi l'altra. «Ehm, forse niente fica, dato che mi sembra che voi due state ufficialmente insieme. È così? Devo tirare fuori il servizio nuovo e chiamare il prete?». Preppy si rivolse a Doe. «Sei incinta?»

«Cosa?», chiese lei. «No!». Rise, mentre Preppy fingeva di svenire sul materasso.

«Però stiamo ufficialmente insieme», confermai io. Non so perché sentii il bisogno di dirlo, ma lo feci. Avevo bisogno che a Preppy arrivasse il messaggio forte e chiaro. Poteva anche essere un'amicizia innocente la loro, ma dire senza mezzi termini ai tuoi amici assetati di sesso chi era la tua donna non guastava mai.

«Ah, quindi cosa ne dite, amici? Party da sballo con Preppy stasera?». Si sfregò le mani come uno stregone cattivo in procinto di fare un incantesimo.

«Vuoi andare?», chiesi a Doe, che sprizzava gioia da tutti i pori.

«Davvero?», chiese lei.

«Davvero», risposi. Se fosse bastato andare a una festa per ottenere da lei quel sorriso, ce l'avrei portata ogni sera, se l'avesse voluto.

«Evvai, figli di puttana! Vestitevi, piccioncini. Andiamo alla club house». Preppy si alzò sul letto e si mise a saltare finché la sua testa non colpì una pala del ventilatore da soffitto. Crollò sul sedere, tenendosi la fronte. «Questo lascerà un segno».

Doe si avvicinò a Preppy e gli spostò la mano dalla testa per ispezionare la ferita. Aveva lasciato cadere il lenzuolo che teneva sul seno, che ondeggiava nudo davanti al viso di Preppy.

Non era più preoccupato per la sua ferita. Le fissava spudoratamente i capezzoli e si leccava le labbra.

Avrei anche potuto non arrabbiarmi per la loro amicizia, ma adesso il mio migliore amico si sarebbe preso un pugno in faccia perché si stava mangiando la mia ragazza con gli occhi.

Le afferrai la vita e la trascinai indietro verso di me, coprendole il seno con il lenzuolo. Lei arrossì.

Se pensava che la mia festa di ritorno a casa fosse stata trasgressiva, sarebbe rimasta scioccata nel vedere cosa succedeva alla base dei Beach Bastard. «Merda, mi sono dimenticato di quei fottuti motociclisti», dissi.

«Oh, smettila», disse Preppy. «Gli amici di Bear sono innocui adesso. Hai messo i picchetti sul tuo territorio, issato la bandiera, messo il tuo bel salsicciotto nella patata. Questo è quello che gli interessa e vale come la Bibbia per loro. Non le daranno fastidio. Inoltre, io ci sarò, ci sarà anche Bear e ci sarai anche tu».

«Non è che mi fidi molto di Bear in questi giorni», dissi. «Non è passata neanche una settimana da quando ha chiesto alla mia ragazza di diventare la sua donna».

«Ma ormai è deciso e l'affare è fatto. Va bene così, siamo in pista e quindi balliamoooo».

«Preppy, quanto caffè hai bevuto stamattina?», chiese Doe.

«Non molto, sei, sette tazze. Perché?». Mosse le dita come se stesse suonando un pianoforte immaginario.

«Possiamo andare, ma non devi allontanarti da me», dissi a Doe. «Dico sul serio, o io o Preppy saremo sempre con te, capito? Nel peggiore dei casi, vai da Bear, ma giuro su Dio che se ti mette una mano addosso, gliela taglio».

Lo dissi in un tono più duro di quanto avrei voluto, ma non dicevo così tanto per dire. Sarebbe stato davvero grave quello che le sarebbe potuto accadere se se ne fosse andata in giro da sola.

Nessun figlio di puttana in quel posto sarebbe sopravvissuto se l'avesse toccata. Solo il pensiero di quello che Ed le aveva quasi fatto mi fece venir voglia di uccidere di nuovo quella merda.

«Capito», disse Doe, rendendosi conto della serietà nel mio tono. Mi mise una mano sulla spalla. «Non andrò da nessuna parte a meno che tu o Preppy non siate con me».

«Bene». Feci un respiro che avevo trattenuto senza accorgermene.

«Allora, che si guarda?», chiese Preppy, appoggiandosi indietro sui gomiti e incrociando i piedi alle caviglie. «Oh, *Demolition Man*. È il mio preferito».

«Fuori dai coglioni», gli dissi spingendolo giù dal letto.

«Voi ragazzi non siete per niente divertenti, cazzo», disse Preppy alzandosi dal tappeto imbronciato. «Siete sul vostro pianeta degli innamorati e vi siete dimenticati del vecchio Preppy». Tirò fuori il labbro inferiore e incurvò le spalle.

«Prepara l'auto tra venti minuti», gli urlai lanciandogli un cuscino in testa.

«Intendi il pick-up. La mia Caddie d'epoca è andata in un milione di pezzi, e la "morte per bomba" non è coperta dall'assicurazione», disse Preppy schivando il cuscino.

«Non hai nessuna assicurazione del cazzo», dissi. Preppy non sopportava che lo criticassi. Non gli importava nulla se una cosa era illegale.

«Ma se l'avessi avuta, non avrebbe comunque coperto», disse, salutandoci e lasciando la stanza.

«Ricordami di prendere un catenaccio per quella porta», dissi.

«Oh, smettila. Preppy è fortissimo, è solo fatto di caffeina», disse Doe in sua difesa.

«Se hai cambiato idea puoi tirarti indietro. Possiamo rimanere qui nudi a guardare qualsiasi stupido film vuoi, purché restiamo nudi. Non dobbiamo andare alla festa di Bear se non pensi che ti sentirai a tuo agio».

«Voglio conoscere meglio i tuoi amici. Voglio uscire un po' di casa. Voglio tutto», sorrise Doe. «E lo voglio con te».

A quelle parole mi sentii come un gorilla che si batteva il petto gonfio. Le sue parole mi diedero forza. Lei voleva tutto.

Con me.

Mi sentivo così bene per come si erano messe le cose tra di noi che avrei quasi potuto mentirle per il resto della vita.

Quasi.

# Capitolo 25

## King

La club house di Bear si trovava in un vecchio complesso residenziale a due piani, con un cortile interno e una piccola piscina a forma di rene invasa di graffiti.

Delle sedie in plastica da esterno, forate su sedute e schienali e con alcune gambe mancanti, erano sparse ovunque. Alcune galleggiavano a testa in giù sul fondo della piscina in pochi centimetri di acqua salmastra. Non c'era un sistema audio sofisticato. Un vecchio stereo portatile, messo su un tavolino rotondo, suonava Johnny Cash. Il cavo passava nell'acqua bassa della piscina e attraversava il cortile, dove era collegato a una presa a muro all'interno di una delle stanze.

Ovunque c'erano donne mezze nude e motociclisti di ogni età, corporatura e altezza, che indugiavano in vari stadi di sbornia. Due uomini tutti muscoli e niente cervello, che sfoggiavano a torso nudo la loro tartaruga, sedevano in un angolo a giocare a braccio di ferro su un cesto della biancheria rovesciato.

Due donne, entrambe con i capelli biondi ossigenati e in topless, stavano pomiciando contro la ringhiera del balcone al secondo piano, mentre un ragazzo pelle e ossa, un probabile *prospect*, stava a guardare, con occhi dalle palpebre pesanti e pieni di desiderio; un'evidente erezione costretta dentro i jeans, che non cercava nemmeno di nascondere.

Bear fu il primo a salutarci. «King, brutto figlio di puttana!», urlò. Era in piedi sulla porta aperta di una delle stanze del motel, con il braccio intorno al collo di una ragazza dal viso innocente e paffuto, ma dallo sguardo molto stanco. «Qui, venite!», ci fece un cenno e spinse praticamente la ragazza fuori dalla stanza. Sarebbe caduta con la faccia sul cemento se Preppy non l'avesse presa e rimessa in piedi.

«Grazie», disse guardandolo. Preppy arricciò il naso come se non capisse il motivo di quel ringraziamento, poi le passò oltre. Andando via, lei si voltò a osservarlo.

«Chi cazzo è quella?», chiesi.

«Non ne ho la più pallida idea», disse Preppy serio, del suo solito umorismo nemmeno l'ombra. «Diamo inizio a questa festa».

«Doe, baby! Sei qui!», esclamò Bear, tirando Doe in un abbraccio che durò un secondo di troppo. Strinsi i pugni. Bear non sembrò accorgersene e, in caso contrario, non parve che gliene importasse. «Bump, porta da bere ai miei amici!».

Un *prospect* con i capelli rossi e la faccia piena di lentiggini, che avevo già visto qualche volta prima, riempì tre bicchieri rossi dal barile e ce li servì.

«Hai qualcosa in bottiglia per la signora?», chiesi svuotando il mio bicchiere in pochi sorsi.

Avevo bisogno di qualcosa per smorzare la rabbia, ma non mi fidavo di quello che questi figli di puttana di *prospect* avrebbero rifilato a Doe. Eravamo amici della club house, ma alcuni di questi neofiti potevano non sapere che non dovevano nemmeno provare a fotterci. Ero sul punto di esplodere. Perché eravamo tornati qui? Oh sì, perché l'aveva voluto Doe.

A causa di questa ragazza mi stavo trasformando in uno stronzo rammollito.

«Hai sentito. Una bottiglia per la signora», ordinò Bear, prendendo il bicchiere dalle mani di Doe prima che avesse la possibilità di portarlo alle labbra.

Bear buttò giù il suo drink mentre Bump le passò una bottiglia di birra. Gettai il mio bicchiere e usai la fibbia di una delle cinture che portavo agli avambracci per stapparla. «Sei nervoso, amico? Non le può succedere nulla, non sotto il mio controllo, non in casa mia. Dovresti saperlo».

Scrollai le spalle e Preppy intervenne prima che potessi dire qualsiasi cosa. «Non fare l'offeso, Bear. Quando si tratta di lei King non si fida nemmeno di me, pensa che volevo portarla fuori solo per un appuntamento e magari pucciare appena il biscotto, ma noooooo».

Era una bugia. Spero che Preppy lo sapesse. Gli avrei affidato la mia vita e sapevo che non avrebbe fatto nulla con Doe che mi avrebbe turbato. Ma questo non significava che non avrei voluto tagliargli la gola ogni volta che le sorrideva. Questo succedeva ogni giorno da quando avevo deciso che la volevo nella mia vita. Era come se ogni mia mossa fosse dettata da lei, perché non scappasse, o peggio ancora, perché non le rivelassi per sbaglio la verità.

«Allora siete dei nostri?», chiese Bear e tendendo la mano indicò un vecchio comodino dove erano già state tagliate diverse file di polvere bianca. Scossi la testa. Da quando ero uscito non avevo più toccato altro che non fosse alcol ed erba, ma Preppy avanzò e si fece due strisce. Mi conosceva meglio di chiunque altro e sapeva che una botta di cocaina era l'ultima cosa di cui avevo bisogno, con tutta l'adrenalina che mi scorreva già nelle vene. Ma sapeva anche che farsi di coca con i motociclisti, specialmente con Bear, era per loro come condividere una buona bottiglia di vino a una cena. Era una dimostrazione di rispetto, il galateo del motociclista, se così si può dire. Accesi una sigaretta e osservai Doe che si guardava intorno come se stesse scoprendo la città perduta di Atlantide.

Un tizio della banda di Bear infilò la testa nella stanza. Lo riconobbi subito, si chiamava Harris ed era stato accettato nella club house poco prima che me ne andassi. «Bear, c'è qui il tuo vecchio. Vuole vederti e ha detto di portare King e i suoi per salutarli. È tornato in ufficio».

Bear si scolò la birra e fece un lungo rutto. Gettò il suo bicchiere vuoto a Bump; il contenitore gli rimbalzò in testa e finì a terra.

«Pulisci quella merda», ordinò Bear e ci condusse fuori dalla stanza. «Andiamo, ragazzi. Salutiamo il mio vecchio e facciamola finita».

Il padre di Bear era il presidente dei Beach Bastard. Un giorno Bear avrebbe ricevuto da lui lo scettro e sarebbe diventato l'uomo al comando.

Quando entrammo in ufficio la porta si chiuse dietro di noi e un clic echeggiò nella stanza. Preppy si voltò verso la porta e girò la maniglia, ma era già stata bloccata.

«Merda», imprecò Bear.

Dietro la scrivania, sul lato opposto della stanza, un uomo seduto ci dava le spalle. Girò lentamente e, dove pensai che avrei visto il padre di Bear, c'era Isaac.

«Figlio di puttana», imprecò Preppy.

Isaac appoggiò i piedi sulla scrivania. Accarezzava la sua lunga barba intrecciata. Uno stuzzicadenti penzolava con noncuranza dal labbro inferiore. Strinse subito lo sguardo su Doe.

*Cazzo.*

Lanciò un'occhiata a me e poi a Doe e disse: «E chi è questa?».

Mi sentii la faccia bollire per la rabbia. Se mai avessi visto di nuovo quel succhiacazzi di Harris, l'avrei sbranato.

Fu in quel momento che mi resi conto di quanto fosse stato stupido portare Doe alla festa. Isaac era un uomo pericoloso e, sebbene credessi che avrei avuto ancora tempo prima che arrivasse in città, sapevo che ci poteva essere la possibilità di ritrovarselo in giro. Avevo programmato di mandare Doe a casa di Grace un paio di giorni dopo, almeno fino a quando tutto non si fosse calmato.

A quanto pareva era troppo tardi.

Avevo completamente sottovalutato la situazione. Il mio cervello era stato messo in stand-by perché tutto il sangue mi era andato all'uccello, che aveva passato buona parte della settimana nelle profondità della passera stretta di Doe.

«È con me», risposi, mantenendo la mia voce il più indifferente possibile, cercando di non urlare le parole È CON ME, NEL SENSO CHE SARÀ SEMPRE CON ME, GIÙ LE MANI, COGLIONE. Invece mantenni un volto duro e impassibile. «E loro sono con te?».

Indicai le due bionde che avevano sui bicipiti dei tatuaggi mal riusciti con la scritta rosa "Bitch". Stavano dando spettacolo toccandosi l'un l'altra le loro enormi tette finte.

«Immagino di sì», rispose Isaac con una risata. Giunse le mani e indicò la sedia di fronte a lui. «Si accomodi, Mr. King».

Mi sedetti e tirai Doe in braccio a me, tenendole una mano dietro al collo con fare possessivo. Quel gesto serviva a dire che lei era con me, ma sarebbe stato abbastanza irrispettoso nei confronti di Doe dire a Isaac che non era così importante. Le scappò un piccolo grido di sorpresa e io le accarezzai la nuca per rassicurarla. Aveva la vena del collo che le pulsava.

Lo sguardo di Isaac vagò sui suoi polpacci e si fermò tra le sue gambe, dove ero sicuro che aveva intravisto le sue mutandine. Volevo accavallarle le gambe o farla alzare da me in modo che smettesse di guardare la mia ragazza come se volesse mangiarla, ma in questo modo gli avrei mostrato che lei era il mio punto debole. Invece, le separai leggermente le ginocchia con le mani per mostrare a Isaac qualcosa di più di lei. Lui si leccò il labbro inferiore e il suo sguardo incontrò il mio.

«È passato molto tempo, KING», disse mentre i suoi occhi brillavano per il divertimento. Richiusi le gambe di Doe.

Il modo in cui Isaac disse il mio nome mi fece venire i brividi su tutta la schiena. Doe assecondò i miei movimenti. Grazie a Dio si fidava di me, ma la tensione del suo corpo mi diceva quanto fosse inorridita per quello che avevo appena fatto.

Valeva lo stesso per me.

«Infatti. Ho sentito che hai perso da poco tuo nipote in un tragico incidente in un cantiere. Le mie condoglianze», dissi io.

Isaac sorrise. «Tragico sì, Mr. King, ma non è stato un dannato incidente. Wolfert mi stava fregando. Più semplice di così. Allora gli ho fatto tagliare la gola e l'ho fatto seppellire sotto un metro di cemento. L'unica vera tragedia è che sono stato così stupido da dargli una possibilità e che sua madre mi chiama tre volte al giorno per compiangerlo». Si accese una sigaretta e si grattò la testa. «Ho imparato la lezione, Mr. King, e non sarò più così stupido. La prima regola in questo lavoro è fare in modo che le persone che ti fottono vengano subito fottute a loro volta, oppure che muoiano in fretta».

Doe s'irrigidì.

Isaac richiamò a sé le bionde, che gli portarono una bottiglia di costoso whisky. Una lo versava mentre l'altra faceva girare i bicchierini. Quando arrivò da me, fece la mossa di strusciarsi le tette finte contro la mia mano. Stavo per dirle di togliersi dal cazzo quando, con la coda dell'occhio, notai che Isaac non si perdeva nessuna mia mossa.

Afferrai il bicchierino dalla bionda e lo misi nella scollatura dell'altra. Diedi spettacolo, leccandole il seno prima di infilarle la faccia tra le tette per prendere il bicchiere con i denti. Gettai indietro la testa e bevvi in un colpo tenendo Doe salda dalla mia parte. Quando terminai, con un cenno della mano liquidai la bionda dandole il mio bicchiere vuoto, poi la mia attenzione tornò su Isaac, che nel frattempo sembrava soddisfatto.

Preppy e Bear stavano in fondo alla stanza. Avevo uno strano presentimento ed era chiaro che lo avessero anche loro perché, dalla posizione in cui erano, sarebbero stati in grado di trovare una via d'uscita, casomai si fosse messa male.

«Non stiamocene seduti qua a romperci con questa merda proprio adesso», disse Preppy. «Divertiamoci stasera e fissiamo un incontro ufficiale domani, quando avremo avuto tutti la nostra dose di sbornia e fica».

Percepii l'accortezza di Preppy. Ero in grado di leggerlo meglio di chiunque altro e quello che stava davvero dicendo era *portiamo il culo fuori di qui*.

Anche Bear aggiunse: «Sì, andiamo in cortile. Le spogliarelliste dovrebbero essere già qui. Bump e i ragazzi stanno preparando una lotta nel fango sul retro. Prima di passare ai discorsi seri carichiamoci e bagniamoci i cazzi».

«Non male come idea». Mi alzai e mi avviai verso la porta, tirando con me Doe.

Proprio quando raggiungemmo la porta, due uomini di Isaac entrarono nella stanza e la chiusero, bloccando la nostra uscita e puntandoci contro le loro armi.

Quando ci girammo, altri tre uomini erano spuntati nella stanza, proprio da dietro la scrivania, con le pistole spianate.

«È così che pensi di cavartela? Mi hai fottuto e ti aspetti che io faccia festa con te e mi dimentichi di tutto questo?», chiese Isaac. Stava in piedi e camminava davanti alla scrivania. «Non puoi sbattertene di un'attività che ho gestito per decenni. Non sono la tua puttana. Non puoi scegliere di andare a letto con me quando ti fa comodo e poi lasciarmi da solo dopo che mi hai fottuto per bene».

«Ero dentro», replicai, sapendo che per Isaac non sarebbe stata una ragione sufficiente. «Con Prep non avresti trattato. Avevamo bisogno di soldi. Non ti abbiamo tagliato fuori. Abbiamo preso una decisione giusta per gli affari, *niente di definitivo*. Ho cercato di contattarti fin dal mio rilascio, ma te la sei presa come se ti avessi dato un calcio nelle palle. Non sono la tua ragazza, Isaac. Non era mia intenzione ferire i tuoi sentimenti. Adesso andiamo avanti, cazzo, e se vuoi parlare, parliamo, ma lascia che gli altri tornino alla festa». Feci cenno verso i miei amici e Doe. «Così, almeno loro possono divertirsi stasera».

«Pensi che sia così fottutamente facile, non è vero? Questa contea ti potrà anche appartenere, ma la costa è mia. Ogni volta che uno di voi luridi bastardi del campo caravan vuole fare una stronzata, deve chiedere il mio fottuto permesso!», urlò, colpendo la scrivania con un pugno. Divenne rosso in viso. Piegò la testa di lato e si passò l'estremità della mano sul viso, sfregandosi la mascella da un lato all'altro.

Bear fece per prendere la pistola, ma non fu abbastanza

veloce. Uno degli uomini che bloccava la porta gli puntò l'arma contro la nuca.

«Non pensarci nemmeno, cazzo», lo ammonì.

Preppy disse: «Che cazzo vuoi, Isaac? Vuoi che sistemiamo le cose? Vuoi dei soldi? Bene, aumentiamo la tua quota. Ti faccio più ricco di quello che sei già. Onestamente non pensavo che ti importasse. Il nostro giro è piccolo rispetto al tuo. King era dentro. È stata solo una mia idea. Tutto questo è per colpa mia». Man mano che si fece più audace, la sua voce divenne più forte. «Cerchi il colpevole? Sono io». Non stava imprecando e il suo tono di voce era serio. Questo mi preoccupava più delle pistole puntate alla nostra testa.

Preppy era imprudente.

E lo stava facendo per noi. Così da potersi prendere tutte le colpe e le pene.

Non potevo lasciare che si accollasse tutta la responsabilità e non potevo permettere che questo figlio di puttana ci smerdasse come se fosse stato il padrone del mondo. Non ero un fottuto signore della droga, ma non ero nemmeno qualcuno contro cui puntare una pistola e farla franca. Tenevo la mano di Doe e gliela strinsi, facendo del mio meglio per rassicurarla sul fatto che l'avrei protetta.

Ne avevo tutta l'intenzione.

«Ma una volta che l'ho saputo, non l'ho fermato», intervenni. «Abbiamo guadagnato bene, amico. Ma siamo pronti a fare sul serio. Abbiamo bisogno del tuo aiuto per arrivarci». Cercai di stuzzicare il senso degli affari di Isaac. Ma c'era un motivo per cui lui aveva successo. Eliminava tutti quelli che si mettevano sulla sua strada come un taglialegna arrabbiato.

Persino la sua famiglia.

Si chinò ridacchiando con voce stridula, come una strega

posseduta. Le ragazze sul divano se la svignarono nell'angolo più lontano in un tentativo di fuga. «Non muovetevi da lì, signore!», intimò Isaac. La sua risata svanì all'istante. Linee profonde si incisero sulla sua fronte. Arricciò le labbra. «Non ci vorrà molto tempo».

«Loro non c'entrano», disse Bear, indicando con la testa le ragazze e poi Doe. «Lascia andare le tre puttane e sistemiamo la faccenda nel modo in cui va sistemata. Non dimenticare che questa è casa mia, la mia gente. Non so come pensi che vada a finire, ma non finirà senza uno scontro. Ho una ventina di miei compagni là fuori che non se ne staranno con le mani in mano se sentiranno degli spari».

Isaac avanzò impettito verso di noi. Per istinto spinsi Doe dietro di me. Pessima idea, perché con quella mossa mostrai a Isaac che per me la sua vita valeva più della mia. Proteggerla era stato un gesto istintivo, ma in quella situazione l'istinto non mi stava facendo nessun favore.

Si avvicinò sorridendo.

«King della sopraelevata», disse Isaac, facendo il segno delle virgolette con le dita al soprannome che mi era stato dato quando avevo iniziato a farmi conoscere a Logan's Beach. «Non sei che un King di merda! L'unico King qui in giro sono io e se fotti con ciò che è mio, per come la vedo io, adesso devo fottere con ciò che è tuo». Si voltò verso Doe. «O fottere ciò che è tuo».

«Non la toccherai, cazzo!», urlai fermandomi poco prima di colpirlo, quando sentii la canna di una pistola alla schiena e il coltello di Isaac alla gola. La mia pistola era ancora infilata dietro i jeans, nella fibbia della cintura.

Non c'era modo di prenderla senza farci uccidere tutti.

Isaac fece un cenno a uno dei suoi uomini. «Portatela nella stanza sul retro».

L'uomo si fece avanti e afferrò Doe, spingendola in avanti. Lei inciampò sui tacchi e cadde sulle ginocchia. Le scarpe le scivolarono dai piedi e finirono sul pavimento.

Quella semplice caduta bastò a risvegliare tutti i miei istinti animali, che mi urlavano di andare ad aiutarla, proteggerla. Ma ero circondato e non potevo fare un cazzo.

Non mi ero mai sentito così impotente in tutta la mia vita.

L'uomo di Isaac tirò Doe per il braccio e la spinse in avanti, la sua guancia urtò contro la porta. Grugnii. La aprì e la spinse dentro. Isaac la seguì e si girò indietro per verificare che ero circondato da pistole puntate alla mia fottuta testa.

«Fanculo», disse Preppy. Eravamo completamente indifesi.

«Come ho detto, KING. Voi fottete me. Io fotto voi. E dato che non mi piace il cazzo, la tua ragazza adesso avrà qualcosa da fare».

Chiuse la porta.

## Doe

Un uomo arrivò da dietro e mi afferrò per il braccio, spingendomi in avanti in una stanza buia e sbattendo la porta dietro di me.

Tra le pareti alte, su cui erano allineati degli scaffali vuoti, c'era una brandina. Quando Isaac entrò nella stanza dopo di me gettai un'occhiata e intravidi King che muoveva le labbra in un "mi dispiace" mentre la porta si richiudeva.

Poi rimanemmo soli.

Il buio e la solitudine erano la mia più grande paura.

Ma questo era peggio.

L'unica famiglia che avevo al mondo stava nell'altra stanza con delle pistole puntate addosso.

Quanto assurda era quella fottuta situazione? Nel tragitto verso la festa sia Preppy che King erano stati così preoccupati per la mia sicurezza che mi avevano fatto ripetere più volte le loro regole.

Non dovevo andarmene via da sola.

Dovevo assicurarmi che uno di loro fosse sempre con me.

Non dovevo accettare da bere da nessuno se non da loro.

Non eravamo arrivati nemmeno da un'ora e la cosa peggiore che pensavano potesse accadermi non era nulla in confronto a quello che stava succedendo realmente.

Erano preoccupati che venissi drogata e violentata.

Quello che accadde fu molto peggio.

Isaac voleva vendicarsi di King ed era chiaro che aveva avuto tempo di programmare tutto prima del nostro arrivo, con l'aiuto di qualcuno del moto club di Bear.

King e Preppy potevano essere uccisi.

Potevano già essere morti.

Non riuscivo a sentire il mio corpo, ma sentivo il sangue che mi saliva alla testa.

Forse era tutta una messinscena. In silenzio speravo che Isaac volesse solo dimostrare qualcosa e che le sue intenzioni non fossero così cattive come aveva lasciato intendere.

No. Non erano così cattive. Erano peggio.

Molto peggio.

Perché nell'attimo in cui la porta si richiuse dietro di me, fu tutto più reale. Cercai in giro un'arma, qualcosa che potesse servirmi per allontanarlo, ma era troppo tardi. Ero sdraiata sulla brandina con la mano di Isaac intorno al collo a farmi ingoiare un urlo gutturale, di cui non conoscevo nemmeno l'esistenza e che proveniva dal profondo della mia gola.

Bloccandomi i polsi con una mano, si mise a cavalcioni su di me, le cosce che mi tenevano in gabbia. Mi liberò la gola per strapparmi giù il vestito bruscamente, liberando i miei seni. Lanciai un altro urlo e ricevetti subito il benservito, perché dandosi lo slancio con il braccio mi diede un pugno sulla mandibola. Mi sembrò che il cervello sbattesse contro il cranio. Vidi le stelle e mi si offuscò la vista. Ero in modalità di difesa totale.

Avrei usato tutta l'adrenalina che avevo in corpo per difendermi. Ma a causa dello stordimento provocato dal colpo al viso, i miei sforzi non furono abbastanza. Lasciò andare una mano dai miei polsi e armeggiò con i suoi pantaloni; il suo grasso uccello moscio era appoggiato sulla mia coscia, mentre cercavo di fare di tutto per disarcionarlo.

Non era alto quanto King ma lo era abbastanza per riuscire a fare con me senza problemi quello che aveva pianificato. Che io mi difendessi con tutta me stessa era per lui solo un divertente fuori programma e un fastidio di poco conto.

Non mi sarei arresa. King non avrebbe potuto salvarmi questa volta. Ero da sola e sarei sopravvissuta a tutto questo, a costo di strappargli l'uccello con i miei denti.

Nel frattempo, mi ero messa a mordere qualsiasi parte del suo corpo che avevo a portata di mano. Gli addentai il polso, facendomi tremare i denti e lasciandogli a malapena il segno sulla dura pelle abbronzata. Subito dopo sentii qualcosa di freddo sulla fronte.

«Se non la smetti di mordermi, stronza, ti faccio saltare il cervello per tutta la stanza. Poi, dico ai miei uomini di sparare in testa ai tuoi amici là fuori e di scaricarli nella fottuta palude. È questo che vuoi?», sussurrò, spingendomi più forte la bocca della pistola contro la testa.

«No», ansimai.

«Proprio come pensavo. King ha bisogno di imparare qual è il suo posto. Ha bisogno di sapere che quando s'imbarca in un affare con me sono io quello che comanda e quello che è suo diventa mio. Queste strade sono mie, sono opera mia. Questa club house è mia. Queste tette sono mie». Fece serpeggiare la sua lingua fredda e bagnata intorno a uno dei miei capezzoli e sopportarlo fu terribile. «Ecco perché adesso ho intenzione di scoparti. Ti scopo senza preservativo e poi ti faccio tornare di là con la mia sborra che ti scende lungo le gambe, così capisce che è King di un bel *niente*».

Fece scorrere la mano lungo la mia gamba e mi strinse con forza gli slip. Quando gridai mi coprì di nuovo la bocca e mi compresse la gabbia toracica così forte con le ginocchia che sentii una costola rompersi, nello stesso istante il dolore mi esplose nel petto. Isaac allungò la mano libera verso il suo stivale e un lungo coltello da caccia fece la sua comparsa. Lo sollevò in aria e poi lo conficcò giù nella mia coscia, fino a quando non lo sentii arrivare all'osso.

Due volte.

Quando lo tirò fuori, nella lama seghettata c'erano pezzi della mia carne. «Ti ho detto di non urlare, fottuta troia».

Il dolore mi attraversò la gamba e si diffuse per ogni terminazione nervosa nel mio corpo, finché non mi sembrò che mi avesse pugnalato l'intero arto, non solo la coscia. Iniziai a piangere, mentre lottavo per riuscire a mettere a fuoco con la vista offuscata dal dolore.

Le mani di Isaac erano di nuovo sul mio vestito, mi tirò giù gli slip, sentii le parti del mio corpo che erano appena state denudate sfiorate dall'aria fresca, realizzando così che Isaac era riuscito nel suo intento.

Si sistemò tra le mie gambe e il suo uccello raggiunse la posizione per penetrarmi. «Fai resistenza e loro sono morti», disse guardandomi negli occhi.

Non c'era nulla nel suo modo di fare che mi avrebbe dissuaso dal credere che non avrebbe dato seguito alle sue minacce. Diceva sul serio. Se avessi urlato, se avessi fatto resistenza, le uniche persone al mondo che amavo sarebbero morte.

King sarebbe morto.

«Brava bambina», sibilò quando lasciai scivolare le ginocchia ai lati. Con grande fatica Isaac riuscì a penetrarmi, perché il mio corpo era molto asciutto, quasi stesse combattendo la sua battaglia per tenerlo fuori. Sputò sulla sua mano e la mise tra di noi.

Strinsi gli occhi. Forse, se non lo vedevo, non era vero.

Ma lo era. Perché anche se non riuscivo a vederlo, riuscivo a sentirlo.

Entrò dentro di me, violando completamente il corpo di cui mi ero finalmente appropriata. Non era solo una sua violazione. Era un'invasione della mia anima.

*Pop Pop Pop Pop.*

Si sentì un rumore provenire dalla stanza accanto.

«Ma che cazzo?», grugnì Isaac, sollevandosi da me appena in tempo per girare la testa verso chi aveva appena aperto la porta.

*Pop.*

La testa di Isaac esplose sopra di me come un'anguria sotto un'ascia. La mia faccia si coprì di rosso, spesso e caldo. Tutto il peso del suo corpo floscio cadde su di me, togliendomi il fiato dal petto. Frammenti di carne e ossa, che un tempo erano la testa di Isaac, mi finirono nella bocca aperta e girai subito la testa per vomitare sul pavimento.

King apparve all'improvviso accanto a me con la pistola in mano. Fece rotolare via Isaac spingendo il suo corpo senza vita sul pavimento, liberandomi finalmente dalla sua penetrazione.

King non aveva più la camicia e indossava solo una canottiera nera. Ogni centimetro di pelle disponibile su braccia e collo era coperto di sangue, come se avesse appena macellato una mucca.

O qualcuno.

Quando vide quanto ero nuda sgranò gli occhi. E ancora di più quando notò il sangue che mi usciva a fiotti dalla gamba.

«Cazzo!». Puntò la pistola contro Isaac e sparò due volte, il suo corpo senza vita sobbalzò al contatto di ogni proiettile. «Figlio di puttana», mormorò King. «Mi dispiace tanto, baby. Mi dispiace davvero tanto, cazzo».

«Che cazzo sta succedendo?», domandai. Stavo perdendo sangue velocemente e ogni secondo che passava diventavo sempre più debole. King mi prese in braccio. «Dov'è Preppy? Dov'è Bear?»

«Copriti gli occhi, piccola», ordinò King.

«Perché?»

«Perché potresti cambiare opinione su di me se li tenessi aperti», sussurrò portandomi nell'altra stanza. «Non c'è niente di bello da vedere».

Sapevo che avrei dovuto ascoltarlo ma una parte di me, una parte di me molto stupida, aveva bisogno di vedere. Ma per quanto mi fossi preparata a ciò che avrei trovato dall'altra parte della porta, non fu lontanamente sufficiente per la scena che mi si presentò davanti.

Corpi.

Corpi. Ovunque.

Accasciati l'uno sull'altro sui divani, sulle sedie, sul pavimento. Il linoleum bianco era coperto di una poltiglia di impronte color rosso scuro.

Preppy era seduto sulla porta ed era pallido, si stringeva il fianco con una mano, il sangue aveva macchiato la camicia nella zona che stava cercando di coprire. Bear era in piedi sopra di lui, con le mani sulle ginocchia, cercando di riprendere fiato. Preppy guardò in alto mentre ci avvicinavamo e si grattò la testa con la canna della sua pistola. Ci lanciò un sorriso di dolore. Preppy era così. Sorridente, ferito seriamente in una stanza piena di cadaveri.

«Allora… siete pronti per far festa adesso?», chiese. La sua voce alta e piena di energia era diventata rauca, il suo respiro corto.

Diventò bianco come un fantasma in pochi secondi. Il sangue gli sparì dal viso a una velocità allarmante. Il suo sorriso scomparve, rovesciò gli occhi all'indietro e al posto delle pupille si vide solo il bianco dei suoi occhi. Quando cadde con la faccia in avanti sul cemento, Bear si lanciò per afferrarlo.

Preppy esalò un gemito strozzato.

Quanto avrei voluto che quel sorriso e quel respiro non fossero stati gli ultimi.

# Capitolo 26

## King

*A quindici anni*

«Vaffanculo! No! Non faccio la puttana di nessuno», urlò Preppy a Bear. Bevve un altro grande sorso dalla bottiglia di tequila scadente che ci stavamo facendo passare. Eravamo nel soggiorno dell'appartamento merdoso dove Preppy e io c'eravamo da poco trasferiti, seduti sulle casse del latte rovesciate sul pavimento. Erano gli unici mobili che avevamo. «È un fottuto taglio, ma non mi vedrai andare a dire in giro che sono un criminale. Me la tengo per me questa merda».

Il posto era un totale merdaio: due camere da letto, un bagno e una cucina che altro non era se non una piastra elettrica e un lavandino sopra due armadietti nell'angolo del soggiorno. Una striscia di quadrati di linoleum bianco e nero delimitava la zona "cucina".

Era sporca. C'era un formicaio che cresceva sotto uno degli zoccoli e mosche attaccate alle trappole attaccate al soffitto. Un ventilatore con due lame rotte, che nemmeno si accendeva, se ne stava inutilmente appeso al soffitto del soggiorno. L'unica finestra della zona giorno principale era inchiodata e quindi non poteva essere aperta.

Era il posto più schifoso che ci potesse essere.

«Vecchio, è troppo forte. I poliziotti non ci cagano perché hanno paura di noi. Il moto club dà feste tutto il tempo. Fica e coca ovunque, a perdita d'occhio, vecchio». Bear dondolò su un lato e riuscì a non cadere dalla sua cassa del latte allungando una gamba e ancorando il tacco del suo stivale al pavimento. «È una figata, vecchio. Devi assolutamente venire anche tu. Diventa un *prospect* come me. Una volta che sono dentro, garantisco per voi ragazzi. Poi, dopo un anno, la SS Tette e Culi navigherà in acque molto tranquille. E poi vi piacerà la club house. Ha un tavolo da biliardo *e* un fottuto bar».

Quando cominciò a comprare erba da noi in terza media, Bear ci aveva detto che sarebbe diventato *prospect* per il moto club di suo padre, i Beach Bastard. Aveva saputo cosa avrebbe fatto da grande sin dal giorno in cui era nato. Dal momento che trascorreva la maggior parte del suo tempo o con il moto club o con noi, aveva cercato di farci diventare dei *prospect* come lui dal giorno in cui aveva deciso che saremmo stati tutti amici.

«Non fa per noi, vecchio. Siamo noi due il nostro moto club. Siamo il club del non club», dissi. Mi ero staccato dalla tequila e stavo accendendo il bong di vetro viola, alto cinquanta centimetri, che stava in mezzo al soggiorno su un'altra cassa di latte rovesciata, che fungeva in questo caso da tavolino da caffè.

«Devi uccidere persone e cose del genere?», domandò Preppy a bassa voce, come se qualcuno stesse ascoltando e non volesse che sentissero. Si avvicinò per riprendere la bottiglia da Bear, allungando il braccio troppo lungo per il suo corpo.

Quando avevo quindici anni ed ero più alto e robusto di molti altri adulti, sembravo più vecchio della mia età, mentre Preppy era esattamente nel bel mezzo di una fase imbarazzante, in cui aveva braccia e gambe che assomigliavano a quelle allungate di Kermit la Rana e il viso di un tizio reduce da un caso cronico di varicella.

«Solo chi ha bisogno di essere ucciso», rispose Bear come se recitasse qualcosa che aveva sentito un milione di volte prima, non c'era alcun dubbio. «Niente donne o bambini, niente del genere. Solo chi sa come funziona e chi conosce i rischi, o chi fotte il moto club e vuole prendersi i nostri soldi». Bear guardò Preppy attraverso i capelli chiari scompigliati e se li spostò dagli occhi. «Perché? Hai qualcuno da uccidere?».

Sembrava molto simile a suo padre, il presidente dei Beach Bastard. Il padre di Bear era un assassino psicopatico, la cui occupazione erano la droga e le donne, ma Bear era riuscito comunque fra i tre ad avere l'educazione più solida.

«No, vecchio», disse Preppy, agitando la mano in modo disinteressato come se fosse una domanda ridicola, ma sapevo che stava mentendo. Lo vidi nei suoi occhi. «Sono solo curioso, tutto qua».

Sapevo esattamente chi, secondo lui, avrebbe avuto "bisogno di essere ucciso".

Bear si guardò in giro e si avvicinò, facendoci segno di avvicinarci. «Abbiamo questi tipi appositamente addestrati. Papà li chiama "i custodi". Sapete qual è il loro lavoro?», chiese facendo una pausa a effetto, aspettando che io e Preppy insistessimo.

«Cosa?», chiese Preppy pieno di entusiasmo. «Cosa fanno?».

Bear sorrise, felicissimo che Preppy avesse abboccato all'amo. «Se qualcuno deve essere ucciso, o viene ucciso, si fanno avanti e poi fanno in modo che non sia mai successo».

Mimò il gesto di chi pulisce e poi allargò le braccia ai lati. Si rimise a sedere comodo, sembrava contento di poter condividere con noi qualcosa sul moto club. Fu solo quando diventò *prospect* che riuscì finalmente ad avere una vaga idea del funzionamento interno dei Beach Bastard ed era sempre entusiasta di raccontarci di più sul club in cui era cresciuto, ma di cui chiaramente non sapeva molto, prima che gli fu concesso un giubbotto da *prospect*.

Il ragazzo era un motociclista nato, ma per quanto avesse cercato di farci entrare, non faceva per noi.

Io e Preppy non ci allontanammo mai dal nostro piano.

Mai.

«Quando voi ragazzi avete bisogno di una ripulita, mi chiamate. Posso metterci una parola. Il problema arriva quando sono gli altri che ci devono un favore. È così che funziona. Non importa quando chiediamo indietro il favore o quale favore sia, lo devono fare». Bear si accese una sigaretta e indirizzò il fumo lontano dal suo viso. «Basta stronzate, ragazzi. Preppy, hai la roba o cosa?»

«Roba?», chiesi. Non avevo calcolato che avremmo venduto qualcosa a Bear, né quel giorno né in qualsiasi altro. Da quando era diventato *prospect*, comprava la sua erba dal moto club.

Preppy saltò in piedi e si avvicinò all'armadio dell'ingresso. Tornò tenendo qualcosa coperto da un telo strappato. «Che cazzo è quello?», chiesi.

«Questo...», Preppy agitò la mano sul lenzuolo «...è il tuo regalo di compleanno, stronzo ingrato». Lo mise sul pavimento e afferrò il lenzuolo al centro, sollevandolo come avrebbe fatto un mago. «Voilà!». Fece un passo indietro e i miei occhi si focalizzarono su ciò che avevo di fronte. Era una scatola di cartone e al suo interno c'erano frammenti e pezzi di qualcosa.

Non era semplicemente qualcosa. Era una pistola per tatuaggi.

«Buon compleanno, coglione! Vediamo adesso di capire come mettere insieme questa cosa perché io e Bear abbiamo già scelto dal tuo album di schizzi quali tatuaggi vogliamo». Fissavo l'attrezzatura di fronte a me e non riuscivo a credere ai miei occhi.

«Se ci metti ancora un po' prima di iniziare a montarla, ti faccio tatuare il mio buco del culo», disse Bear, svegliandomi dal mio stato di stordimento.

«Grazie, ragazzi». Misi la scatola sulle gambe e iniziai a lavorare con i pezzi. «Bear?»

«Sì, vecchio?»

«Scordatelo, cazzo, che mi avvicino al tuo culo».

«Ricevuto».

Quel giorno feci il mio primo tatuaggio. Non quelli che i ragazzi avevano scelto dal mio album di schizzi. Erano troppo elaborati e anche se riuscivo a disegnare, non avevo mai usato una pistola per tatuaggi prima d'ora, quindi lo sfondo completo che Bear avrebbe voluto con i serpenti che si intrecciavano, il logo dei Beach Bastard, avrebbe dovuto aspettare fino a quando non avrei saputo che cazzo stavo facendo.

Al suo posto Bear ricevette un piccolo trifoglio dietro l'orecchio, anche se non sono sicuro che fosse quello irlandese. Preppy si accontentò di un "Prep" sulle nocche. I caratteri erano sottili e storti. Erano i peggiori tatuaggi del mondo. Contorni sbavati, un lavoro di merda. Ma ai ragazzi piacquero moltissimo e io non vedevo l'ora di esercitarmi ancora un po' su di loro.

«Adesso sì che sono un gangster», disse Preppy, ammirando le sue nocche appena tatuate.

«Sei un gangster come mia nonna novantenne», disse Bear.

«Bear, tua nonna non ha il petto pieno di tatuaggi e i capelli viola?», chiesi.

«Certo che sì», rispose.

«Allora, penso che sia molto più gangster del vecchio Preppy qui», dissi.

«Voi ragazzi ridete pure adesso, ma vedrete. Il prossimo tatuaggio che King mi farà sarà su tutto il collo. Sembrerò davvero cattivo».

«Porti ancora le camicie con i bottoni al colletto, papillon e bretelle?», chiesi.

«Sì, cazzo. Sempre. È il mio stile».

Bear ridacchiava. «Forse non sembrerai duro o cattivo, ma confondi chi ti vede».

«Fanculo, vecchio», disse Preppy alzandosi in piedi. «Devo andare a prendere altra merda dal mio patrigno. Torno. Sentitevi liberi di ridere alle mie spalle mentre sono via, teste di cazzo».

«Vuoi che venga con te?», chiesi.

«No, mi arrangio con 'sta merda. Sono le nove passate. Quello stronzo è al bar o è svenuto sul divano. Torno tra un'ora».

Preppy non ne parlava mai, ma ero sicuro che il suo patrigno avesse continuato a picchiarlo fino al giorno in cui se n'era andato. Zoppicava sempre un po' oppure si stringeva le costole. Quando gli chiedevo se stesse bene, di solito mi diceva che si stava allenando. «No, vecchio, oggi ho fatto la panca, è una cosa schifosa il male che fa, quando la fai bene». Era un bugiardo di merda, ma il suo orgoglio era tutto quello che aveva, oltre a me e Bear.

Anche se scherzavamo di lui, l'ultima cosa che volevamo era che Preppy venisse picchiato da uno stronzo ubriaco.

Dopo che non si fece vivo per due ore, inforcai la mia bici e pedalai fino al campo caravan, dove il suo patrigno tirava a campare. Avevo appena parcheggiato la bici quando sentii un trambusto provenire dall'interno.

«Prep...», chiamai. Nessuna risposta.

«VAFFANCULO!», sentii Prep urlare dall'interno. La sua voce acuta si era incrinata in un urlo rauco. Con un solo calcio sfondai la porta leggera.

Quello che vidi avrebbe ossessionato i miei sogni per gli anni a venire.

Il suo patrigno, Tim, aveva messo Prep piegato sul bordo del vecchio divano in velluto a coste, e spingeva furiosamente dentro di lui mentre gli teneva una pistola puntata alla tempia. Quando feci volare la porta nella stanza, rivolse la sua attenzione verso di me, insieme alla sua pistola. Preppy si voltò e lo colpì su un fianco, la pistola scivolò sul pavimento. Si lanciò per prenderla, ma i suoi jeans, ancora avvolti intorno alle caviglie, lo fecero inciampare e cadere in avanti contro il muro.

«Porta via il culo da qui, ragazzo. Voi due pensate di essere migliori di questo posto? Be', vi sbagliate di grosso. Stavo dando una lezione a Samuel. Lui appartiene a questo posto. Non è migliore di me e se lo deve mettere in testa».

Presi a calci le lattine vuote di birra e mi diressi verso la pistola. Ricordo che era la prima volta nella mia vita che vidi rosso. Scoprii che non era solo un modo di dire. La mia vista era colorata del colore della rabbia che bolliva nelle mie vene. Piegai le dita. Sentivo le articolazioni prudermi per l'urgenza di rilasciare la pressione che si era formata all'interno delle mie ossa. Volevo fargli del male ma l'*urgenza* era se possibile più forte di quel desiderio.

«Che stai facendo? Mi spari, cazzo?», chiese Tim, seduto con la schiena contro i mobili della cucina. Spingendosi sul pavimento, fece per alzarsi, ma prima che ci riuscisse, alzai la pistola e lo colpii alla tempia con il calcio. Tim volò attraverso il cucinino, atterrando con la testa contro la porta del frigorifero.

«Sparagli, cazzo!», urlò Preppy, tirandosi su i jeans. Gli gocciolava il sangue dal naso. La sua guancia era già gialla e viola. A quanto pareva, si era preso un sacco di botte prima che Tim decidesse che lo stupro era un modo più appropriato per dare una lezione al bambino.

«Allora vuoi batterti, ragazzo? È così? Vuoi insegnarmi una lezione, ragazzo?». Tim mi guardò dal pavimento.

«No», dissi, una calma inquietante si levò su di me. La rabbia prese il controllo delle mie azioni. «Non ti insegnerò un cazzo».

Vidi della paura negli occhietti lucidi di Tim.

«E allora cosa, ragazzo? Hai intenzione di chiamare la polizia? Perché li conosco i poliziotti da queste parti. Non faranno un cazzo!».

«No», dissi, facendo un passo verso di lui, la pistola nella mia mano ferma puntava verso il pavimento.

«E allora, che cazzo, ragazzo? Mi uccidi?». Tim rise nervosamente finché non vide la risposta affermativa nel mio sguardo.

Alzai la pistola, la puntai alla sua fronte e sparai.

«Sì».

# Capitolo 27

## Doe

L'unico momento in cui King mi rivolse la parola nei giorni successivi alla morte di Preppy fu quando mi chiese di andare nella sua stanza a prendere qualcosa che pensavo gli sarebbe piaciuto portare con sé. Questo fu almeno quello che compresi dai grugniti e dai cenni della testa che stava usando al posto delle parole. King stava soffrendo e non potevo fare nulla per farlo stare meglio.

Non ero mai stata nella stanza di Preppy prima e quando aprii la porta notai che era enorme, molto più grande di quella di King. Aveva la camera da letto padronale. La stanza era bella in ordine, ma piena delle cose più disparate: mensole di libri, videogiochi, Action figure e cianfrusaglie di ogni tipo.

Sul suo cassettone c'era una sola foto. Un selfie di noi tre. L'aveva fatto una mattina quando si era fiondato nella stanza di King e si era messo a saltare sul letto per svegliarci, cosa che faceva spesso. Stava tra noi due, con i capelli arruffati e mezzo addormentato. King si copriva gli occhi.

Non ci avrebbe mai più svegliato in quel modo.

L'armadio di Preppy era una grande cabina armadio, traboccante di vestiti di ogni tipo. Su una parete erano allineati cestini portaoggetti tutti ben etichettati. Un cestino era mezzo aperto. Sull'etichetta c'era scritto "robaccia lasciata nella mia stanza da qualche femmina" ed era pieno di indumenti femminili. Credo che questo rispondesse alla misteriosa domanda su dove Preppy avesse preso tutti i miei vestiti.

Scelsi una camicia gialla e il papillon più vistoso che aveva, un motivo a scacchi tutto colorato, da un cestino etichettato "papillon da urlo".

Improvvisamente, tenendo i suoi vestiti in mano, i vestiti che avrebbe indossato al suo funerale, fui sopraffatta. Mi accasciai a terra e mi strinsi la sua giacca al petto. Mi sentivo il cuore gonfio. Non riuscivo a respirare. Non riuscivo a fare altro che piangere in silenzio, aggrappandomi a un pezzetto dell'unico vero amico che avessi mai avuto.

Non so per quanto tempo rimasi per terra, ma devo aver pianto fino ad addormentarmi, perché mi svegliai con le lacrime secche sulle guance e i vestiti di Preppy in una palla tutti stropicciati. Mi alzai per riattaccare la giacca su un appendiabiti. Proprio mentre stavo per appenderla sul retro della porta dell'armadio nel tentativo di farle perdere un po' di pieghe, vidi qualcosa incollato sul retro dell'anta dell'armadio. Una piccola busta bianca. Preppy aveva scritto queste parole nella sua grafia disordinata: "Apritemi figli di puttana".

King insistette nel voler andare al funerale con la sua moto e lo vidi come una maniera per poter continuare a evitare qualsiasi tipo di conversazione. Quando arrivammo c'erano già diverse moto parcheggiate lungo la strada che si snodava tra i rigogliosi terreni del cimitero, e la vecchia Buick di Gladys.

Arrivammo per ultimi. Bear e una manciata di motociclisti, Grace, e sei donne della "Serra della Nonna" erano già seduti sotto il gazebo smontabile che copriva la fossa nel terreno su cui era sospesa la lucida bara nera di Preppy. Tutti erano vestiti di scuro. Alcune delle nonne avevano abbinato cappelli neri a falda larga. King indossava una camicia dal collo nero e dei jeans.

Me ne infischiai dell'etichetta e indossai un abito giallo sole. Pensai che a Preppy sarebbe piaciuto.

Mentre prendemmo i nostri posti sulle umide sedie di plastica in prima fila, King mi prese la mano e se la portò in grembo, intrecciando le nostre dita, portandomi il più vicino possibile a lui senza che gli sedessi in braccio.

Il pastore fece cenno a King con il capo, poi cominciò a parlare di vita e morte. Provò persino a dire qualche parola su Preppy, anche se i due non si erano mai incontrati. Dovetti trattenermi dal ridere quando lo descrisse come un uomo integro, un rispettoso componente della comunità. Per una frazione di secondo l'espressione stoica dipinta sul volto di King fece posto a un accenno di sorriso, mentre Bear, dal punto in cui si trovava contro uno dei pali del gazebo, scoppiò in una vera e propria risata. Il pastore si fermò a raccogliere i suoi pensieri, poi continuò.

«Qualcuno vuole dire qualcosa al nostro caro defunto?». Parlava in modo meccanico, come se recitasse a memoria un manuale.

Mi toccai la tasca per assicurarmi che la busta ci fosse ancora. Quando Bear si avviò per andare davanti alla piccola folla, mi alzai e gli tagliai la strada. King mi lanciò uno sguardo confuso e Bear si fermò.

«Ciao», dissi, rendendomi conto, quando alcune nonne misero le mani alle orecchie per amplificare il suono, che la mia voce non era abbastanza forte da permettere a tutti di sentire. Ci riprovai, questa volta parlando un po' più forte.

«Mi chiamo Doe e, anche se non conoscevo Preppy, ehm, Samuel, da molto tempo, era mio amico. Un grande amico. Il mio migliore amico. Per quanto mi piacerebbe dire qualche parola su di lui e su quanto significasse per me, Preppy non si è smentito e ci ha battuto tutti».

Presi la busta dalla tasca e aprii le pagine del quaderno scarabocchiate a caratteri piccoli e a malapena leggibili. Le avevo già lette e non volevo piangere, così cercai di limitarmi alle ultime parole che il mio amico voleva che i suoi amici ascoltassero prima che lo salutassimo per sempre. «Quindi, solo una precisazione, so che abbiamo alcune persone... mature tra la folla. Dal momento che queste parole vengono direttamente da Preppy, contengono un linguaggio... ehm... colorito».

Guardai il pastore per scusarmi, ma aveva già rivolto la sua attenzione al cellulare, il pollice che correva sui tasti.

Amici e figli di puttana,

pensavate che vi avrei lasciato l'ultima parola.

Fanculo. Il mio disturbo ossessivo-compulsivo non vi permette di trovare alcune cose carine da dire su di me, quindi le ho trovate io stesso. Ho tenuto aggiornata questa lettera dall'età di dieci anni, pensando che a causa della situazione che stavo vivendo non avrei fatto in tempo a vedere i miei dodici anni e che la mia famiglia, se volete chiamarla così, non avrebbe fatto lo sforzo di dire qualcosa al mio funerale. E questo pensiero, il pensiero del silenzio mentre mi avrebbero calato nella terra, era per me peggio di quello della morte. Dopo è diventata una specie di abitudine, così ho continuato a farlo.

Quindi, in caso di morte prematura, questo è quello che voglio che voi sentiate.

Se state leggendo questo a una folla di persone vestite con i loro migliori vestiti da funerale, allora ho raggiunto una longevità che non avrei mai sperato. Sono arrivato alla veneranda età di ventisei anni ed è stato un fottutissimo viaggio.

Ormai sono morto e presto marcirò nella terra, mangiato da vermi, altri insetti e robaccia varia. Ma non preoccupatevi per me, perché sono morto da uomo felice. Guardando al mio passato non ho mai pensato che avrei vissuto una vita in cui la parola felice potesse essere adatta a descriverla, ma invece è stato così, perché quando avevo undici anni un bestione di ragazzo mi ha salvato da un bullo che non sarà nominato e poi è diventato mio amico. Oh, fanculo, il nome del bullo è Tyler Nightingale e la femminuccia vive ancora con la sua fottuta madre e fa il turno di notte alla stazione di servizio N-Go. Stronzo del cazzo, tornando a casa gli avevo lanciato le uova sulla sua fottuta macchina.

Vabbè, mi sto dilungando, cazzo.

Quel bestione di ragazzo è diventato più di un amico. È diventato il migliore amico che si possa mai chiedere. È diventato la mia unica famiglia. La nostra infanzia è stata un completo disastro ma, grazie a lui, siamo riusciti a vivere la nostra vita secondo le nostre regole. Nessuno l'aveva costretto a fare amicizia con un bambino magro, pieno di lividi su tutto il corpo e una bocca da dove uscivano solo scemenze. Avrebbe potuto voltarsi dall'altra parte. Avrebbe potuto ignorarmi quando lo tormentavo all'infinito. Ci sono molte cose che avrebbe potuto fare. Ma lui ha scelto me per essere la sua famiglia, e io ho scelto lui per essere la mia.

Anche se tra riformatorio, prigione e tutta la merda di cui non posso parlare qui, la strada è stata tortuosa, non mi pento delle mie scelte. Le vedo come il pezzo forte del viaggio più epico della mia vita. Un viaggio che non avrei mai pensato di fare. Merda, non avrei mai pensato che avrei vissuto oltre i quattordici anni e, se non fosse stato per il mio migliore amico che mi ha salvato il culo una notte, non ci sarei riuscito.

Voglio dire una cosa a Bear. Chapeau, fottutissimo animale. Viaggia. Svignatela. Vai a fare tutto quello che vuoi prima che il club ti fagociti e non saprai più cosa vuoi tu e cosa vogliono gli altri per te.

Cazzo, all'inizio ho pensato che eri solo un parassita insignificante, ma poi ho scoperto che dopotutto potevo avere anche più di un amico e sono fottutamente contento che tu lo sia stato per me.

Bear, devi badare a King e Doe. Dio sa quanto quei due hanno bisogno di tutto l'aiuto possibile. Voglio dire, si amano, ma sono entrambi troppo stupidi per riuscire a vedere abbastanza lontano, oltre le loro sbronze, e tenere insieme la loro situazione di merda.

Prevedo grossi casini nel loro futuro, stagli vicino. Aiutali a vedere oltre i loro stupidi problemi e parlagli delle gioie dell'onestà e del sesso anale.

Andiamo avanti.

Ho fatto cose di cui non vado fiero. Grazie a tutti voi per non avermi giudicato. Grazie a tutti voi per essere miei amici nonostante tutto questo. Grazie per avermi dato una vita per la quale vale la pena morire. Lo farei di nuovo, se potessi, cazzo. Quindi non piangete per me, ma siate felici. Siate felici che ho avuto amici come tutti voi, che ho amato più di una famiglia, che ho amato più di me stesso, e sappiamo tutti quanto sono pazzo di me. Siate felici che ero felice e che tutti voi coglioni facevate parte di tutto questo.

Doe, se King non si dà una mossa, non ti sposa e non ti dà un milione di bambini, allora è uno stupido cazzone e ti prometto che uscirò dalla tomba per prendere il suo posto. Mi ci vorrà un po' di tempo per capire come, ma se qualcuno può farlo, quello sono io.

King, fratello mio, grazie per aver corso il rischio tanti anni fa per un geek pelle e ossa. Grazie per avermi salvato il culo, ma hai fatto più di questo. Mi hai salvato la vita. Mi hai dato una vita.

Ti voglio bene, fratello.

Siate felici, ragazzi.

Devo andare a morire adesso. Niente stronzate funebri. Odio queste stronzate.

Andate a scopare. Questo mi renderà felice.

Scopate. Fate festa. Fate baldoria. E sappiate che vi ho amato tutti, cazzo.

Prep

P.S. Ho anche scritto il mio necrologio, che vorrei fosse pubblicato su tutti i giornali locali. Sono serio al riguardo. Se non lo pubblicate vi perseguiterò.

«Uhm, non so se posso leggere la prossima parte ad alta voce».

«Vai avanti!», mi incitò Bear. Anche se stava dall'altro lato della tenda, riuscii a vedergli le lacrime negli occhi, ma ora c'era un sorriso sul suo volto. «Sentiamo, cazzo!».

La folla si unì e io non ebbi scelta.

«Oh, bene», dissi, facendo un respiro profondo, e lessi velocemente il necrologio autobiografico di Preppy.

Samuel Clearwater
26 anni
Cazzuto figlio di puttana
Morto da boss
Lascia la famiglia che ha scelto: King, Doe, Bear e le puttane della serra.
Che Dio abbia in grazia lui... e il suo cazzo di venticinque centimetri.

Tutto il gruppo dei presenti scoppiò a ridere. Non qualche risatina, ma delle grasse risate, come se avessero ascoltato una barzelletta. Mentre misi via il biglietto e mi sedetti accanto a King, mi resi conto di ciò che Preppy aveva fatto. Era il tipo di ragazzo che non poteva sopportare il pensiero che avremmo pianto per lui, così aveva fatto quello che Preppy aveva sempre fatto.

Ci aveva fatto ridere.

Guardai King, che non stava affatto sorridendo. Gli tirai la mano, ma invece di avere la sua attenzione, si alzò in piedi.

Prima che il pastore pronunciasse le ultime parole, King era già andato via da tempo.

# Capitolo 28

## King

La mia ragazza era stata stuprata ed era passata una settimana da quando avevamo sepolto il mio migliore amico. In quel lasso di tempo non avevo trovato un posto per la rabbia che provavo verso la persona che più odiavo al mondo.

No, non Isaac. Quel figlio di puttana l'avevo ucciso. Gli avevo spaccato la testa con un proiettile a distanza ravvicinata.

La persona che più odiavo al mondo ero io.

Dopo tutto quello che Doe aveva fatto per me, dopo tutto quello che avevamo passato, meritava di meglio che una vita vissuta nella paura di essere violentata o uccisa. Per quanto volessi lasciarmi la mia vita alle spalle, non era qualcosa da cui potevo staccarmi di punto in bianco. Avevo bisogno di fare qualcosa per lei, ma qualunque cosa mi venisse in mente, non era abbastanza per sistemare l'enorme torto.

Poi, mi venne in mente.

C'era una cosa che potevo fare per lei.

Una fottuta ricerca immagini di Google in ordine cronologico decrescente. Questo fu tutto quello che era servito per scoprire chi era veramente Doe. Avevo caricato una sua foto che avevo scattato con il mio telefono la prima notte che aveva dormito nel mio letto. Avevo cliccato sul tasto Cerca e lei era apparsa, mi fissava dallo schermo come se mi stesse guardando dritto negli occhi. Avrei voluto non aver mai fatto quella ricerca. Avrei voluto non aver mai saputo chi fosse veramente.

Avevo usato come scusa il fatto che sapevo chi fosse e che cosa questo comportasse per riportarla da me. Anche se l'avevo desiderata dal primo momento in cui l'avevo vista.

Avevo pianificato di tenerla con me per sempre, e il suo segreto con lei anche più a lungo, se necessario.

Fino a ora.

La diciassettenne Ramie Elizabeth Price.

O la polizia aveva lavorato da schifo, oppure non aveva mai veramente cercato di scoprire chi fosse sin dall'inizio, perché per la seconda volta, cercata ancora la sua foto, meno di un secondo dopo aver premuto il tasto di ricerca, il mio portatile era pieno di scatti della ragazza di cui mi ero innamorato.

Non c'erano articoli sul fatto che fosse scomparsa, ma solo foto di lei prese da vari eventi: balli, serate di gala, raccolte fondi. Era lei nelle foto, ma non lo era con gli abiti da sera, il trucco, il finto sorriso, se ce n'era qualcuno.

L'ultima foto di lei che avevo trovato era stata scattata quasi un anno prima. Aveva uno sguardo inespressivo sul volto, assente.

Conoscevo quello sguardo. Purtroppo gliel'avevo messo io stesso sul viso. Quello sguardo mi spezzava il cuore.

Indifferenza.

Stava tenendo la mano di un ragazzo che sembrava un po' più grande di lei e che sorrideva a trentadue denti.

Avrei voluto raggiungerlo attraverso il computer e rompergli quella fottuta mano e i denti bianco perlaceo uno a uno.

Il senatore West more Bigelow Price, con la figlia Ramie Elizabeth e il suo ragazzo di lunga data Tanner Preston Redmond all'Heart Ball Gala per raccogliere fondi per i tumori pediatrici.

Anche se era la seconda volta che guardavo quelle foto, mi bolliva il sangue. Non so cosa mi facesse impazzire di più, se il ragazzo che stava toccando la mia fidanzata, o l'uomo che veniva indicato come suo padre.

Un senatore che si candidava come presidente. Un uomo che voleva evitare lo scandalo a tutti i costi. Probabilmente era per questo che non avevano nemmeno cercato di trovare la figlia scomparsa.

Fottuto stronzo.

Mi alzai dal tavolo della cucina e lanciai il laptop dall'altra parte della stanza. Si schiantò contro un armadio e cadde a terra in mille pezzi.

Bear arrivò di corsa in cucina. «Ma che cazzo?», chiese guardando il PC rotto. «Non è giornata, vecchio?»

«Dobbiamo fare una gita», dissi fissando il laptop ormai in frantumi, come se la foto di Doe o Ramie, o qualunque cazzo fosse il suo nome, e il suo fidanzato fosse ancora sullo schermo fracassato, che continuava a lampeggiare passando dal blu al nero.

«Dove andiamo?»

«Dimmi una cosa, Bear, onestamente. Che probabilità abbiamo di ottenere il denaro che ci serve per pagare il senatore per Max?».

Per la prima volta, da quando era entrato in cucina, lo guardai negli occhi.

«Quasi zero, vecchio», rispose sincero.

«Allora, vai a prendere quel fottuto pick-up. Guido io».

«Ma non mi hai ancora detto perché devo prenderlo».

«Perché, amico mio, andiamo a fare un patto con il diavolo». Guardai la porta chiusa della mia camera da letto in fondo al corridoio, dove la ragazza di cui mi ero innamorato dormiva tranquillamente nel mio letto. Era mia e non avrei mai cambiato idea al riguardo. Ma meritava una vita migliore di quella che potevo darle, che sembrava ferirla in continuazione.

Dopo il funerale di Preppy mi ero deciso a dirle la verità.

Ora la stavo per tradire.

«E chi è il diavolo in questa storia?», chiese Bear con un'alzata di spalle.

Avrei incontrato il senatore per offrirgli Doe in cambio dei documenti firmati per la custodia di Max.

L'unica famiglia che mi era rimasta.

Guardai fuori dalla finestra della cucina, ma non vidi niente. Era come se stessi fissando un abisso bianco, un posto dov'ero diretto, da cui non sarei mai stato in grado di tornare.

«Io».

# Capitolo 29

## King

Quando ti innamori capisci che è una cosa seria quando ti rendi conto che ti prenderesti un proiettile in testa per quella persona. E quando diventi genitore, ti rendi conto che non solo useresti il tuo corpo, ma anche il corpo della persona che ami come scudo umano per proteggere il tuo bambino.

Quella era la situazione in cui mi trovavo.

Il senatore aveva una figlia che aveva una vita, un fidanzato. Non stavo facendo alcun favore a Doe tenendola con me, coinvolta in cose in cui non sarebbe mai dovuta finire. Preppy era morto. Non stavo facendo alcun favore a mia figlia, lasciandola in giro per il mondo senza protezione. Aveva bisogno di suo padre. Aveva bisogno della sua famiglia.

Aveva bisogno di me.

Stavo per rinunciare a tutto per lei. Non sarei stato in grado di pagare la mazzetta, ma se il senatore avesse accettato la mia offerta di uno scambio, allora potevo tenere i soldi che avevo e questo sarebbe stato sufficiente per vendere la casa e scomparire dai radar, in un posto dove nessuno ci conoscesse.

Io e Max.

Sarei stato un buon padre per lei. Un buon esempio.

Avrei comprato una casa in un quartiere bene e l'avrei mandata in una buona scuola. Le avrei letto qualcosa la sera prima di andare a dormire. Avrei fatto in modo che funzionasse perché *doveva* funzionare, cazzo. Sarei scomparso per far spazio alla mia vita.

Avevo perso il mio migliore amico e questo mi aveva fatto capire che prima o poi avrei perso anche la mia ragazza. Perché non appena avesse saputo che avevo appreso la sua identità sin dall'inizio, mi avrebbe odiato per sempre.

Avevo bisogno di Max perché lei era tutto ciò che mi era rimasto ed ero deciso a non rovinare tutto, non poteva essere diversamente. Giurai a qualsiasi dio in ascolto che, se solo fossi potuto stare con lei, mi sarei comportato bene. Le avrei dato tutto me stesso.

Il mio amore.

Il mio cuore.

Mia figlia.

Il mio tutto.

Presi una decisione che mi spezzò il cuore e mi fece gioire allo stesso tempo. E se mi fossi sentito come se un pezzo di me fosse scomparso per sempre? Fanculo. Avrei avuto mia figlia.

E lei era il mio cuore.

In cambio di Max, stavo per cedere Doe, o Ramie, o Piccola, o in qualsiasi modo la si voglia chiamare, a suo padre.

Non raccontando a Doe cosa sarebbe successo, non le stavo dando possibilità di scelta. Ma non avevo dubbi che, quando avrebbe scoperto cosa le avevo nascosto per tutto il tempo, mi avrebbe guardato per il mostro che ero.

In compenso, mi sarebbe stata grata per averle restituito la sua vita.

O forse no.

Cercai di non pensarci fino a quando arrivammo all'ufficio del senatore.

Dovevo essere pronto a fingere per il resto della mia vita.

«Ha un appuntamento?», chiese la receptionist con i capelli neri e ricci e le lentiggini scure sul naso, senza alzare lo sguardo dal computer.

«Mi chiamo Brantley King e non mi serve un fottuto appuntamento. Gli dica che sono qui. Gli dia questo. Vorrà vedermi».

Misi la foto piegata sulla sua scrivania, una foto che avevo scattato quella mattina mentre lei dormiva. Non aspettai una sua risposta. Mi misi a sedere nella sala d'attesa su una sedia di plastica di fronte alla sua scrivania. Quando finalmente alzò lo sguardo dal suo computer, rimase a bocca aperta. Probabilmente era la prima volta che vedeva uno come me nella sala d'aspetto del senatore. Non avevo avuto l'accortezza di non dare nell'occhio. Volevo che le cose andassero avanti e che facessero il loro corso prima che cambiassi idea.

La receptionist si alzò e camminò lungo il corridoio. Ritornò pochi istanti dopo e fece una telefonata. Si tenne una mano sulla bocca mentre sussurrava nel ricevitore.

«Il senatore Price la riceve ora», disse con un finto sorriso, riattaccando il telefono.

Si alzò e la seguii lungo il corridoio, fino a quando arrivammo in un ufficio con un ingresso a doppia porta. La aprì e si spostò per farmi passare. Quando entrai la richiuse dietro di me. Ci fu un clic e poteva solo significare che aveva girato la chiave.

«So chi è lei, Mr. King, e l'unico motivo per cui la faccio entrare in questo ufficio è perché so che è dovuto passare attraverso i metal detector. Quindi, so che non è armato», disse il senatore alzandosi da dietro la sua enorme scrivania in mogano, tenendo in mano la foto che avevo dato alla sua receptionist. Stava cercando di tenermi testa, ma non sembrava capire che ero io quello con tutte le carte in mano.

«È qui che si sbaglia, senatore». Sollevai la camicia sul davanti e tirai fuori la pistola dai pantaloni. Avevo addosso il mio trofeo del rodeo per ragazzi, una cintura, quello che avevo vinto per aver fatto il cappio a una pecora alla fiera. «È una cosa pazzesca cosa succede con queste fibbie di metallo sulle cinture. Mettono in disfunzione l'allarme ogni cazzo di volta».

Il senatore si sedette e giunse le mani sulla scrivania, indicandomi la sedia di fronte a lui. «Veniamo al dunque allora, va bene?».

Una fotografia su una mensola accanto alla sua scrivania catturò la mia attenzione. Era la mia Piccola, molto più giovane di quanto lo fosse ora, su una specie di spiaggia, con un sorriso più grande e luminoso di quello che le avessi mai visto. Una volta era stata felice e vedere quel po' di gioia mi rese meno difficile proporre il mio accordo.

«Ho sua figlia. Ha dieci secondi per dirmi perché non sa dove si trova e perché non la sta cercando. La verità. Niente bugie», avvertii.

Il senatore spalancò gli occhi. «Le conviene non averle fatto del male, mi aiuti...». Si alzò bruscamente, la sua sedia si ribaltò e cadde sul pavimento. «Che cosa sa?»

«Calma, cazzo. Quello che so è che ha dei grandi occhi azzurri e la tendenza a parlare troppo quando è nervosa». E poi, solo per divertirmi, aggiunsi: «So come le batte forte il cuore quando è eccitata».

«Che diavolo ha fatto a mia figlia?»

«Oh, no. Non è così che funziona. Prima mi deve rispondere. Perché non ha denunciato la sua scomparsa? Perché non l'ha cercata?»

«Cosa le fa pensare che non l'abbiamo cercata?», chiese il senatore.

«Perché se scomparisse la figlia di un senatore ci sarebbe un grosso casino con tutte le notizie e quant'altro. Ma non è andata così».

Price raccolse la sedia dal pavimento e si sedette, strofinandosi le mani sugli occhi.

«Stiamo dicendo alla gente che è a Parigi a studiare. Ma, come già sa, non è la verità», confessò. «Non ne abbiamo denunciato la scomparsa perché Ramie è una ragazza difficile. Ha iniziato a frequentare le persone sbagliate. Certe volte scompariva per settimane. Questa volta sono passati mesi e non ha usato la mia carta di credito. Io e sua madre abbiamo pensato che lo facesse contro di noi, che volesse farcela pagare. Prima che se ne andasse infuriata avevamo avuto una grossa lite. Da allora non l'abbiamo più vista».

«Quindi non ha denunciato la sua scomparsa perché è una ragazza difficile? O perché era in attesa della rielezione e aveva paura che la storia potesse rovinare la sua immagine politica senza macchia?»

«Ha visto cosa è successo a Sarah Palin quando hanno scoperto che aveva una figlia sedicenne incinta fuori dal matrimonio? L'hanno distrutta! Non potevo permettere che accadesse questo al mio partito e sapevo che Ramie non era scomparsa davvero. Era scappata come aveva fatto tante volte prima. Così ho inventato scuse, bugie. Ho detto alla gente quello che voleva sentire e sua madre e io abbiamo pregato ogni giorno che almeno facesse una chiamata». Sembrava sconvolto. «Mi dica che sta bene».

«Sì. Sta bene».

Il senatore tirò un sospiro di sollievo.

«Perché non è più tornata a casa? Ci odia davvero così tanto?», chiese con le dita premute sulle tempie.

«Non ricorda nulla. Ha avuto una sorta di incidente. Si è svegliata senza memoria. Non sa nemmeno il suo nome».

«Cosa?», si rialzò in piedi. «Mi porti da lei. Ora! Ho bisogno di vederla», insistette.

«Non così in fretta», alzai una mano. «Maledizione, si sieda, senatore. C'è un piccolo scambio che dobbiamo fare».

Si sedette di nuovo. «Sì, certo. Quali sono le sue condizioni?»

«Niente stronzate. Niente soldi. Quello che le propongo è uno scambio alla pari. Ramie per Max. Mia figlia. Qui ci sono i suoi dati». Misi un biglietto sulla sua scrivania. «Sul retro c'è il nome di mia figlia, il numero di previdenza sociale e l'indirizzo della casa accoglienza in cui vive, oltre a tutti i miei dati. Si faccia trovare a casa mia. Domani a mezzogiorno. Porti Max e tutti i documenti per la custodia che mi conferiscono pieni diritti su mia figlia e solo allora riavrà la sua». Mentre mi uscivano dalla bocca quelle parole mi ferivano, ma andavano dette perché lo scambio era necessario.

«Si può fare, ma avrò bisogno di più di un giorno», disse il senatore, girandosi nervosamente i pollici. Mi alzai e camminai verso la porta.

«Domani a mezzogiorno. Se lei non ci sarà, se non mi porterà Max...», mi girai per guardarlo in faccia un'ultima volta. «Taglierò la gola alla sua bambina. Senza esitazione. Se non posso avere mia figlia, non le permetterò di avere la sua. Me ne fotto di quello che mi succederà poi».

Aspettai di essere in macchina e che Bear uscisse dal parcheggio, poi respirai di nuovo.

«Com'è andata?», chiese.
Sospirai.
«Così male?»
«È andata come doveva andare. È per quello che ho sospirato».
«Cosa sei andato a fare là dentro di preciso?»
«Ho appena barattato Doe».
«Per cosa?», urlò.
«Chi», lo corressi.
«Ok, per chi?»
«Max. Ho appena barattato Doe per Max».
«Oh, cazzo».
«Sì, questo riassume tutto», dissi passandomi la mano tra i capelli. «Casomai avessi avuto dei dubbi se avessi o meno venduto la mia anima, ora sono certo di averlo fatto».

# Capitolo 30

## King

Ero nel letto con Doe. Era quasi mezzanotte e già stavo contando le ore che mancavano per arrivare a mezzogiorno. A quell'ora avrei rivisto Max, sarebbe stata la prima volta da quando l'avevo tenuta tra le mie braccia la notte in cui avevo lasciato che mia madre bruciasse viva.

A mezzogiorno sarebbe stata anche l'ultima volta che avrei visto la mia ragazza.

Doe stava per diventare la persona che avrebbe dovuto essere, Ramie Price. Una volta realizzato l'agiatezza che l'aspettava, probabilmente non si sarebbe degnata di guardarmi neanche dallo specchietto retrovisore. Non sarei mai stato alla sua altezza, e questa sarebbe stata la cosa allo stesso tempo più egoista e altruista che avessi mai fatto nei suoi confronti.

La stavo restituendo.

Stavo riavendo mia figlia.

Non ero mai stato così infelice ed eccitato allo stesso tempo. Qualche mese prima non credevo che, se avessi riavuto Max, avrei fatto tutto da solo. Pensavo che avrei avuto almeno Preppy. Pensavo che ci sarebbe stata anche Doe.

Ora dipendeva solo da me.

Sollevai la gamba sopra la sua. Non ero abbastanza vicino. L'avevo convinta a lasciar perdere la persona che era per poter stare con me, ma a differenza di Preppy, la sua vita passata era risorta dalla tomba e mi perseguitava da quando avevo premuto il pulsante di ricerca.

La stavo buttando indietro come un pesce che non vale la pena tenere.

Ma lei ne VALEVA la pena.

Per lei valeva tutto la pena.

Tutto quello che non potevo darle.

Non avevo dubbi che se la storia delle anime gemelle esistesse davvero, Doe era la mia. Il problema era che Ramie non lo era. Ramie aveva un fidanzato. Ramie era ricca. Ramie aveva un avvenire che non includeva un criminale con tatuaggi e con un'inclinazione alla violenza. Ramie non doveva mettersi in pericolo, rischiare di essere colpita da un proiettile o preoccuparsi che uno di noi due si sarebbe fatto male o sarebbe morto.

Io volevo di più per lei. Volevo spezzare il suo cuore e il mio e farla finita, in modo che entrambi potessimo guarire.

Lei con la sua famiglia.

Io con la mia.

La girai di schiena e rotolai sopra di lei. Le abbassai le gambe, mi abbassai fino ad assaggiare il suo sapore dolce un'ultima volta. La leccai lentamente in mezzo alle gambe e lei si svegliò con un gemito. Gli occhi mi si riempirono di lacrime. Quando scese la prima la leccai fino a farle raggiungere il primo orgasmo. Ero contento che i suoi occhi fossero chiusi quando la penetrai e iniziai a spingere forte dentro alla passera più favolosa che avessi mai avuto, alla ragazza più bella che avessi mai conosciuto, all'amore più grande che sapevo non avrei più avuto.

L'unico amore.

Se le cose fossero andate diversamente l'avrei sposata e avrei avuto un figlio da lei. Avremmo avuto Max. Avremmo avuto Preppy. Saremmo stati la famiglia che avevo sempre desiderato, ma che non sapevo potesse esistere.

Perché non esisteva.

Preppy era morto e la mia ragazza stava per tornare alla vita di privilegi in cui era nata.

Le dissi che l'amavo con ogni mia spinta. Le dissi che ero dispiaciuto. Le dissi che volevo che rimanesse per sempre. Le dissi che avrei voluto avere un figlio da lei. Con il sesso le dissi tutto quello che non osavo dirle a voce. Le dissi che se le cose fossero state diverse, saremmo stati insieme per sempre.

*Per sempre.*

Non avevo mai detto quella parola in vita mia, ma guardando Doe, ancora mezza addormentata mentre la portavo sull'orlo di un altro orgasmo, vidi come sarebbe stato per sempre.

Ed era maledettamente bello.

Una lacrima ribelle mi gocciolò dal mento. Allungai la mano e la presi prima che svegliasse Doe dal suo profondo stato di estasi semicosciente.

Prima che potesse scoprire quello che provavo veramente.

Prima che se ne andasse.

Per sempre.

La mattina dopo, per la prima volta nella mia vita, feci l'amore con una donna. Non scopai. Non feci sesso.

La baciai per tutto il tempo. Due persone non sarebbero potute stare più strette. Le dissi che era bella. Che amavo tutto di lei.

Aspettai che fosse all'apice del suo orgasmo per sussurrarle: «Ti amo». Non so se mi sentì, ma lo dissi più per me che per lei.

Avevo bisogno di dire quelle parole mentre ne avevo ancora la possibilità.

Penso che una parte di me si sia innamorata di Doe nell'istante in cui i miei occhi incrociarono i suoi. Stregata, bella, spaventata. La volevo, corpo e anima.

L'avrei avuta ancora solo per qualche ora e avrei passato ogni secondo di quel tempo dentro la mia ragazza.

Mentre era ancora la mia ragazza.

## Doe

Quella notte, tutte le volte che mi ero svegliata, King mi stava toccando. Era come se, per quanto fossimo vicini, non fosse mai abbastanza.

Avevo sognato che mi diceva di amarmi. Solo una volta, dopo avermi fatto un tatuaggio, mi aveva detto "stai zitta e fatti amare". Ma quello che avevo sentito nel mio sogno era tutta un'altra storia.

Me lo sentivo dentro che c'era qualcosa che non andava. Gli avevo chiesto cosa lo preoccupasse, ma lui mi aveva ignorato e aveva continuato a fare l'amore con me.

Per ore.

Forse pensava a Preppy e aveva solo bisogno che io fossi lì per lui.

E io ero lì per questo.

Il tempo passato insieme quella mattina era così diverso da quello che avevo sperimentato con lui prima.

Dopo che Isaac mi aveva violentata, gli avevo detto tante volte che stavo bene. Era stato un momento della vita, un momento orribile. Ma sapevo che sarei stata bene. Lo sarei stata finché avessi avuto King.

Sarebbe andato tutto a posto.

Provavo un amore viscerale e incontenibile per quell'uomo complicato che mi toccava come se fossi stata un sottilissimo e fragile pezzo di vetro.
Mi aveva sussurrato quanto fossi bella, mentre sfregava il suo uccello contro il mio clitoride. Lo tirava fuori e, quando lo metteva di nuovo dentro, lo strusciava contro le mie zone più sensibili.
Lo sentivo tantissimo, ero viva e piena di domande.
Aveva sussurrato quanto gli piaceva essere dentro di me, quanto voleva non essere così stronzo e che mi meritavo il meglio dalla vita. Come se lui non fosse abbastanza per me.
E in quel momento capii e fu come un fottuto treno merci senza freni e il cuore mi si fermò nel petto.
King mi stava dicendo addio.

Era giorno fatto quando mi svegliai e mi vestii. Mi aspettavo che da un momento all'altro King sfondasse la porta e mi dicesse che voleva che me ne andassi. Era una cosa terribile. Avrei fatto i bagagli, ma in realtà non c'era niente di veramente mio.
Mi infilai dei vestiti alla bell'e meglio e andai fuori a cercarlo. Invece di aspettare con il collo allungato sul ceppo, raggiunsi il mio boia. Lo trovai fuori sul dondolo. Lo avevo recentemente convinto che era l'unica cosa che mancasse sul portico.
«Che sta succedendo?», gli chiesi. «C'è qualcosa che non va. Dimmelo». Lui si nascose il viso tra le mani.
«Tutto, baby. Tutto non va», disse King, guardando in alto oltre la ringhiera del portico.
Gli andai incontro e lui fece scorrere le mani su e giù sulle mie braccia. Gli sedetti in braccio e gli misi le braccia intorno al collo. Lui appoggiò il naso sul mio petto.

«Dimmelo. Per favore», lo pregai. «Posso aiutarti».
«Non puoi. Nessuno può».
«Mi stai spaventando. Devi dirmi cosa c'è che non va».
«Sono un uomo distrutto», disse alzando il tono della sua voce rauca.
«Perché? Chi è stato?», domandai.
«Tu», disse guardandomi con le lacrime agli occhi.
Mi prese alla sprovvista. Che cosa avevo fatto per ridurlo in quello stato? Avevo quel tipo di potere su di lui?
Al rumore di un'auto che si avvicinava ci voltammo verso il vialetto. Una limousine nera si era fermata davanti alla casa.
«Puoi ricordarti qualcosa per me?», chiese King girandomi la testa dalla macchina verso di lui.
«Qualsiasi cosa», risposi. Era vero. Avrei fatto qualsiasi cosa per lui.
«Ricordati che ti amo», sussurrò.
L'aveva detto. Non l'avevo solo immaginato.
«Perché me lo stai dicendo adesso?», chiesi trovando strano che King non si fosse accorto dell'auto.
Volevo che mi amasse, soprattutto perché sapevo che ero innamorata di lui da tanto tempo, ma il modo in cui l'aveva detto e quello che era trapelato quella mattina mi dicevano che c'era molto di più rispetto a quello che stava accadendo.
«Dimmi che cazzo sta succedendo!», mi alzai dalle sue ginocchia.
«Baby», disse allungandosi verso di me.
«No! Non c'è nessuna *baby*! Dimmi che cazzo sta succedendo».
King guardò finalmente verso la limousine. L'autista scese e girò intorno ad aprire la portiera del sedile posteriore.
Vidi scendere un ragazzo un po' più grande di me, con i

riccioli biondi scuri. Indossava sneaker nere, pantaloncini grigi e una t-shirt rossa di Batman. Fu solo quando mi guardò che lo riconobbi, o almeno, i suoi occhi.

Occhi marroni.

Gli occhi del mio sogno.

Ero senza parole, stordita, immobile sul portico mentre il ragazzo si avvicinava.

«Ray? Sei davvero tu?», chiese fissandomi negli occhi.

Guardai King, la cui espressione era completamente cambiata: da preoccupata e stanca si era fatta arrabbiata e vendicativa. Lo stava fulminando con lo sguardo. La sua mascella era tesa così tanto che posso giurare di essere riuscita a sentire i suoi denti digrignare.

«Chi è Ray?», domandai a King.

«Non farlo, cazzo», Bear uscì con uno slancio dalla porta.

«Torna dentro», ribatté King.

«Come non detto. È la tua vita. Mandala a puttane più di quanto non lo sia già. Preppy ti avrebbe preso a calci in culo per questo. Vado a trovare mia sorella. Non posso rimanere qui e guardare questa merda». Bear uscì sul portico e mi diede un bacetto sulla guancia. «Ti voglio bene, bella ragazza», disse prima di sparire intorno al lato della casa. Un attimo dopo la sua moto sfrecciava via, lasciando una scia di polvere.

«Tu», rispose finalmente King. «Tu sei Ramie Price».

«Ray, non ti ricordi di me?», chiese il ragazzo. «Sono Tanner. Non sai chi sono?».

Mi girai verso King. «Che roba è? Chi è lui? Perché è qui?»

«È il tuo... ragazzo». Forzò le parole, come se lo stessero pugnalando in bocca.

«Il mio cosa?». Non aspettai che rispondesse. «Sapevi

che stava arrivando?». Poi capii e mi uscì un suono strozzato. «Sai chi sono?».

King non disse nulla, ma, cosa più importante, non lo negò.

«Da quanto tempo lo sai?», sussurrai.

King abbassò gli occhi.

«Da quanto cazzo di tempo lo sai?», gridai.

«Sin dall'inizio», confessò. «Prima di essere venuto a cercarti dopo che eri scappata».

«Scappata?», chiese Tanner, ricordandomi la sua presenza.

«Per tutto il tempo?», domandai, sentendomi come se mi avesse appena pugnalato al petto. «Sapevi chi ero per tutto questo cazzo di tempo?»

«Che cazzo vuoi che ti dica? Sono una persona di merda e faccio cose di merda. Tu lo sapevi. Te l'avevo detto, cazzo, ma tu ti sei innamorata lo stesso di me». Si passò una mano sulla testa per la disperazione. «Be', ora è finita. Benvenuta nella tua nuova vita. O dovrei dire la tua *vecchia* vita», ribatté King.

Abbassò lo sguardo. «Ti meriti comunque di meglio di tutta questa merda». Indicò con la mano verso la casa. «Ti meriti di meglio di me. Hai una famiglia. Vai con loro e dimentica la mia esistenza».

Lanciò un'occhiata a Tanner, che stava in piedi nel cortile di fronte con la confusione che gli devastava il viso. Il suo sguardo faceva avanti e indietro tra me e King.

«Cosa sta succedendo...», chiese Tanner.

«Chiudi quella cazzo di bocca», scattò King, mettendo effettivamente a tacere il ragazzo.

«NON spettava a te prendere questa decisione», gli dissi. «Non puoi dire dove vado o con chi vado».

«In realtà, sì», contestò King.

«Che cazzo significa? Che cazzo hai fatto?»

«Ray!», gridò il ragazzo, coprendo con la sua voce la nostra conversazione.

King lo guardò come se stesse per saltare giù dai gradini e schiacciargli il cranio con le mani.

«Vieni qui», disse Tanner con voce gentile. «Solo per un secondo. Voglio solo vederti. Parlare con te».

Mi girai a guardare King e fu tutto chiaro. Non avevo nessuna influenza, mi stava semplicemente dando via.

Questo era quello che era successo la sera prima e quella mattina. Mi stava salutando.

King annuì come se volesse dirmi che avevo la sua approvazione per andare a parlare con Tanner. Era esasperante. Non avevo bisogno della sua fottuta autorizzazione.

Con esitazione scesi lentamente le scale e quando arrivai in fondo mi sedetti sull'ultimo gradino. «Sai chi sono?», chiese Tanner, accovacciandosi e appoggiandosi le mani sulle ginocchia.

Feci di no con la testa. «Mi ricordo i tuoi occhi, ma nient'altro», dissi.

«Come ho detto, mi chiamo Tanner. Ci conosciamo da tutta la vita. Siamo stati re e regina al ballo di fine anno per tutti e quattro gli anni del liceo», disse con una risata. Poi il suo viso si fece serio. «Ti amo. Tu mi ami. Da sempre». Era arrossito e spostava il peso da un piede all'altro. «È strano presentarmi a te quando ci conosciamo da quando avevamo il pannolino».

«Chi sono io?», chiesi con esitazione.

Tanner si sedette sul gradino accanto a me e fu attento a mantenere una certa distanza tra di noi. Non avevo bisogno di voltarmi a guardare King per sapere che stava osservando ogni mossa del ragazzo. Il suo sguardo sulla mia schiena era come il sole che mi bruciava la pelle.

Tanner profumava di sabbia e mare. I suoi capelli indisciplinati gli caddero sugli occhi. Li spostò mentre parlava. Un enorme sorriso si allargò sul suo volto, rivelando una fossetta sulla guancia sinistra.

«Tu sei l'adorabile Ramie Elizabeth Price. Figlia della dottoressa Margot Price e del senatore Bigelow Price. Vivi a East Palm Cove, a circa un'ora da qui. Eri iscritta alla scuola d'arte e avresti dovuto iniziare in autunno. Tu e io stavamo partendo per girare l'Europa in zaino l'estate scorsa, ma poi sei sparita».

Avevo un nome.

Ramie. Ramie. Ramie.

«Ramie», sussurrai, assaporando quel nome sulla mia lingua.

Ancora niente.

«Sono andata alla polizia. Hanno detto che nessuno mi stava cercando. Nessuna denuncia. Perché non mi hai cercata se ero scomparsa?», chiesi.

Tanner scosse la testa. «Non volevo essere io a dirtelo, ma tu avevi questa amica e lei stava passando un brutto momento. Si è messa molto nei guai. Avevi lasciato un biglietto, hai detto che stavi scappando. Non ti hanno cercato perché non pensavano che tu volessi essere trovata. Avevi appena compiuto diciotto anni. Eri adulta. Non ci sono state denunce di scomparsa perché non eri scomparsa. Eri solo andata via».

«Sono andata via?», chiesi.

«Sì».

«Ti ho lasciato?»

«Sì», ammise. «Hai lasciato me. E tua madre. E tuo padre. Tutti».

Avevo una mamma.

«Perché mia madre non è qui?», chiesi.

«Non volevamo sopraffarti. Tua madre è a casa, ti sta aspettando, ma tuo padre è in macchina», disse Tanner, indicando la limousine con i finestrini oscurati, ancora in moto sul vialetto d'accesso.

«Non riesco ancora a ricordare. Pensavo che mi sarebbe tornata la memoria se avessi visto qualcuno del mio passato, se mi avessero detto chi ero, ma non è così». Mi girava la testa.

Se non riuscivo a ricordarlo guardandolo in faccia, come me ne sarei mai potuta ricordare?

Mi sarei ricordata di qualcuno?

«Ricorderai, ma ci vorrà del tempo. Hai solo bisogno di tornare nel tuo mondo per un po'. La tua normale routine. Ti ritornerà. Non abbiamo fretta. Tua madre ha i migliori medici già allertati. Specialisti. Tornerai alla vecchia te in men che non si dica», disse, dandomi una spintarella alla spalla.

King gli aveva già detto tutto, almeno quanto bastava perché mia madre avesse già contattato dei medici.

La ragazza a cui avevo rinunciato poteva tornare.

La portiera posteriore della macchina si aprì di nuovo, e uscì un uomo alto in un elegante abito nero e una cravatta tutta rossa.

«Chi è quello?», chiesi a Tanner.

«Tuo padre», mi disse. «Il senatore».

«Ramie», disse l'uomo. «Tua madre è preoccupatissima. Andiamo. Sali in macchina», disse con tono severo, allacciandosi l'ultimo bottone della giacca.

Facevano più di trenta gradi fuori e sulla sua fronte non c'era una goccia di sudore. Nessun rossore sulle guance. Era come se fosse un uomo troppo importante per lasciarsi turbare dal calore.

King si appoggiò in avanti sulla ringhiera. Con la luce

del sole direttamente sopra la testa, la sua sagoma massiccia proiettava un'ombra sul terreno.

Sembrava davvero un re, una forza con cui fare i conti, Zeus sul suo piedistallo sopra il mondo.

Il senatore uscì dall'ombra di King come se fosse troppo bello per starci dentro. Questo mi irritò.

Non era migliore di lui.

Nessuno lo era.

King era un cattivo ragazzo, ma era il mio cattivo ragazzo. Era più di quello. Era il mio mondo. Il mio cuore. Queste persone potevano aver conosciuto chi ero prima, ma io sapevo chi ero ora, e le due versioni di me avrebbero dovuto capire come fondersi prima che sradicassi ciò che avevo costruito con King in cerca di qualcosa che non conoscevo.

«Senatore», King conosceva quell'uomo.

«Mr. King», lo salutò l'uomo, proteggendosi gli occhi dal sole con la mano.

«Dov'è Max?», chiese King con risentimento.

«Presto, sarà qui presto. C'è un'altra macchina che sta venendo qui con lei dentro».

«Uno scambio è uno scambio», disse King. «Non andrà da nessuna parte finché Max non arriva qui».

Poi, capii. King aveva detto che non avevo scelta, e ora sapevo perché.

Se fossi rimasta, King non avrebbe riavuto sua figlia. Lo scambio di cui parlava ero io per Max.

«Eccola», disse il senatore mentre un'altra limousine si fermò nel vialetto d'accesso. King scese i gradini saltandoli, scavalcandomi mentre si dirigeva verso l'auto. Quando questa si fermò, aprì la portiera posteriore.

«Max», gridò dentro all'auto.

L'autista girò intorno alla macchina e tirò fuori qualcosa

dalla tasca della giacca. Gettò delle manette di metallo intorno al polso di King.

«Lei non c'è lì dentro!», gridò King tirando le manette. «Che cazzo significa? Dov'è?».

L'uomo che pensavo fosse l'autista girò l'altro braccio di King in avanti e gli fissò le manette sul davanti.

«Cosa stai facendo?», gridai correndo verso King. «Lascialo andare!». Un paio di forti braccia mi afferrarono da dietro e mi impedirono di avvicinarmi ancora di più. «Che cazzo sta succedendo? Devo andare da lui».

Tirai dei calci in aria, mentre l'uomo che mi era stato detto essere mio padre mi sollevò da terra. Le narici di King erano dilatate, mentre l'uomo che gli aveva appena messo le manette lo spingeva sul sedile posteriore della macchina.

«Mr. King, questo è il detective Lyons. Lei viene arrestato per il rapimento di mia figlia», disse il senatore, continuando a tenermi ferma.

«Ma non mi ha rapita! Non ha fatto niente. Mi ha salvata. Mi ha SALVATA!». Urlai e gli addentai il braccio, mentre cercavo di liberarmi dalla sua presa.

E dicevo sul serio. King mi aveva salvata. In tutti i sensi. Mi aveva salvata da me stessa, da una vita immobile. Grazie a lui, stavo andando avanti.

Volevo andare avanti con lui.

«Figlio di puttana!», gridò King. Il detective Lyons chiuse la portiera della macchina e persi di vista King dietro il colore scuro dei finestrini.

«No!», urlai. L'auto partì e scomparve dietro agli alberi. «Lasciami andare, cazzo!».

Il senatore mi girò perché lo guardassi in faccia e mi afferrò in modo brusco per le spalle. «Calmati, Ramie, o lo spaventerai», mi avvertì.

«Chi? Di chi cazzo stai parlando?».

Tanner si avvicinò alla macchina e aprì la porta. Un bambino con i riccioli come quelli di Tanner e capelli chiari come i miei ruzzolò giù dal sedile posteriore.

Mi vide e aprì le braccia, correndomi incontro ad abbracciarmi la coscia.

Il senatore mi liberò dalla sua presa. Il ragazzino si strofinò il viso sulla mia gamba.

Guardai in basso verso di lui, confusa.

A spaventarmi di più non furono quegli occhi color blu ghiaccio, o quella fossetta sul mento, che avevo anch'io.

Fu quel che mi gridò a essere un colpo al cuore.

«Mamma!».

# Ringraziamenti

Grazie, soprattutto e prima di ogni altra cosa, ai miei lettori per la loro pazienza. Vi voglio molto bene. Grazie per rendere questo mio sogno ancora più bello di quanto avessi mai potuto immaginare e grazie che mi seguite sempre.

Grazie a Karla Nellenbach che impreziosisce le mie parole e dà loro un senso.

Un grazie speciale a Crystal Aurora Rose Reynolds per tutti i tuoi incoraggiamenti e per esserti presa il tempo ed essere stata tra i primi a leggere KING. Sono onorata di poterti chiamare amica.

Ai piccoli e grandi blog che mi hanno supportata dal primo giorno, un grazie enorme. Non so dove sarei senza di voi: Aestas, TRSoR, LitSlave e molti, molti altri ancora.

Un grazie speciale a Milasy, la mia consulente di fiducia per la scelta dei libri. Così tanto da leggere, così poco tempo.

Grazie a Joanna Wylde perché sei stata disposta ad aiutarmi e per tutta la tua saggezza. Ti sarò grata per sempre per i tuoi consigli.

Grazie al mio agente, Kimberly Brower, per credere in me ed essere così paziente.

Molte grazie a Andree Katic per essere un *King* fenomenale e un modello da copertina e a Chocolate-Eye Photography per aver scattato una foto così stupenda.

Grazie al mio meraviglioso marito e alla mia bellissima bambina. Senza di voi non avrei desiderato tutto questo e non l'avrei realizzato.

# Indice

Anagramma

Ultimi volumi pubblicati

Juno Dawson, *Tutta colpa mia*
Catherine Rider, *Baciami sotto il cielo di Parigi*
Katie Ashley, *La mia storia sbagliata con il ragazzo giusto*
Trisha Ashley, *Un Natale indimenticabile*
Jillian Dodd, *Kiss me*
Fiona Harrison, *Un cucciolo di nome Percy*
Rachel Hawkins, *Royals*
M. Leighton, *Noi due a ogni costo*
Sue Moorcroft, *La mia romantica vacanza da sogno*
Ginger Scott, *Io, te e l'infinito*
L.F. Koraline. *703 minuti*
L.A. Casey, *Un cattivo ragazzo come te*
Fabiola D'Amico, *Un sogno da favola*
Katy Evans, *Dove finisce il cielo*
Ella Frank, *Non tentarmi*
Lindsey Kelk, *I love Londra*
Lauren Layne, *Una passione inaspettata*
Kristina McBride, *Un milione di volte buonanotte*
Lauren Rowe, *Per sempre insieme a me*
Monique Scisci, *Un nuovo inizio*
Daniela Volonté, *Imperfetti sconosciuti*
Kristen Ashley, *Dimmi che lo vuoi*
Lauren Blakely, *Big Rock*
Emma Chase, *Ex*
Angela Contini, *Tutti i colori del cielo*
Jay Crownover, *Respect*
Nora Flite, *Il principe cattivo*
Bianca Marconero, *Un maledetto lieto fine*
Winter Renshaw, *P.S. Ti odio da morire*
Cassandra Rocca, *L'amore secondo me*
Samantha Towle, *L'ultima notte*

Kate Brian, *Private*
Samantha Chase – Noelle Adams, *Only You*
Jessica Clare, *Aspettavo solo te*
Penelope Douglas, *Mille ragioni per odiarti*
Karina Halle – Scott Mackenzie, *Ricordati di me*
M. Leighton, *Questa volta non ti dico no*
Patrisha Mar, *Quando l'amore fa volare*
Adelia Marino, *Non ho mai smesso di amarti*
Roisin Meaney, *Riunione di famiglia*
Tania Paxia, *Siamo amici solo il mercoledì*
Nicole Teso, *Il mio meraviglioso imprevisto*
Karina Halle, *Il principe svedese*
Carole Matthews, *La piccola pasticceria nel giardino dei fiori*
Megan Maxwell, *Sei sempre stata mia*
Meredith Goldstein, *La chimica dell'amore*
Jewel E. Ann, *I battiti dell'amore*
Joanne Bonny, *Ho sposato un maschilista*
Staci Hart, *Ciò che resta del mio amore*
Kendall Ryan, *L'amico di mio fratello*
Penelope Bloom, *Sono una brava ragazza*
Lexi Ryan, *Il modo più sbagliato per amare*
Harper Sloan, *Più mi odi più ti amo*
Mariana Zapata, *Non so perché ti amo*
Alessia Coppola, *La ragazza del faro*
Felicia Kingsley, *Due cuori in affitto*
M. Pierce, *Insonnia d'amore*
L.A. Casey, *Tutto per gioco*
Charlotte Butterfield, *Il matrimonio delle mie migliori amiche*
Ginger Scott, *Certi amori non finiscono*
Sariah Wilson, *M'ama o non m'ama*
Anna Zarlenga, *Spiacente, non sei il mio tipo*
Ali McNamara, *Un'estate indimenticabile*
Lucy Daniels, *La piccola casa dei grandi amori*
Kelly Siskind, *Ti odierò per sempre*
Brittainy C. Cherry, *Non pensavo fosse amore*
Penelope Bloom, *Voglio un bravo ragazzo*
Robin York, *Nel mio cuore ci sei tu*
Penelope Ward - Vi Keeland, *Il mio bastardo preferito*